GILLIAN WHITE

Der Peststein

Buch

Meadcombe ist ein verschlafenes Nest in England. Die einzige Attraktion des Dorfes liegt wie ein gestrandeter Walfisch in der Landschaft: ein jahrmillionenalter Megalith. Doch der Stein scheint ein Geheimnis zu bergen. In einer Septembernacht richten drei Frauen unabhängig voneinander ihre Blicke auf den Stein und sprechen ihre innigsten Wünsche aus. Marian Law fleht um die Erlösung ihrer Schwiegermutter Constance von deren Leiden. Dabei hat sie aber auch ihr eigenes Wohl im Sinn, denn seit dem Tod ihres Mannes Roger ist sie mit der Versorgung ihrer Kinder und ihrer Schwiegermutter überfordert. Die Tochter von Marians Freundin Janey Tandy, Melanie, wünscht sich nichts so sehr, wie von Meadcombe wegzukommen, weg vom bürgerlichen Mief und von ihrem spießigen Elternhaus. Die dritte Frau ist Sonia Hanaford. Lange schon waren die Hanafords Gegenstand von Klatsch und Tratsch am Ort. Sonjas einziger Wunsch ist der nach Geld, damit Pauls Firma nicht Bankrott geht. Als die Sonne am nächsten Morgen über Meadcombe aufgeht, ist Constance Law tot, Janey Tandys Tochter Melanie ist verschwunden, und Sonia Hanaford hält einen Scheck über eine Viertelmillion Pfund in den Händen. Doch was erst wie ein segensreicher Zufall aussah, erweist sich bald als ein Werk des Teufels ...

Autorin

Gillian White stammt aus Liverpool und arbeitete mehrere Jahre als Journalistin, bevor sie sich ganz dem Schreiben widmete. Mit ihrem Mann und zwei Hunden lebt sie in Totnes, Devon. Gillian White hat bereits vierzehn Romane verfasst, davon wurden vier mit großem Erfolg für das britische Fernsehen verfilmt.

Von Gillian White außerdem bei Goldmann lieferbar:

Das Ginsterhaus. Roman (44539) · Hexenwiege. Roman (44984)
Das Hotel bei den Klippen. Roman (44540)

Gillian White

Der Peststein

Roman

Aus dem Englischen
von Isabella Bruckmaier

GOLDMANN

Die Originalausgabe erschien 1990
unter dem Titel »The Plague Stone«
bei Century, London

Umwelthinweis:
Alle bedruckten Materialien dieses Taschenbuches
sind chlorfrei und umweltschonend.

Deutsche Erstausgabe Januar 2002

Umschlaggestaltung: Design Team München
Umschlagfoto: Ernst Wrba
Satz: IBV Satz- und Datentechnik GmbH, Berlin
Druck: Elsnerdruck, Berlin
Verlagsnummer: 45128
Redaktion: Silke Hennemann
RM · Herstellung: Sebastian Strohmaier
Made in Germany
ISBN 3-442-45128-0
www.goldmann-verlag.de

1 3 5 7 9 10 8 6 4 2

Ron, Lucy, Nat, Dan und Beck
in tiefer Zuneigung

ERSTES KAPITEL

Nicht dass ich abergläubisch wäre. Das könnte ich mir gar nicht leisten. Schließlich habe ich von Berufs wegen ständig mit Statuen, Masken und Totems zu tun … Relikten, denen die Magie vergangener Zeiten anhaftet, Zeiten, in denen der Aberglaube noch das tägliche Leben der Menschen bestimmte. Glaubte ich an diese nicht erklärbaren Dinge, müsste ich mir ernsthaft Sorgen um meinen Verstand machen.

Doch Aberglaube hin oder her, als ich meine Nachforschungen abgeschlossen hatte, begriff ich, warum die Leute von Meadcombe ohne Ausnahme verlangten, den Peststein zu entfernen. Er sollte verschwinden, sollte aus ihrem Gedächtnis und der Mitte ihres Dorfplatzes getilgt werden.

Sie glaubten tatsächlich, Wünschen allein reichte aus. Ohne Papierkrieg, ohne die Mühlen der Bürokratie! Man müsse einfach einen Bulldozer holen, brauche behelmte Männer, um den Megalithen auszugraben und auf den Lastwagen zu hieven … ihn irgendwo abzuladen, möglichst weit genug weg von Meadcombe und außerhalb des Blickfelds der Dorfbewohner.

Aber natürlich funktioniert das so nicht. Da müssen Formulare ausgefüllt und Nachforschungen angestellt werden. Man kann nicht in ein paar Minuten etwas auslöschen, das über Millionen von Jahren das Gesicht einer Gegend geprägt hat. Der Peststein ist wohldokumentiert, steht sogar auf einer Naturdenkmalliste. Er ist nationales Eigentum und ruht auf geschichtsträchtigem Grund und Boden.

Scharenweise pilgerten die Touristen wegen ihm nach Meadcombe. Von Flechten überzogen und voller Schrammen wie ein alter Wal gehörte er zu den Sehenswürdigkeiten, derentwegen die Menschen eine Reise auf sich nahmen, um sich dann, sobald man davor stand, verwundert zu fragen, ob sich der Aufwand gelohnt hatte. Ihn nur anzusehen, wurde ihm nicht gerecht. Anfassen musste man ihn. Dann spürte man ihn, so wie ihn Tausende von Fingern vor einem gespürt hatten, und man konnte versuchen, sich darauf einzulassen, wie alt er tatsächlich war. Was nicht gelingen kann. Unser Gehirn ist nämlich nicht in der Lage, diese Zeitlosigkeit zu ertragen. Es ist ein ebenso hoffnungsloses Unterfangen, wie sich auf die Heide zu stellen und die Arme auszubreiten, um die Zeit einzufangen. Dabei lag es nicht an der Größe des Steins, die beeindruckend genug war, es war seine Aura.

Bis zu dem Zeitpunkt, als diese Petition im Ministerium eintraf, hatte ich noch nie von Meadcombe gehört. Nach Beendigung meiner Nachforschungen kannte ich es gut – einige der Überlebenden hatte ich sogar persönlich kennen gelernt. Die Polizei stellte natürlich ihre eigenen Ermittlungen an und gewährte mir Einsicht in die Akten. Meine Berichte waren kurz und knapp, wobei ich mich auf die Fakten stützte. Dennoch gibt es mehr als die nackten Tatsachen, Überlegungen, die den Kern des Ganzen zwar eher treffen, die Behörden jedoch nicht interessieren. Die Natur des Menschen ... die gegenseitige Überwachung, die so typisch ist für das englische Dorfleben, das Verhalten der Frauen, die gesellschaftlichen Zwänge und nicht zuletzt das Böse ... das brachte bereits vor Hunderten von Jahren das teuflische Gebräu zum Brodeln.

Atmosphäre. Die Atmosphäre muss ich unbedingt erwähnen. Die monotonen Straßenzüge von Neubausiedlungen wären als Bühne für dieses Szenario sicher ungeeignet.

Ein englisches Dorf also ... und kein Anzeichen des aufziehenden Sturms. Kein Windhauch, nichts. In früheren Zeiten saßen die alten Frauen in Nächten wie diesen, wenn der Herbst dem Winter Platz machte, am Herdfeuer und erzählten ihren Enkelkindern Geschichten.

Es ist Nacht, und das Dorf Meadcombe liegt unter dem lavendelfarbenen Wolltuch der umliegenden Hügel begraben. Es lugt unter seiner Bettdecke hervor wie ein in tiefem Schlummer liegendes weißes Einhorn, das sich um eine Kirchturmspitze schmiegt. Weiß gekalkte Mauern, glänzend lackierte Tore und – tagsüber – strahlend weiße Wäsche an den Wäschespinnen.

Der Peststein hatte schon immer gestört, hatte nie richtig auf den Dorfplatz gepasst. Meadcombe war ein solch normales Dorf, und dieser Stein so düster, ja unheimlich, wie er aus pockennarbigen, steinernen Augen hinunterstarrte auf seinen spindeldürren Bruder, das Kriegerdenkmal, als wäre dieses von Menschenhand errichtete Bauwerk vulgär, als reiche ein Windhauch, um es umzustoßen. Denn der Peststein ist viel, viel älter und verdankt sein Dasein nicht einer bloßen Laune des Menschen. Er wurde bei der Geburt der Erde geformt, aus ihrem brodelnden Leib hinausgeschleudert und Millionen Jahre später von einer sich langsam vorwärts schiebenden eiszeitlichen Gletscherzunge in seine gegenwärtige Position gebohrt. Und niemand weiß, wie viele Millionen Jahre er hier noch bleiben wird.

Am 19. September erreichen den Peststein nach Einbruch der Dunkelheit gleichzeitig drei Wünsche. Einer kommt von der anderen Seite der Straße, aus einem Cottageschlafzimmer, von dem aus man den Dorfplatz überblicken kann. Aus einem Cottage, an dem die Rosen die Köpfe leblos vom Spalier hängen lassen, deren Blütenblätter so gefleckt und trocken sind wie die Wangen der schlafenden Greisin im Obergeschoss.

Der zweite Wunsch kommt von dem Mädchen, das neben dem Stein sitzt und ohne irgendwelche religiösen Skrupel eine Zigarette am breiten Granitsockel ausdrückt. Und der dritte Wunsch weht zusammen mit dem Duft angebratener Zwiebeln durch die geöffneten Sprossenfenster des Dorfpubs herüber.

Jeder Wunsch ist auf seine Weise böse, auch wenn die Wünschenden anderer Meinung sein mögen. Jeder Wunsch richtet sich in der Form eines Gebets an Gott, doch der Peststein steht im Wege, lenkt die Worte ab vom Kirchturm, ihrem eigentlichen Ziel.

Der erste Wunsch kommt von Marian Law, und sie betet, ihre Schwiegermutter möge heute Nacht sterben … oder wenn schon nicht heute Nacht, dann wenigstens möglichst bald.

Den zweiten äußert Melanie Tandy – sie wünscht sich, endlich der Enge des Dorfes zu entrinnen und nichts mehr mit ihrer Familie und der Schule zu tun zu haben müssen.

Sonia Hanaford schließlich, die Dritte, die sich etwas wünscht, möchte, dass Paul und ihr die Erniedrigung eines Bankrotts erspart bleiben. Ich sprach mit Marian Laws Freunden.

Nicht dass sie gläubig war oder je gläubig gewesen wäre, aber ihre Angewohnheit, Wünsche als Gebet zu äußern, war ein Ritual aus der Zeit, als sie an ihrem Pult in der einklassigen Dorfschule lernte. Müde blickt sie aus dem Fenster, ihre Augen suchen nach dem Kirchturm, doch der Peststein versperrt ihr die Sicht.

»Lieber Gott, ich halte es nicht mehr aus«, klagt sie, nachdem sie Constance die orthopädischen Schuhe ausgezogen und ihre breiten, weißen Füße unter die Bettdecke geschoben hatte. »Die Last ist zu schwer. Lass sie sterben, lieber Gott. Es wäre eine Erlösung, eine Gnade für sie! Hilf mir, hilf mir, lass mich nicht im Stich.«

Wie lange, fragt sie sich, kann sie noch so weitermachen? Mit schweren Schritten geht sie die Treppe hinunter ins Wohnzimmer, wo die Stille sie empfängt, die Einsamkeit.

Wenigstens hast du die Kinder, hatte man sie vor sieben Monaten und drei Tagen, nach Rogers Tod, zu trösten versucht. Ja, die Kinder bleiben ihr, aber wann sind die schon einmal zu Hause.

Im Krankenhaus sprach ich mit Janey Tandy, ein hoffnungsloses Unterfangen. Ich redete mit ihren Bekannten ... zumindest mit denen, die sich dazu bereit erklärten.

Mit ihrem Freiheitswunsch wäre Melanie bei ihrer Mutter auf offene Ohren gestoßen. Wenn Melanie nach Hause in das kleine Reihenhaus der Tandys kommt, eines von sechs Landarbeitercottages, im übernächsten wohnen die Laws, bekommt sie beinahe Erstickungsanfälle.

»Jesus im Himmel, hilf mir, dass ich von hier wegkomm«, murmelt sie. Ihr gerade geschnittener Pony erinnert an eine russische Puppe. Schon immer hatte sie das Leben hier als eine Lüge empfunden. Doch was für eine Wahl hatte man schon als Kind? Mit den Menschen verbindet sie nichts. Obwohl sie hier geboren wurde, gehört sie nicht dazu, so wie ihr Vater dazugehört. So wie der Stein keine Wahl hatte … er war Teil des Dorfes und doch wieder nicht. Für einen kurzen Augenblick flammt ein Zündholz auf und wirft ihren Schatten über den Stein. Der Schatten gleitet schmal, zart wie eine Spinnwebe darüber und schrumpft, als die Flamme erlischt.

Ich bemerkte, dass die Leute im Dorf ganz begierig darauf waren, über die Hanafords zu reden.

Niemand außer Sonias Mann Paul vielleicht wünschte sich so sehr ein finanzielles Wunder wie Sonia Hanaford, denn das ganze Dorf und ganz besonders ihre Freunde hätten sich diebisch darüber gefreut, den Niedergang der arroganten Bewohner des Herrenhauses mit ansehen zu können … Wie gern hätten sie von dem Drama erfahren, das sich anbahnte, schließlich glaubten sie, im Gegensatz zu ihnen sei Sonia auf Rosen gebettet. Sie erweckte nie den Eindruck, als ginge es ihr schlecht, erzählte nie von irgendwelchen Schwierigkeiten. Und es ist nicht einfach mit einer solchen Freundin. Nein, Sonia war nie wirklich eine von ihnen gewesen. Verglichen mit ihnen, die jeden Pfennig umdrehen mussten und nachts wegen ihrer Geldsorgen kein Auge zutaten, führte Sonia ein sorgloses, leichtes Leben. Das dachten die Leute jedenfalls. Und Sonia und Paul Hanaford sind typische Neureiche, auch wenn Paul in Meadcombe geboren wurde. Sie sind Yuppies und wissen – anders als die alteingesessenen Bloggs, die seit Generationen ihre Besitzungen hier bewirtschaften – nicht, wie man reich ist und sich richtig benimmt.

»Stan, wir bitten dich doch nur um ein Darlehen«, fleht Sonia Hanaford ihn an, ein Teller mit Hühnchen à la Kiew vor sich. Dabei bemüht sie sich, nicht den üblichen verächtlichen Gesichtsausdruck aufzusetzen.

Stanley Hanaford starrt sie über seinen Teller mit gedünstetem Sellerie hinweg an. Wie sie das Wort nur gesagt hatte, hatte ihm ganz und gar nicht gefallen. Als ihr Schwiegervater hätte der Gebrauchtwagenhändler Stanley Hanaford mit der schweren goldenen Armbanduhr an seinem von dichtem grauem Haar bedeckten Handgelenk ihr natürlich helfen können, doch genauso gut konnte er seelenruhig zusehen, wie sie mit seinem Sohn unterging. Einfach weil er Sonia nicht ausstehen konnte. Sonia hingegen bedauert es nun natürlich, nicht netter zu ihm gewesen zu sein, wünscht sich, sie hätte ihn samt seiner Frau mit dem schütteren, wasserstoffblonden Haar häufiger in ihr elegantes Haus eingeladen, sie höflicher behandelt und nicht mit solch unverhohlenem Abscheu.

Doch selbst jetzt, wo so viele Sorgen und so viel Druck auf ihren Paisleyschultern lasten, ist es ihr peinlich, hier im

Weary Ploughman mit ihm gesehen zu werden. Mit diesem sechzigjährigen Kerl, der immer ein Cowboy sein wollte, wie seine Kleidung, besonders die Jeansjacke und die Cowboystiefel mit den hohen Absätzen, verrieten … Lieber Gott, bitte lass Paul nicht Pleite gehen. Bitte mach, dass ich nicht für alle Zeit in der Schuld von Stan stehe!

»Hunderttausend, Stan«, erklärt sie, und die Schweinsäuglein des Gebrauchtwagenhändlers werden unter Sonias frostigem Blick noch blutunterlaufener.

Sie befürchtet, dass Pauls jüngster Plan dasselbe Ende nimmt wie all die anderen.

Meadcombe. Ich sah mir die Gegend an. Beschäftigte mich mit der Geschichte des Ortes. Es hätte zur Stadt aufsteigen können, wenn nicht die Eisenbahnlinie daran vorbeigebaut worden wäre. Die umliegenden Hügel waren zu hoch.

In prähistorischen Zeiten wurde der Stein allein durch seine Größe für die vorbeikommenden Jäger ein Wegzeichen. Schon bald kreuzten sich an der Stelle zwei Pfade. An dieser Kreuzung wurden ein, zwei Hütten errichtet, eine Siedlung entstand.

Jahrhunderte vergingen. Damals konnte ein Eichkätzchen das ganze Land durchqueren, indem es von einem Baum zum anderen hüpfte. Während der Glorious Revolution steckten Lord Henry Greys Jakobiten-Freunde Geheimnachrichten in die Ritzen des Steins … Frühmorgens kam ein kleiner Junge namens Nog, um sie herauszufingern. Er trug Lorbeerblätter im Haar, die ihm Glück bringen sollten. Eines Tages wurde er von den Soldaten des Königs beobachtet und verfolgt. Der reißende Fluss wusch ihm die Blätter aus dem Haar, und er wurde gefangen genommen. Nog wurde bei lebendigem Leib in einem Kessel gekocht … so heißt es in der Überlieferung …

»Ist schon merkwürdig«, sinniert Marian Law, während sie es sich in ihrem Sessel neben dem Holzofen bequem macht, der, durch dicke Steinmauern getrennt, keine zehn Meter vom Peststein entfernt steht. Ihre Füße in den warmen Socken ruhen auf dem handgewebten Teppich in Herbstfarben, auf dem die Ascheflocken wie Laub aussehen. Ihr bleibt noch eine halbe Stunde Stille, bevor die Kinder von ihrem Abend im Pub zurückkommen. Sie weiß nicht, ob sie sich auf ihre Heimkehr freuen soll oder nicht. »Ist schon merkwürdig, wie das Leben manchmal ausbricht, wie ein Vulkan, mit seinen Lavaströmen die Landschaft vollkommen verändert und die Welt unter Staub begräbt. Um sich dann wieder eine Weile zu beruhigen, bis man sich an die neue Welt gewöhnt hat und der nächste Ausbruch folgt.«

Die Kinder waren so ein Ausbruch gewesen. Neue Wege mussten gefunden werden … sie führten in die Schulen, zu Notaufnahmen, Spielgruppen und unzähligen Geburtstagspartys, Fischstäbchen, Turnschuhe, Windeln, Lego, Pantomime, Feuerwerk …

Rogers Tod war auch so ein Ausbruch gewesen … der eine Menge Staub aufgewirbelt hatte, so viel stand fest. Und dieser Staub hatte sich noch immer nicht gelegt. Auch die neuen Wege mussten erst noch gebahnt, in tiefen Furchen durch ihre verletzte Seele gezogen werden. Lange, einsame Wege. Allein zum Einkaufen zu Tesco und die

Treppe hinauf in ihr Schlafzimmer. Doch bei diesem Ausbruch war ein Klumpen Lava zu der Gestalt von Rogers Mutter erstarrt. Constance, die heimtückischerweise den Tod ihres Sohnes abgewartet zu haben schien, um auf eine so bösartige Weise senil zu werden …

»Es ist merkwürdig«, hadert Marian im Schein einer Stehlampe mit ihrem Schicksal. »Es ist merkwürdig, und es ist ungerecht.« Sie vermisst ihn so sehr, dass es ihr wehtut. Es tut ihr weh, weil sie sich über seine Mutter nicht bei ihm beschweren kann. Weil die unförmige, dicke Constance mit ihrem dichten Damenbart und ihrer Inkontinenz sein einziges Vermächtnis zu sein scheint. Und sie kann sich nicht einmal mehr daran erinnern, wie Roger aussah. Das Einzige, das ihr klar vor Augen steht, wenn sie sich sein Bild ins Gedächtnis zu rufen versucht, ist die Art und Weise, wie sein übergroßer Adamsapfel auf- und abhüpfte, wenn er lachte … was sie immer gestört hatte. Und es gibt zur Zeit nicht gerade viel zu lachen, nicht wahr, Roger? KANNST DU MICH HÖREN, HAB ICH GESAGT, WO BIST DU?

Melanie Tandy hält es für das Beste, jetzt nach Hause zu gehen. Nicht etwa, weil sich sonst ihre Mutter Sorgen macht. So rücksichtsvoll zu denken ist Melanie Tandy völlig fremd. Sie will nach Hause, weil sie zu frieren beginnt und von einer Tasse Kaffee und einem Schinkenbrötchen träumt. Wie immer, abends ist in Meadcombe nichts los. Zornig schiebt sie eine Zigarettenkippe durch den Schlitz des in die efeubedeckte Wand eingelassenen roten Briefkastens.

Irgendwo bellt ein Hofhund. In der Ferne hört man einen Zug durch die dunkle Nacht rauschen. Doch ganz

Meadcombe scheint zu schlafen. Nicht einmal aus dem Weary Ploughman, dem gemütlichen Herz der kleinen Gemeinde, dringt ein Laut.

Ja, man braucht sich nur den Weary Ploughman anzusehen, denkt Melanie, mit seinen Kaminböcken, den Spinnweben in den Ecken und den verlogenen Spezialitäten wie Bier vom Fass und Bohneneintopf. Damit sich die satten Schmerbäuche wie Bauern fühlen konnten.

Am liebsten würde Melanie ihre Wut hinausbrüllen. Es gibt Menschen auf der Welt, die hungern, verdammt noch mal, aber die Einwohner von Meadcombe marschieren jeden Sonntag in Schale geworfen in die Kirche, während zu Hause der Braten in der Röhre schmort. Es gibt Menschen ohne ein Dach über dem Kopf, aber die Leute von Meadcombe waschen in aller Ruhe ihre Autos und studieren Versandhauskataloge. Die Welt droht unterzugehen, doch die Hausbesitzer von Meadcombe sprühen Fichtennadelspray in ihre Häuser und zerstören alles, was nur einen Anflug von Atmosphäre hat.

Alle tun so, als würden sie einander mögen. In Wirklichkeit mögen sie nur sich selbst. Und gutes Theater, o ja, Theater lieben sie. Um keinen Preis will sie so sein wie diese Spießer. Glaubt, sich durch ihren olivenfarbenen Teint von ihnen abzuheben. Am liebsten wäre sie dunkelhäutig. Und schon gar nicht will sie erwachsen werden und einen Hängebusen bekommen und Schamhaare, die wie bei ihrer Mutter aus dem Badeanzug hervorlugen. Der an Eisen erinnernde Blutgeruch, den sie jeden Monat ausströmt, ist schlimm genug. Ihr Körper lässt sie im Stich, ihre Mutter lässt sie im Stich, ihr Vater lässt sie im Stich. Und in einem

Dorf wie Meadcombe zu leben, macht die Sache nicht leichter.

»Oh give me land lots of land ... don't fence me in ...« Das Lied, das Stan in der Musikbox ausgewählt hat, wird unglaublich leise gespielt. Es lohnt sich daher kaum, Geld in die Box einzuwerfen. Sicherlich kommt als nächstes *My Way*. Eines seiner Lieblingslieder.

Jetzt da sie weiß, dass sie keinen Pfennig aus ihm herauskriegen kann, entspannt Sonia sich und braucht aus ihrer Langeweile kein Hehl mehr zu machen. Mit ihrer Verachtung für Stan verschwendet sie nur wertvolle Energie, aber das ist ihr egal, denn sie ist dabei, sich zu betrinken. Es macht sie krank, ihren Kindern sagen zu müssen, dass sie ihre geliebte Schule verlassen und wie die anderen Dorfkinder die normale Schule besuchen müssen. Es hat keinen Zweck, Stan zu erklären, wie schrecklich das ist. Er würde es sowieso nie verstehen.

Sein Gesicht sieht aus wie eine Verbrechervisage aus dem Fahndungsfotokasten der Polizei. Noch dazu der nach unten hängende mexikanische Schnurrbart, wie man ihn von den Mr. Potato-Head-Packungen kennt. Kleine Augen und ein Fischmund. Und silbergraue Cowboyhaare.

Der wird nicht alt wie wir anderen, schießt es ihr durch den Kopf, weil ihm alles und jeder scheißegal ist.

»Einen Kaffee?«

»Ja, danke gern.«

Ihr eigenes Haar ist dicht und braun und gelockt. Und die Bräune von ihrem Griechenlandurlaub ist noch nicht verflogen ... sie hatten die Kinder nicht mitgenommen, sondern sie bei Freunden gelassen. Die Urlaubsbräune passt gut zu ihrem goldenen Armreif und dem grünen Lidschatten. Auch Stanley Hanaford trägt einen Armreif… einen riesigen Ring, der einen sofort an die Nasenlöcher eines Bullen denken lässt. Sie kann den Blick nicht davon lösen, während sie erklärt: »Du meinst also nicht…« Den Löffel lässig zwischen den langen Fingern, hackt sie auf das Essen ein.

»Halte nichts davon, hab nie was davon gehalten«, erklärt Stanley mit seinem ordinär klingenden Provinzakzent. »Meine Kinder mussten immer auf ihren eigenen Füßen stehen, sich selbst durchschlagen…«

»Und Beryl, sieht sie das genauso?«

»Das hat nichts mit Beryl zu tun. Solche Entscheidungen überlässt sie mir. Nein, wie man sich bettet, so liegt man – das gilt auch für Paul.« Aus seinem Mund hört sich das an, als sei alles ihre Schuld. Wie er dieses Gespräch genießt! Wie er es genießt, dass Sonia sich vor ihm erniedrigt!

Sie merkt, wie sie in Rage gerät und weiß, dass man ihr das ansieht. Angeekelt sieht sie ihm zu, wie er die Worte mit seinen dicken Lippen formt, wie sich dabei Schaum in seinen Mundwinkeln bildet.

»Das bedeutet, dass wir das Herrenhaus verkaufen müssen.« Diesen Satz auszusprechen, ist ihr am schwersten gefallen, doch aus irgendeinem Grund berührt es sie nicht mehr. Sie fühlt sich erschöpft und ausgelaugt. Im Grunde hatten sie nicht wirklich geglaubt, dass Stan ihnen helfen würde, aber Paul meinte, einen Versuch sei es wert. »Es hat keinen Zweck, länger darüber zu reden. Ich will dieses Thema nicht die ganze Nacht durchkauen.«

Sonia Hanaford sieht die kleine Melanie Tandy, ganz in Schwarz gekleidet, wie sie vom Stein weg über den Platz geht. Die Zeit, als Sonia fröhlich durch die Gegend sprang und dabei ihre kleine karierte Tasche über dem Kopf schwenkte, scheint in weiter Ferne zu liegen. Im Haus der Laws geht das Licht in diesem Moment aus. Sie muss dabei an Augen denken, die vor Müdigkeit zufallen. Es ist spät. Sie hat getan, was sie konnte. Es ist Zeit, nach Hause zu gehen und Paul die schlechten Nachrichten zu überbringen – außer ... Sie hat noch eine Karte im Ärmel stecken, und Sonia Hanaford ist zu allem entschlossen.

Cholera. 1783. Und die Leute von Meadcombe hätten Hunger leiden müssen, hätten ihnen nicht die Bauern geholfen und nachts Essen zum Peststein gebracht. Die verzweifelten und dankbaren Dorfbewohner legten ihr Geld in Essigpfützen in die Kuhlen am Stein.

Seit dieser Zeit wurden dem Stein geheimnisvolle Kräfte zugeschrieben. Es galt als Unheil bringend, im Gegenuhrzeigersinn um ihn herumzulaufen, und als Glück bringend, ihn in einer Vollmondnacht drei Mal rückwärts zu umrunden. Frauen und junge Mädchen raunten ihm ihre Träume zu.

Von Zauberkräften war die Rede. Wenn nachts die Todeshexe kam und ein Kind forderte, musste man sich nur mit dem Rücken zum Peststein stellen und den Namen seines Kindes rufen, dann war alles wieder gut. Vor zehn Jahren noch, so erzählt man sich, spielte sich hier eine kleine Tragödie ab. Eine junge Mutter, eine von den Telfords, die inzwischen aus Meadcombe weggezogen ist, stand in der

Dunkelheit auf dem Platz. Ihre Verzweiflung war so groß, dass sie diese Überlieferung auf die Probe stellen wollte. Mit dem Rücken zum Stein rief sie, verrückt vor Angst um ihren Sohn, dessen Namen: »Sascha, Sascha …« Dennoch war er kurze Zeit später an Leukämie gestorben. Leute, die sie in jener Nacht gehört hatten, erzählten, ihnen hätten vor Entsetzen die Haare zu Berge gestanden.

Die Menschen begannen, Verse zu reimen:

Liegt weißer Schnee am Weihnachtstag
den Stein dreimal mit Lorbeer schlag.
Liegt das Haupt des Steins im Sonnenschein
Wird im Januar unter Euch ein Toter sein …

und so weiter.

Merkwürdige Dinge spielten sich im Umkreis des Steins ab – Rituale, Gesänge, Beschwörungen. Und in Meadcombe geschahen schreckliche Dinge: Die Witwe Garner ertrank in Dolans See … Dann die Sache mit Mutter Kiery …

Bei Bittgängen schlug man einen weiten Bogen um den Stein und, obwohl die Menschen dabei die Augen gen Himmel richteten, stellten sie ihn genau dadurch in den Mittelpunkt der Prozession. Der Stein war für sie ein Symbol des Bösen, was ihn nur noch bedeutender machte. Wäre er kein Stein, sondern ein Mensch gewesen, hätte er wahrscheinlich angefangen, diese Geschichten über sich selbst zu glauben – vielleicht wäre es ihm sogar gelungen, sie Wirklichkeit werden zu lassen. Und dennoch – am frühen Morgen des 20. Septembers ist Constance Law tot,

Melanie Tandy wird vermisst und Sonia Hanaford hält einen Scheck über eine Viertelmillion Pfund zwischen den Fingern ihrer sorgfältig manikürten rechten Hand.

ZWEITES KAPITEL

Um begreifen zu können, was sich in diesem schicksalsträchtigen Winter in Meadcombe ereignete, muss man sich zunächst eingehender mit Melanie Tandy beschäftigen … dem Mädchen, das mit hasserfülltem Herz nachts über den Dorfplatz schleicht. Was nicht schwer nachzuvollziehen ist. Es gibt Tausende, denen es geht wie ihr. Dieser schwarzgekleideten Gestalt, die so gerne wieder ein kleines Mädchen wäre, sich jedoch über die Unmöglichkeit dessen im Klaren ist. Sie war einmal glücklich. Das vergisst sie gerne. Sie wurde geliebt. Auch das vergisst sie.

Und erwachsen zu werden, wenn man nicht erwachsen werden will, kann einem entsetzliche Angst einflößen.

Ihr Atem ging stoßweise. Exakt zweiunddreißig Schritte, dann war Melanie Tandy zu Hause, und jeder Schritt machte sie wütender, fast schnaubte sie.

Es musste jemand bestraft werden. Und dieser Jemand war ihre Mutter.

Als Melanie die Tür öffnete, stand Janey in ihrer Kittelschürze an der Spüle. Sie sagte kein Wort. Das war auch nicht nötig. Die Anklage stand ihr ins Gesicht geschrieben, in dem gesenkten Blick und der geräuschvollen Art, wie sie das saubere Geschirr auf das Abtropfbrett stellte. Es war zwanzig nach zehn, und sie war noch immer nicht mit der Hausarbeit fertig und hatte jetzt jemanden, dem sie dafür die Schuld geben konnte.

Melanie brachte die Kälte mit in die hellerleuchtete Küche. Sie ging geradewegs zum Wasserkocher und schaltete ihn ein. Dann holte sie sich eine frischgewaschene Tasse, die noch nass war, und gab einen Teelöffel Nescafé hinein. Er wurde tiefschwarz. Dazu drei gehäufte Teelöffel Zucker. Sie wusste, dass sie Janey damit auf die Nerven ging. Die Blicke von Mutter und Tochter trafen sich nur noch selten. Sie hatten Angst voreinander. Beide wünschten sich einen Zusammenstoß und scheuten gleichzeitig davor zurück, fürchteten, sie könnten Dinge sagen, die sie unwiederbringlich trennen würden. Und keine war sich sicher, ob sie damit zurechtkäme.

Schließlich schien die Mutter das Schweigen nicht mehr ertragen zu können: »Du bist also wieder da.«

Melanie ignorierte die Gesprächsaufforderung und rührte stattdessen wild in ihrer Tasse, sodass der Kaffee überschwappte. Die Zeit schien stehen zu bleiben, als vier Augen auf das Geklekse starrten, das sie da angerichtet hatte. Janeys sanfte, kuhbraune Augen und die kleinen, harten, Coca-Cola-farbenen Augen Melanies.

Die Geräusche des Fernsehers aus dem Zimmer nebenan blieben weiterhin gedämpft. Ein Mann hustete, und Melanie wischte die Pfütze mit ihrem Pulliärmel weg. »In Ordnung?« Eine offene Herausforderung. Manchmal erschrak Melanie selbst über ihr provokantes Verhalten.

»Pass doch besser auf …«

»Meine Schuld! Meine Schuld! Mea culpa … mea culpa.« Ihr Schädel dröhnte, drohte zu platzen, wie so oft in letzter Zeit, wenn sie mit ihrer Mutter zusammen war.

»Sei kein solches Dummerchen, Melanie. Jetzt muss ich den Pulli schon wieder waschen.«

»Der ist okay. Das passt schon.«

»Melanie, du kannst doch morgen nicht mit Kaffeeflecken am Ärmel in die Schule gehen.«

»Es ist doch nichts passiert, Mum. Lass das, ja. Du musst nicht jedes Mal überreagieren.«

»Vielleicht mag Dad eine Tasse Tee, wenn das Wasser schon heiß ist.«

»Dann soll er sich eine holen.«

»Er sieht sich was im Fernsehen an.«

»Und ich trinke gerade meinen Kaffee.« Melanie beobachtete achselzuckend, wie sich Janeys Gesicht verhärtete. In ihren Augen hatte ihre Mutter etwas von einer Ratte, die in der Falle sitzt. Ihre Nase war schmal und rot, wie die einer Ratte aus einem Cartoon, ihr wirres Haar rattenbraun mit grauen Strähnen. Melanie war das egal. Ihre Mutter mit ihrem selbstverschuldeten Elend langweilte sie zu Tode. Sie hatte nicht vor, vor ihm zu kriechen wie ihre Mutter. Ein fauler Sack war er.

Melanie saß in der Küche über ihrer Tasse Kaffee und wiegte sich, um sich etwas zu trösten. Wenn sie so ekelhaft zu Janey war – was sie sein musste –, fühlte sie tief in ihrem Inneren einen harten Knoten. Als sammle sich dort etwas an, das raus musste. Aber sie konnte nicht anders. Sie musste sich so verhalten.

Und Janey sah sich suchend in der blitzenden Küche

nach etwas um, was sie noch tun könnte. Solange sie sich nur nicht an den Tisch zu ihrer griesgrämig dreinschauenden Tochter oder nebenan im Wohnzimmer im Halbdunkel neben ihren schweigenden Mann setzen und so tun musste, als sähe sie sich das Billardspiel an. O ja, Janey Tandy verstand, warum Melanie so gerne rausging und sich allein auf den Dorfplatz setzte.

Manchmal liebte Janey Melanie noch immer. Zum Beispiel, als ihr Blick auf die schmalen, kindlichen Schultern ihrer Tochter fiel. Sie waren so zerbrechlich, so verletzlich. Ihr war unsäglich traurig zu Mute. Als Melanie geboren wurde, schrieb jemand unter die vorgedruckte Zeile *»Wunderbar ... eine Tochter!«*, sie würde jetzt stets eine Freundin an ihrer Seite haben. Sie hatte vergessen, wer ihr die Karte geschickt hatte, aber diesen Satz sah sie noch vor sich. Die Schrift war krakelig, wie die Handschrift eines alten Menschen, eine Großtante oder eine alte Freundin der Familie. Und Janey dachte, dass das mit Töchtern und Müttern früher vielleicht so gewesen sein mochte. Heute war es anders.

Janey versuchte sich zusammenzureißen. Sie sehnte sich nach Harmonie. »Daniel ist heute schon wieder von seiner Lehrerin nach Hause geschickt worden. Er muss sich irgendeinen Virus eingefangen haben. Morgens scheint es ihm immer gut zu gehen, aber zur Pause, erzählt er, wird ihm immer ganz heiß ...«

Ihre Tochter beachtete sie nicht, blätterte in einer Illustrierten und leckte langsam den Rand ihrer Tasse ab. Das entrüstete Gesicht ihrer Mutter genoss sie in vollen Zügen.

Um dann zu Janeys Überraschung zu erklären: »Er verarscht dich, Mum.«

»Du glaubst doch nicht …«

Melanie begann zu summen. Ihre Mutter, die ihr einst so viel bedeutet hatte, war inzwischen nur noch eine Belastung für sie. Melanie fragte sich, warum Janey ihr je wichtig war, fand, dass sie sich selbst als Frau und auch sie, ihre Tochter Melanie, verraten hatte … Eine Erziehung zur Unterwürfigkeit. Der große Verrat. Während der Herr, in sein Billardspiel vertieft, vor dem Fernseher im Wohnzimmer saß und sich nach seiner Tasse Tee sehnte, die er selbst zu machen sich kategorisch weigerte. Und von den Jungs wurde nie verlangt, bei der Hausarbeit zu helfen. Als hätte sie, weil sie männlich waren, die Krankheit ihres Vaters geerbt, als hätte er sie an sie weitergegeben und auch sie geschwächt. Nein. Melanie hatte keineswegs vor, sich mit Janey zu solidarisieren, jetzt nicht mehr, da sie nicht mehr auf ihren Schoß klettern und den Kopf in ihrer Schürze verstecken oder die hartgewordenen Teigflocken von ihren Fingern pflücken konnte.

Sie gab sich Mühe, feindselig dreinzublicken und sie zog ihre Ärmel unter der Jacke hervor, die auszuziehen sie sich weigerte. Bis sie ihre schwarzen, fingerlosen Handschuhe bedeckten, zog sie sie und rieb an der Tischkante. Wenn sie nach oben schlafen ging, würde Dad aus dem Wohnzimmer kommen und Mum würde mit ihm über sie tuscheln. Früher hatte sie sich öfter bis zum Treppenabsatz geschlichen, um zu lauschen. In letzter Zeit war ihr das gleichgültig geworden. Sie konnte sich ohnehin denken, was sie redeten. Dad schien die Flüsterei nicht lange auszuhalten. Er vergaß es einfach und wurde laut, bevor ihn Mum durch ein Runzeln der Stirn wieder daran erinnerte. Melanie hatte nie ganz genau verstanden, worum es ging ... konnte nur ab und zu ein Wort aufschnappen, wenn Dad nicht aufpasste – »Geduld«, »Phase«, »Mir ist klar, für dich ist es schwerer.« Sie machten sich Sorgen, hofften, es handle sich um eine Phase. Für Janey, vermutete Melanie, war es nur eine weitere herrliche Bestrafung.

Auf ihrem Weg nach oben wollte Melanie sich wieder einen Fünf-Pfund-Schein aus Davids Brieftasche schnappen und ihn mit klopfendem Herzen und einem Schuldgefühl, das schon beinahe etwas Sexuelles hatte, ihrer Sammlung hinzufügen.

»Hast du keine Hausaufgaben auf?«

Ein kurzes, geringschätziges Auflachen. »Hab ich gestern gemacht.«

In dem sich anschließenden Schweigen fragt Janey sich, wann das gestern gewesen sein konnte. »Bist du dir sicher?«

»Na ja, ich lüge nicht, wenn du das meinst.«

Janey versuchte lediglich, ihre Tochter irgendwie aus dem einzigen Raum zu vertreiben, in dem sie selbst sich sicher fühlte. Was Melanie genau wusste und weshalb sie sich erst recht weigerte, die Küche zu verlassen. Janey würde sich doch zu ihrer Tochter an den Tisch setzen müssen, außer sie taute den Kühlschrank noch mal ab. Da sie müde war, setzte sie sich.

So saßen sie eine Weile in angespanntem Schweigen. In ihrer dumpfen Wut entging Melanie nicht, wie ihre bloße Anwesenheit ihre Mutter dazu brachte, mit dem Muster der Tischdecke zu spielen. Janeys Verwirrung spiegelte ihre eigene Verwirrung wider. Der Unterschied war, dass

Melanie sich damit innerlich auseinander setzte, sie war eine Meisterin darin, ihre Gefühle zu verbergen. Bitte mach, dass sie nicht wieder mit den Jungs anfängt. Dass sie nicht wieder versucht, mir eine dieser schwachsinnigen Horrorgeschichten zu erzählen.

»Das ist eine hübsche Jacke, die Nana dir geschickt hat. Der Reißverschluss würde hochgezogen besser aussehen.« Janey konnte einfach nicht anders, als ihre Tochter immer wieder zu kritisieren.

»Ich zieh ihn hoch, wann ich will. Mir gefällt's so.«

Normalerweise kamen Janey und Melanie besser miteinander aus, wenn ihr Vater dabei war. Es war einfacher, weil man, sobald er im Raum war, unmöglich an etwas anderes als ihn denken konnte.

Nun kam er mit Fernsehaugen in die Küche geschlurft. Voller Verachtung sah Melanie zu, wie sich Angstfalten auf der Stirn ihrer Mutter bildeten. Sie hatte dieses typisch besorgte Lächeln aufgesetzt, das besagte: »Uns geht's gut, aber was ist mit dir, du Ärmster?«

David trug eine Strickjacke aus dem Sonderangebot wie ein Symbol des Versagens. Hätte nicht seine Frau, sondern er sie dort entdeckt, hätte er sich erbittert nach vorne gekämpft, um sie zu kaufen, denn auch wenn er schon ganz unten im Leben angelangt war, schien er zwanghaft immer noch eins draufsetzen zu müssen.

Anders als Melanie, war David äußerst anhänglich und kämpfte mit psychischen Problemen. Tausende von Pfund gab er für Therapeuten und Berater aus, um gegen seine »Melancholie« anzugehen, wie er es nannte. Und Melanie, so jung sie war, kannte den Grund für seine Traurigkeit: In ihm lebte eine Art Parasit, der das Glück langsam auffraß.

»Wenn es Daddy besser geht«, lautete der in ihrer Kindheit am meisten strapazierte Satz. »Nicht jetzt, vielleicht wenn es Daddy besser geht.« »Warum muss ich denn ruhig sein?« »Doch nur, bis es Daddy besser geht.« Melanie war wütend, dass sie so lange darauf hereingefallen war. Sie war wütend auf Janey, weil sie diese Lüge erfunden und sie alle damit infiziert hatte. Sie wollte kein Mitleid für ihren Vater empfinden … das hatte doch nichts mit Liebe zu tun. Janey engagierte sich so leidenschaftlich für die Krankheit ihres Ehemannes, dass Melanie sie verdächtigte, es irgendwie zu genießen. Doch Melanie selbst empfand nur Wut und hatte das Gefühl, betrogen worden zu sein. David Tandy war und blieb immer der Gleiche. Besser oder schlechter spielte keine Rolle. Er war so wie er war, basta.

»Hallo Schnuffel«, sagte er mit niedergeschlagenem Gesichtsausdruck.

»Hallo Dad«, sagte Melanie mit vorgetäuschter Heiterkeit. Sie hatte nicht vor, ihm eine Tasse Tee zu kochen. Niemals!

»Weg gewesen?«

»Nur auf dem Dorfplatz.« Sie merkte nicht, wie sie mit den Fingern an der Tischdecke herumspielte. Sie schauten aus den ausgefransten Löchern ihrer fingerlosen Handschuhe heraus, die sie nie auszog, nicht einmal im Sommer.

»War was los draußen?«

»Ist in Meadcombe jemals was los?«

Mit schweren Schritten ging David hinüber zum Wasserkessel, hob ihn hoch und schüttelte ihn. Als er feststellte, dass der Kessel wie erwartet leer war, seufzte er tief. Aus solchen Kleinigkeiten nährte sich sein Pessimismus, und er konnte gar nicht anders, als alles persönlich zu nehmen.

Ihren dunklen Teint hatte Melanie von ihm geerbt, auch wenn niemand in der Familie so südländisch aussah wie sie. Sie fand, dass ihr Vater, gemessen an seiner seelischen Verfassung, viel zu attraktiv war. Mit zweiundvierzig war sein Haar schon fast grau, aber von schwarzen Strähnen durchzogen. Es war dicht und drahtig wie das Haar eines Orientalen, und er ließ es bis über den Nacken wachsen.

»Ich geh nach oben.« Ihr blieb nichts anderes übrig, denn der Drang, ihm zu helfen, war einfach zu übermächtig. Dagegen half nur Flucht.

»Was ist mit deiner Tasse?«

Die stand herausfordernd auf dem blank geputzten Küchentisch.

»Räum ich morgen früh weg.«

»Du weißt ganz genau, dass deine Mutter sie wegräumt, wenn sie zurückkommt.« Er hatte ihr den Rücken zugewandt, konnte sie nicht einmal ansehen. Einen Augenblick lang verachtete sie ihn. Er setzte hinzu: »Und sie hat ohnehin genug um die Ohren.«

»Ja«, antwortete Melanie und fuhr sich durch ihr Haar.

»Dann spül sie, sei so lieb.«

Obwohl er geistesabwesend redete, war ihm die Angelegenheit wichtig, denn er hatte aufgehört, sich zu bewegen. Er war über die Spüle gebückt stehen geblieben und lauschte. Wartete, wie sie reagieren würde.

Sie könnte ihm gehorchen und die Tasse spülen, ihren Vater aus dem Weg schubsen und am Schluss wütend in ihr

Schlafzimmer hinauflaufen. Nicht ohne dabei jede Menge Türen zuzuknallen und finstere Blicke über die Schulter zu werfen, wie sie es bisher immer getan hatte. Oder sie konnte cool bleiben und sich einfach weigern, diese Tasse anzufassen. Bei der Vorstellung, auf Konfrontationskurs zu gehen, wurde ihr mulmig zu Mute.

So schaffte ihr Vater es, dass seine Klassen das taten, was er wollte. Er erregte ihr Mitleid, indem er mit erschöpftem Gesichtsausdruck vor ihnen stand und sich unbeholfen zeigte. Jede seiner Bewegungen wurde von einem kleinen Seufzer begleitet. Das war seine Methode, die Zuneigung seiner Mitmenschen zu gewinnen, eine andere kannte er nicht. Er konnte nicht witzig oder mitreißend sein. Aber Davids Methode war unweigerlich erfolgreich.

Melanie zumindest hatte ihn durchschaut. Sie hatte nicht vor, dieses Spiel auch nur eine Minute länger mitzumachen. Lieber wollte sie sterben, als diese Tasse zu spülen.

»Ich gehe jetzt ins Bett, Dad«, entgegnete sie ruhig. »Und die Tasse spüle ich morgen früh. Sag Mum einfach, sie soll sie stehen lassen.«

Sie wollte gerade zur Tür hinausgehen, als sie ihn ebenso ruhig antworten hörte: »Melanie, ich möchte, dass du zurückkommst und diese Tasse spülst, und zwar jetzt sofort.«

Sie erstarrte mitten in der Bewegung, verspürte Übelkeit. Das hier ging nur sie und ihn etwas an, und als Janey mit seinen Fernsehabfällen in die Küche kam, wurde Melanie erst recht wütend. Sie hätte beinahe nachgegeben, aber das war jetzt, vor Publikum, nicht mehr möglich.

Janey bemerkte die Spannung zwischen David und Melanie sofort, und sie blickte ängstlich von ihr zu ihm.

David erklärte betont munter: »Melanie wollte gerade ihre Tasse spülen, bevor sie nach oben geht.«

Gleichzeitig wandten sich beide zu ihr um und sahen sie an ... sahen ihr direkt in die Augen. Melanie erwiderte den Blick ihrer Eltern trotzig, hob das Kinn und verschränkte die Arme in der schwarzen Lederjacke.

Matt lächelnd erwiderte sie: »Ich habe Dad gesagt, ich mach es morgen früh, und genau das habe ich vor. Und jetzt gehe ich nach oben, wenn niemand etwas dagegen hat.«

»Du gehst nirgendwo hin, Melanie.«

Janey war kreidebleich geworden. Melanie konnte ihr ansehen, dass auch sie auf Davids Nachgiebigkeit gehofft hatte. Wie David wohl reagierte, wenn sie einfach nach oben ging und ihm zum ersten Mal in ihrem Leben den Gehorsam verweigerte?

»Lass nur, ich mach das schon.«

David hob die Hand wie ein Verkehrspolizist und hielt seine Frau davon ab, nach der Tasse zu greifen.

Melanie lehnte sich an die Wand. Sie hätte gerne die Hände in die Taschen ihrer Hose gesteckt, um cool zu wirken, doch die Taschen waren unter der Lederjacke, in der engen Bluejeans, die sich um ihre Schenkel spannte. Daher hielt sie die Arme weiter verschränkt und verzog den Mund zu einem überlegenen Lächeln. Wie lange wollte er noch versuchen, ihren Willen zu brechen? Ihre ganze Haltung drückte doch aus, dass seine Erziehungsversuche sie kalt ließen.

»Komm schon«, versuchte Janey einzulenken, »es ist ja nicht so viel verlangt.«

Melanie hörte nicht auf zu lächeln.

»Spülst du jetzt diese Tasse oder nicht?«

»Ich spül sie nicht«, entgegnete sie stur. Zugleich verspürte sie Angst, ohne eine Ahnung zu haben, wovor. Und sie genoss diese Angst. Ein berauschendes Gefühl und neue Nahrung für ihre Wut.

Janey blickte unentwegt zwischen den beiden hin und her, bis sie es schließlich nicht mehr aushielt und einfach die Tasse vom Tisch nahm. Davids Arm schoss nach vorn und schlug sie ihr aus der Hand. Die Tasse schlug auf dem Küchenboden auf und zerbrach in drei Teile. Das laute Klirren erlöste sie aus der Starre, in der sie gefangen gewesen waren.

»Du Mistkerl!«, schrie Melanie und tat einen Schritt zur Tür. »Du durchgeknallter Blödsack!«

»Nein! Untersteh dich!« Janey trat vor und versetzte ihrer Tochter eine Ohrfeige. Entsetzt über das, was sie getan hatte, wich sie zurück und hielt sich die Hand vor den Mund.

David vergaß in diesem Augenblick seine lebenslange Lethargie, packte Melanie ungeschickt am Arm und versuchte, sie zur Spüle zu zerren. Angeekelt spürte Melanie seine kraftlosen Finger um ihren Arm, die jedoch am Leder abglitten. Sie entwand sich ihm und rannte laut brüllend zur Tür. Sie brüllte, um etwas von sich zurückzulassen, bevor sie verschwand.

»Ich hasse euch! Ich hasse euch! Ich habe euch schon immer gehasst! Ich verschwinde aus diesem Scheißkaff und komm nie mehr zurück!«

Eigentlich hätte der Hass, den Janey in letzter Zeit des öfteren auf Melanie empfunden hatte, nun mit aller Macht hervorbrechen müssen, doch stattdessen füllten sich ihre Augen mit Tränen. Noch nie hatte sie solches Mitleid gefühlt, weder für David noch sonst jemand. Ihre Brust schien zu zerspringen. Sie sehnte sich danach, Melanie an sich zu ziehen, sie zu wiegen und zu trösten, ihr den Rücken zu tätscheln und über das Haar zu streicheln.

Die Tür fiel so kräftig ins Schloss, dass die Fenster klirrten.

»Die kommt zurück«, erklärte David zornerfüllt.

Als Janey sich bückte, um die Scherben aufzusammeln, merkte sie, dass sie nichts sehen konnte, da die Tränen, die ihr in den Augen standen, nicht fließen wollten.

Und als sie es schließlich nicht länger aushielt und David schlafen gegangen war, öffnete Janey die Tür und rief leise: »Melanie?«

Der Peststein schaute heute dunkler herüber denn je, wie er, von silbern glänzenden Froststellen bedeckt, massig und schweigend auf dem Platz stand. Rasch zog sie die Tür zu, um noch Sonia anzurufen. Sie wusste, Sonia blieb abends lange auf, und Janey brauchte jemanden, mit dem sie über das Vorgefallene reden konnte. Paul ging ans Telefon und erklärte, Sonia sei noch nicht zu Hause. Janey überlegte, hinüber zu Marian zu laufen, doch die schlief wahrscheinlich schon.

Sie warf noch einen letzten Blick hinaus, bevor sie nach oben ging. Der Peststein starrte durch das Fenster zurück. Irgendwie ahnte sie, dass ihre Tochter in dieser Nacht nicht zurückkommen würde.

DRITTES KAPITEL

Constance Law braucht keine Windeln – noch nicht. Ihre Schwiegertochter, die Witwe Marian, wird sie um halb zwölf, wenn sie ins Bett geht, aufwecken und zur Toilette führen.

Doch bis es soweit ist, sitzt Marian in dem Haus, das sie *Dunoon* nannten, vor dem Fernseher, starrt ins Leere und wartet darauf, dass ihre Kinder heimkommen. Ihre ausgeglichenen Kinder und deren Freunde, die so beunruhigend zufrieden sind mit ihrem Leben in der Provinz und den Abenden, die sie mit Dartspielen im Weary Ploughman verbringen. Freitags passen sie in der Regel auf Constance auf, sodass Marian den Abend mit ihrer Theatergruppe verbringen kann.

Weder Lloyd noch Sally hatten je auch nur ansatzweise rebelliert, hatten, anders als Melanie Tandy, ihren Eltern keinen Tag Anlass zur Sorge gegeben. Insgeheim schrieb Marian das ihrem Zuhause zu, ihrer Erziehung und der Liebe, die die beiden bekommen hatten. Natürlich sprach sie nicht mit Janey Tandy darüber, aber mit Roger hatte sie sich abends im Bett häufig über dieses Thema unterhalten.

Marian Law hatte ein rundes freundliches Gesicht. Die

mongolisch anmutende Form versuchte sie zu kaschieren, indem sie sich die Haare nach vorne frisierte. Ihre Gesichtsform war typisch für diese Gegend. Generationen von Menschen mit Gesichtern wie diesem lagen auf dem Dorffriedhof. Auch die Familie Law war dort ausgiebig vertreten. Im Februar damals, als es passiert war und sie ihn in die Erde hinabgelassen hatten, tröstete Marian die Vorstellung, dass Roger an diesem dunklen Ort wenigstens nicht allein oder ein Fremder war.

In Meadcombe hatte vor langer Zeit einmal ein Mann gelebt, der felsenfest davon überzeugt gewesen war, dass die Menschen in Wirklichkeit niemals auf dem Mond gelandet seien. Er ließ sich durch kein Argument der Welt vom Gegenteil überzeugen. Man hatte über ihn gelacht und ihn einen Narren genannt.

»Wenn ihr alles glaubt, was man euch erzählt, seid ihr blöder, als ich dachte«, pflegte er zu sagen.

Nun musste Marian wieder an ihn denken, denn auch sie hatte nie wirklich daran geglaubt, dass sich unter ihrer Gesichtshaut Schädelknochen befanden, ein Skelett, Gewebe, Knorpel und Knochen. Weshalb sie auch nie wirklich geglaubt hatte, dass Roger oder sie jemals sterben könnten ... nicht wirklich.

Daher war sie wie vor den Kopf gestoßen, als es dann soweit war. Unvermittelt, jählings und endgültig starb er und ließ sie allein zurück, verraten und verkauft.

Natürlich hatte sie andere Menschen gekannt, die gestorben waren. Aber die hätten auch von ihr und Roger erfunden sein können. Roger und sie waren die Einzigen, deren Existenz sie sicher glaubte, beweisen zu können.

Sie hatte seinen Tod noch immer nicht verkraftet, stand noch immer unter Schock und war überrascht davon, dass das Leben einfach so weiterging.

Manchmal, wenn sie alleine war, Staub saugte, die Betten machte, hatte sie unsinnige Ohrwürmer im Kopf, als wüsste ihr Kopf nicht, wie er sich sonst beschäftigen sollte.

Roger Law lebt nicht mehr.
Tanzt kopflos auf dem Grab umher.

und

Was Roger Law geschah, das wollt Ihr wissen?
Überall war Blut, der Kopf wurd' ihm abgerissen.

Auf der A5 hatte sich ein Lastwagen quergestellt und Rogers Kopf abgetrennt ... War auf dem Glatteis ins Schleudern geraten ... ja, und Marian hatte Eis immer gemocht. Constance war natürlich sicher auf dem Rücksitz angeschnallt gewesen. Sie hatte überlebt, trotz ihres schwachen Herzens, um das sie stets so viel Aufhebens gemacht hatte. Selbst ihr Hut hatte nicht eine Schramme davongetragen. Was auf Roger nicht zutraf. Man hatte Constance aus dem Wagen geschnitten und sie in Sicherheit gebracht. Marian gab ihr die Schuld. Roger war losgefahren, um seine Mutter abzuholen. Sie wollte ein paar Tage in Meadcombe verbringen und hatte sich schon immer geweigert, mit dem Bus zu fahren, der sie bis vor die Tür gebracht hätte. Busse, so sagte sie immer, seien gefährlich.

Constance hatte immer Angst gehabt, war immer vorsichtig gewesen, wie es die Leute oft sind, die am wenigsten zu verlieren haben.

Marian hatte ihre Feindseligkeit überwunden und Constance bei sich aufgenommen, eine letzte vergebliche Geste um Rogers willen. Um die Zeiten wieder gutzumachen, in denen sie ihn nicht so geliebt hatte, wie sie ihn hätte lieben sollen? In diesem Chaos damals, als der Schmerz sie noch nicht in Schach hielt, hatte sie angenommen, sie könne ihm auf diese Weise nahe bleiben. Und anfangs hatte Constance nur ruhig in der Ecke gesessen und elend ausgesehen; der Schock, hatten die Ärzte gemeint. Aber der Unfall hatte irgendwelche chemischen Vorgänge in ihrem Gehirn in Gang gesetzt, die eine rasch voranschreitende Senilität verursachten. Es hatte nur ein paar Monate gedauert, bis Constance diesen verwirrten Blick aufsetzte, wie ein Kleinkind quengelte und sich bei völlig Fremden selbst zum Tee einzuladen begann. Und in die Hose machte.

Marian rutschte in ihrem Sessel nach vorne, als sie den Schlüssel im Schloss hörte.

Wie hatte sie sich immer davor gefürchtet, verbittert zu werden.

»Wir sind wieder da, Mum.«

»Mensch, ist der Fernseher laut.«

Marian war das gar nicht aufgefallen. Doch nun erhob sie sich und stellte den Apparat sofort leiser, befürchtete, der Freund ihrer Tochter könnte sich über sie wundern. Schließlich mochte sie ihn ... ja, sie mochte ihn sogar sehr. Aber er war ein Blogg und sie war eine Law und in Meadcombe wurden Klassenschranken eingehalten.

»Schläft Omi?«

»Ja, ging heute gleich nach oben. Muss müde gewesen sein.«

»Die Ärmste«, meinte der Bloggsohn. Marian verspürte einen Drang, ihm kräftig in sein überhebliches Gesicht zu schlagen. Was wusste er schon! Soll er doch morgens das Wasser raufschleppen und ihr den Hintern waschen!

Sie musste sich dazu zwingen, sich auf das Gespräch zu konzentrieren. Ihre Kinder sprachen über ein Thema, über das sie sich bereits im Pub ausgiebig unterhalten hatten, während sie darauf warteten, dass das Wasser im Kessel kochte. In dem Wohnzimmer mit der niedrigen, von Balken durchzogenen Decke, das genauso geschnitten war wie das der Tandys, erschienen Marian ihre Kinder und deren Freunde so riesig. Nur wegen ihr sprachen sie lauter, ließen die Insidergeschichten weg und versuchten, sie freundlich ins Gespräch einzubeziehen. Ihr war klar, dass dieses Gefühl, ausgeschlossen zu sein, sich mit zunehmendem Alter verschlimmern würde. Und sie hatte niemanden mehr an ihrer Seite.

Vor Selbstmitleid zu zerfließen, das warf Janey ihr ständig vor. Ausgerechnet Janey! »Du bist nicht mehr du selbst«, hatte ihr Janey erklärt, als sie neulich Abend zusammen Wein tranken. »Das ist verständlich. Aber das wird wieder …«

Sie traute Janey nicht, Janey mit ihrem von Hexenlocken eingerahmten, knochigen Gesicht. Sie war ihre beste Freundin. Aber Marian war immer die Kluge gewesen und Janey die Dumme, das war das Muster ihrer Beziehung gewesen. Jetzt war das umgekehrt, und das gefiel Marian gar nicht. Sie vermutete, dass Janey die plötzliche Kehrtwendung genoss. Sie konnte glücklich sein, sie hatte ihren Mann ja noch. Marian hingegen hatte ihren gerade verloren.

Irgendwie traute sie sich nicht, abends bei den Tandys hineinzuplatzen ... schließlich war ein Mann im Haus. Dabei sehnte sie sich gerade abends am meisten nach der Gesellschaft anderer. Und sie wollte die Kinder nicht belasten, die ihr ohnehin nach besten Kräften halfen. Es war ihr unangenehm, sich von Janey abhängig zu fühlen.

»Aber werde ich je wieder so sein wie früher?«, fragte sie sich. In letzter Zeit redete sie ständig über sich selbst. Die Probleme der anderen schienen gegen ihre banal zu sein. Vor dem Unfall hatten sie oft über Janey und ihre Probleme mit der schwierigen Melanie und dem manisch-depressiven David gesprochen. Probleme, bei denen es Marian schien, als halte Janey dabei selbst die Fäden in der Hand. Sie hatte Janey durch die Flecken des leeren Weinglases hindurch genau beobachtet. Durch das Glas sah sie kleiner aus, ihr Kinn war etwas länger. So gefiel sie Marian besser.

»Verstehst du, Janey«, hatte sie gejammert und einen Krümel auf dem blank polierten Tisch versucht wegzuwischen, der dabei in überraschend viele Teile zerbrach. Wenn es ihr gelang, Janey davon zu überzeugen, wie unglücklich sie, Marian, war, wenn sie ihr glaubte, wenn ihr irgendwer glaubte, vielleicht bestand dann die Möglichkeit, dass man ihr helfen konnte. »Verstehst du«, hatte sie ihr anvertraut, als sie bereits etwas beschwipst war, »ich glaube, ich will nicht weiterleben.«

»Denk an die Kinder«, hatte Janey in einem Ton entgegnet, in dem früher wohl Marian geantwortet hatte. »Selbstmord ist ein selbstsüchtiger, feiger Ausweg. Könntest du denn deinen Kindern eine solch enorme Schuld aufladen ... und all deinen Freunden?«

Anklagend fuchtelte sie mit ihren dünnen Armen, als wolle sie »all« diese mythischen Leute umarmen. Aber da war niemand. Marian durchschaute ihre Freundin.

Nach einem Schluck Wein fuhr Janey fort: »Und jeder beneidet dich um deine Kinder ... solche Kinder wünschen sich alle.«

Immer wieder kreiste ihr Denken um die Möglichkeit des Selbstmords. Selbstmord, das ruhige, lockende Auge inmitten dieses Wirbelsturms von Leid. Wenn sie nur an etwas glauben könnte ... ein Leben nach dem Tod ... Wiedergeburt ... die Geisterbeschwörung, die es ihr ermöglichen würde, für wenig Geld etwas von Roger zurückzuholen, zum Metzger gehen und sich was von seinem Körper holen. Aber sie glaubte an nichts mehr. Sie besuchte weiterhin den Gottesdienst, doch ihren Glauben hatte sie verloren.

»Mum! Mum! Kaffee?«

Marian zuckte hoch. Die Stimme klang ungeduldig, und sie merkte, dass Sally schon seit einiger Zeit versuchte, eine Antwort von ihr zu bekommen.

»Ach ja, Schätzchen, gerne! Ich war gerade ganz woanders!« Und sofort sah Sally besorgt auf sie herunter. Zweifellos waren ihre Kinder wunderbar. Das ließ sich nicht leugnen.

Sally hatte das auffallend breite Gesicht ihrer Mutter geerbt, das jedoch bei ihr zusammen mit den langen aschblonden Haaren und den großen blauen Augen attraktiv wirkte. Neunzehn war sie jetzt und mit dem Bloggjungen, Harry, schon seit vier Jahren zusammen. Sie würden sich verloben. Würden heiraten. Würden in der ausgebauten alten Scheune seines Vaters leben. Ihnen würde es nie an etwas fehlen. Marian hatte sich in seiner Gegenwart nie richtig wohl gefühlt ... und er sich nicht in ihrer. Ihre Beziehung hatte etwas von einem Fragespiel – ständig stellten sie sich gegenseitig Fragen wie: »Ist auf der Farm alles in Ordnung?«, »Wie geht es deiner Mutter?«, »Wie läuft's in der Theatergruppe?« Reine Pausenfüller, die im Grunde keine Antwort verlangten. Und darüber hinaus schien ihnen kein Gespräch zu gelingen.

Als Roger noch lebte, unterhielten sich er und Harry gern über Eisenwaren. Die Bloggs waren immer gute Kunden gewesen. Sie vertraten die Meinung, man müsse die kleinen Geschäfte am Ort unterstützen, auch wenn die Preise dort etwas höher lagen.

Marians eigener Sohn, Lloyd, war zweiundzwanzig, und er hatte das Geschäft seines Vaters übernommen. Den Laws gehörte traditionsgemäß das Eisenwarengeschäft im Ort. Jetzt brachte er ihr ihren Kaffee und stellte ihn auf dem niedrigen Tisch neben ihren Knien ab, bemüht, nichts zu verschütten. Sie lächelte ihm ein Danke zu, und er nahm auf dem laut knarrenden Sofa neben Donna Wright Platz.

Lloyd würde sie nie wirklich verlassen. Zwar würde er Donna Wright heiraten und aus ihrem Haus ausziehen, aber in seinem Herzen würde dieser Sohn seine Mutter nie verlassen. Lloyd war immer verantwortungsbewusst gewesen, schon als Junge. Die hübsche Donna, die Tochter des Zimmermanns, deren Haar so rot leuchtete wie die Kupferpfannen über dem Holzofen, war wie für ihn gemacht.

»Sonia war im Pub«, erzählte er. Wahrscheinlich glaubte er, das könne seine Mutter interessieren. »Sie hat mit dem alten Mr. Hanaford zu Abend gegessen.«

»Ach! Nicht mit Paul?«

»Nein, Paul hab ich nicht gesehen.«

»Seltsam. Ich dachte immer, sie könnte Stanley nicht ausstehen.«

»Na, heute Abend konnte sie anscheinend nicht genug kriegen von ihm.«

»Bestimmt erzählt sie uns das alles am Freitag.«

»Wie läuft's in der Theatergruppe, Marian?« Das war Harry. Sie verspürte den Wunsch, aufzustehen und ihren Slip auszuziehen, um ihn zu schockieren. Gleichzeitig tat er ihr Leid. Schließlich konnte er nichts dafür, dass ihm Smalltalk so schwer fiel. Wie alle war er schrecklich freundlich. Vielleicht wäre es besser, wenn zur Abwechslung mal jemand richtig boshaft wäre.

Erleichtert registrierte Marian, dass sie anfingen, sich untereinander zu unterhalten, und sie wieder ihren eigenen Gedanken nachhängen konnte. Sie fühlte sich sicherer, wenn sie unter Menschen war, und es fiel ihr leichter, sich aus ihren Grübeleien zu lösen.

Beschämt erinnerte sie sich daran, wie unsensibel sie mit Janey umgesprungen war, als Roger noch gelebt hatte. Janey, die das Unheil geradezu anzog. In Janeys Leben lief immer etwas schief, sei es mit Menschen oder Ereignissen. Marian dachte an die vielen Male, als sie so getan hatte, als sei sie nicht zu Hause, Janey an der Tür klingeln ließ, während sie innerlich die Sekunden zählte, bis Janey aufgegeben hatte. Und all diese Ausreden. Es war einfach, mit einem Alibi aufzuwarten, wenn man zu zweit war.

Und Roger hatte ihr zugeredet. »Du hilfst dieser Frau nicht, darüber musst du dir klar sein. Wenn du ihren Jammergeschichten zuhörst, erleichterst du es ihr nur, ganz darin aufzugehen. Außerdem hast du selbst genug Probleme.« Was nicht stimmte. Zu dem Zeitpunkt hätte sie ihm nicht ein Problem nennen können ... kein Problem von der Art zumindest, wie Janey sie hatte.

Doch jetzt war alles anders.

Marian war überzeugt davon, dass Janey sie trotz ihrer Freundschaft auf eine merkwürdige Weise ebenfalls hasste. Wie eifersüchtig Janey auf sie war, hatte sie erst später begriffen. Janey pflegte immer zu sagen: »Du hast ja Roger.« Dabei hatte sie nichts über Marians Ehe gewusst. »Du weißt, wo du mit Roger stehst«, hatte Janey gesagt, ohne Roger wirklich zu kennen.

Dann kam die Zeit, in der es Janey finanziell schlecht ging. Das Geld, das sie ihr geliehen hatten, hatten sie nie zurückbekommen. David war in der Klinik und versuchte, sich mit Hilfe von Elektroschocks von seinen Depressionen zu befreien, und Janey gewöhnte sich an, an Sonntagen und Feiertagen vorbeizukommen, die für Roger heilig waren. Was Marian nie übers Herz gebracht hatte, ihr zu sagen.

Aber immerhin war Janey als Erste bei ihr, als die Nachricht von Rogers Tod eintraf.

Marian war erleichtert, als Harry und Donna aufbrachen. Es war nun einmal so, sie fühlte sich nur dann wirklich wohl in ihrer Haut, wenn sie allein war mit ihrem eigenen Fleisch und Blut. Fleisch und Blut, jetzt war das für sie nachvollziehbar ... diese armseligen grauen Fetzen, die auf dem Asphalt klebten, mehr war da nicht ... nur Fleisch und Blut und Haut, warm und weich ...

Rücksichtsvoll hielt sie sich von der Küche fern, damit sie sich nach Herzenslust verabschieden konnten. Auf seinem Heimweg würde Harry Donna bei ihren Eltern absetzen. Marian wollte nicht mehr allzu lange aufbleiben, daher stand sie auf und begann die Tassen wegzuräumen.

»Lass nur, Mum, das machen wir schon.«

Marian nickte. »Ich schau nach Constance, bevor ich ins Bett gehe«, rief sie und stieg die Treppe hinauf. Sie beklagte sich selten bei ihren Kindern über die Arbeit, die sie mit Constance hatte. Das letzte Mal, als sie ihnen ihr Herz ausgeschüttet hatte, hatte Sally gesagt: »Du musst das verstehen, Mum. Sie ist nun mal eine alte Frau.«

Doch Marian wurde den Verdacht nicht los, dass Constance sehr wohl anders konnte. Allein die Art und Weise, wie die alte Frau aß, wie sie sich die Margarine in ihren Damenbart schmierte, bevor sie sich das Brot in den Mund schob. Es war unheimlich, wie sie alles um sich herum ständig *beobachtete.*

Wo die Chintzvorhänge aufsprangen, schimmerten Sterne in der Dunkelheit. Das Zimmer kam ihr kälter vor als sonst. Die vom Schlaf verbrauchte Luft fehlte.

Das Herz klopfte ihr bis zum Hals, als sie Constance atmen hörte. Sie hastete über den Linoleumboden und wäre beinahe auf dem roten Teppich ausgerutscht, der dem Zimmer eine freundlichere Note geben sollte.

Constance lag flach auf dem Rücken, wobei sie den Kopf merkwürdig nach hinten über das Kopfkissen verdreht hatte, während sie mit flatterndem, zahnlosem Mund nach Luft schnappte.

Marian verließ ohne nachzudenken das Zimmer. Sie musste sofort den Arzt anrufen. Wahrscheinlich hatte Constance einen Schlaganfall gehabt, denn die eine Gesichtshälfte wirkte starr und tot. Außerdem hatte die Haut ihrer Schwiegermutter sich auf einmal gelb verfärbt. Dann blieb Marian stehen, drückte die Hände aneinander und warf einen Blick über die Schulter auf die Gestalt im Bett. Die Windeln und die Gummihosen tauchten vor ihr auf. Eine Constance Law streckte in Fäkalien watend ihre Latexhandschuhfinger nach ihr aus.

Man täte ihr einen Gefallen, wenn man sie hier liegen und der Natur ihren Lauf ließe. Es wäre grausam, ein Leben zu verlängern, das nur eine Last ist, nicht nur für sie, sondern auch für alle anderen. Niemand könnte behaupten, Constance sei glücklich. Warum also einen Arzt rufen?

Sie stand an der Tür und hatte Angst vor ihren eigenen Gedanken, Angst, ans Bett zu treten. Schließlich könnte sich ein Auge öffnen und Marian anklagend ansehen. Denn Constance wusste Bescheid, kannte das Geheimnis, das niemand sonst kannte. Constance wusste, dass Marian Law nicht der gute Mensch war, nicht diese nette Frau vom Land mit dem großen Herzen, für die sie sich so gerne ausgab. Constance durchschaute sie ... hatte sie immer durchschaut ... von Anfang an. Constance wusste genau, warum Marian zögerte, Hilfe zu holen. Und der Grund hatte nichts damit zu tun, dass sie ihr einen Gefallen tun wollte.

Marian wollte sich vergewissern, dass Constance keine Schmerzen hatte. Sie hätte sie hier nicht in Schmerzen liegen lassen können ... das wäre etwas anderes. Ab und zu war ein Stöhnen zu hören, doch es schien von weit her zu kommen, als ob Constance im Koma läge, auf alle Fälle aber weit weg wäre.

Die Strickweste eng um sich geschlungen, tastete sie sich vorsichtig zum Bett, streckte sich, um über die Bettdecke zu sehen. Dabei fiel ihr ein, dass sie so auf Zehenspitzen den Kindern die Weihnachtsgeschenke ans Bett gebracht hatte, als sie noch klein waren. Sie hatte stets schreckliche Angst davor gehabt, sie aufzuwecken. Hinterher waren Roger und sie immer nach unten gegangen und hatten ein Glas Sherry getrunken, erschöpft von der Aktion. Dabei hätte es eigentlich nichts als ein Spiel sein sollen. Aber für sie war es kein Spiel ... es war so wie das hier ...

Marian hielt sich an dem kalten Eisenbettgestell fest, Gedanken rasten durch ihren Kopf. Sie räusperte sich, um Constance eine Chance zu geben. Die Frau im Bett vor ihr reagierte nicht. Sie atmete weiter, als sei jeder keuchende Atemzug der Letzte.

Marian hörte heißes Wasser rauschen. Lloyd und Sally spülten das Geschirr. Was sie wohl dächten, wenn sie wüssten, was hier oben geschah, wenn sie wüssten, dass ihre Mutter sich den Kopf darüber zerbrach, ob sie einen Mord begehen solle? Denn es handelte sich doch um Mord, nicht wahr? Durch ihr Nichtstun brachte sie Constance genauso um, als wenn sie ihr ein Kopfkissen auf das Gesicht drücken würde. Sie beging einen Mord ... jetzt ... während sie darüber nachdachte, denn jede vergeudete Sekunde konnte entscheidend sein.

Innerlich bebend fing sie an, wie eine Mörderin zu denken. Sie würde einfach Constance eine frische Wärmflasche bringen und behaupten, sie habe es nicht über das Herz gebracht, sie zu wecken, weil sie so tief schlief. Das bedeutete, Marian musste in das Bett fassen, um die Wärmflasche herauszufischen. Würde sie ihre Kinder belügen können? Sie schluckte, in ihrem Hals steckte ein Kloß.

Vorsichtig zog Marian die Decke unter der Matratze hervor, ohne Constances Kinn aus den Augen zu lassen, den einzigen Teil ihres Gesichts, den sie sehen konnte. Langsam hob sie die Decke an und lugte darunter. Blassrot lag die Flasche neben den gesprenkelten Beinen. Mit spitzen Fingern griff sie nach dem kleinen Gummiloch am Ende. Aus Versehen berührte sie eins von Constances Beinen. Es war genauso weich wie die Wärmflasche. Doch obwohl es sich kalt anfühlte, zuckten ihre Finger zurück, als habe sie sich verbrannt. Noch immer den Blick fest auf Constances Kinn geheftet, zog sie die Flasche an sich und packte sie mit beiden Händen, sobald sie nahe genug war. Sie fühlte sich feucht an. Kurz überlegte sie, ob sie wohl ausgelaufen sein konnte, und hielt sie versehentlich verkehrt herum, um dies zu überprüfen. Was machte das schon, ob die Wärmflasche auslief? Sie war dabei, diese Frau sterben zu lassen. Dann wurde ihr klar, dass Constance ins Bett gemacht hatte. Sie lag hilflos da in nassen Laken. Und sie, Marian Law, wollte sie in der Lache liegen lassen.

Sie traf Sally auf der Treppe. »Lass das Licht an, Sall. Ich bringe Omi eine frische Wärmflasche. Sie schläft so fest. Ich bringe es nicht übers Herz, sie aufzuwecken. Ich mach sie einfach morgen früh sauber.«

»Leg du dich hin, Mum, das mach ich schon.« Sally war so hilfsbereit ... so nett.

»Das ist schon in Ordnung.« Es erforderte Marians ganze Konzentration, beiläufig zu klingen, zumal sie sich auf die Lippen beißen musste, um das Zähneklappern zu verbergen. Aber sie war überrascht, wie glaubhaft sie sich anhörte. »Das dauert nicht lang. Bis morgen dann, schlaf gut.«

»Du auch, Mum.«

Sie lag im Doppelbett, unter der mit Vergissmeinnicht bedeckten Daunendecke, die sie zweiundzwanzig Jahre lang mit Roger geteilt hatte. Lag noch immer auf ihrer Seite des Bettes, weil sie sich nicht daran gewöhnen konnte, auf einmal so viel Platz zur Verfügung zu haben.

Marian machte rasch das Licht aus. Heute Nacht war sie zum Lesen zu aufgeregt. Sie rollte sich zusammen, die Augen in der Dunkelheit weit aufgerissen. Heute Nacht würde sie keinen Schlaf finden.

Es war eine Erleichterung, allein zu sein. Sie musste die Ohren offen halten, auch wenn sie nicht wusste, worauf sie wartete ... eine Art Schrei ... einen unterdrückten Hilferuf aus Constances Zimmer? Oder schlimmer noch, schlurfende Schritte auf den Dielen draußen.

Ihre Schläfen pochten. Sie war die Art Frau, über die die *Daily Mail* so häufig schrieb. Konnte man es ihr ansehen?

Würde sie morgen früh, wenn sie aufstand, um sich anzuziehen, anders aussehen? Vielleicht würde sie versehentlich ein rotes Kleid oder scharlachroten Lippenstift wählen … vergessen, vorsichtig zu sein … o lieber Gott, bitte mach, dass ich nicht zusammenbreche und ein Geständnis ablege. Marian hatte noch nie zuvor etwas Böses getan. Während sie so dalag und die Hände zwischen ihre Knie steckte, was etwas Tröstliches hatte, fiel ihr ein, wie sie als kleines Mädchen einmal in die Badewanne gemacht hatte. Interessant, wie sie hier das in Zusammenhang bringen konnte mit Mord. Es musste etwas mit dem Abscheu zu tun haben, den sie im Gesicht ihrer Mutter gesehen hatte, und der schlagkräftigen Bestrafung, die darauf gefolgt war. Nein, sie fühlte nicht mehr Reue als damals, als sie in die Badewanne gepinkelt hatte.

Ihr Mund verzog sich zu einem bösen, lustvollen Lächeln. Sie dachte nicht mehr an den Wunsch, den sie früher an diesem Abend geäußert hatte. Doch nun wünschte sie sich noch etwas: »Bitte lass um meiner Kinder willen niemanden herausfinden, was ich getan habe.«

VIERTES KAPITEL

Je mehr ich nach der Wahrheit suche, desto mehr bin ich auf Mutmaßungen angewiesen. Mutmaßungen, die sich auf Tagebücher, Briefe und Klatsch stützen. An Klatsch herrschte in Meadcombe kein Mangel. An Informationen kam man hier so einfach heran wie bei einem Besuch in der Bücherei. Jeder hatte zu allem eine Meinung. Eine Stunde im Weary Ploughman brachte so viel wie eine Stunde, die man sich in ein Buch vertieft.

Sonia Hanaford wurde von allen als geldgierig und oberflächlich geschildert. War es wirklich so einfach? Dinge, die so simpel und eindeutig zu sein scheinen, verunsichern mich. Einfache Menschen existieren nicht, nichts kann einer richtigen Interpretation gefährlicher werden als eine Karikatur.

Freundinnen. Janey, Marian und Sonia sind gute Freundinnen. Vertraulichkeiten auszutauschen gehört für sie zum Alltag ... doch nur ausgewählte Vertraulichkeiten. Dass sie einander so nahe kamen, lag an der Theatergruppe von Meadcombe. So etwas bringt die Menschen zusammen wie die Arbeit bei einem Schöffengericht oder das Warten auf das Ende eines Waschgangs im Waschsalon.

Sonia Hanaford lief rot an. Sie ekelte sich vor sich selbst. Ihre Wangen brannten. Sie hatte Angst, krank zu werden. Aber Gott sei Dank war es zu dunkel im Auto, als dass Stanley es hätte sehen können. Dann schob sie ihr Unwohlsein auf die extreme Engstirnigkeit ihrer Freundinnen. Es bestand überhaupt kein Grund, sich für das zu schämen, was sie hier tat. Das war kein Inzest. Aber die Spießigkeit ihrer Freundinnen, ihre Angst davor, sich daneben zu benehmen, ihre provinzielle Spießigkeit, begann sie zunehmend zu stören. Janey – die nur aus Haarspangen und ausgelatschten Sandalen zu bestehen schien. Und die stoische Marian, die mit beiden Beinen so fest auf dem Boden stand, dass sie schon beinahe darin versank.

Je höher der Fehlbetrag auf ihrem Bankkonto ausfiel, desto verletzlicher schien Sonia zu werden. Diese Minusbeträge waren wie die fiesen Zahlenkolonnen damals in den Rechenproben ... sie schnürten ihr genauso den Brustkorb zusammen ...

Ihre übereinander geschlagenen Beine steckten in einer eng anliegenden Kalbslederhose, an ihrem Handgelenk klirrten die Goldmünzen. Ihre Nervosität ließ ihren Puls stärker schlagen, und ihr Schweiß versprühte ihr teures Parfüm in die Dunkelheit. Sie war Anfang vierzig, wie ihre Freundinnen, doch sie hatte noch kein graues Haar, war noch immer kastanienbraun. Janey Tandy war grau meliert und auch Marian Laws Haar nahm eine immer silbernere Schattierung an, was jedoch bei ihrem natürlichen Blond kaum auffiel.

Stanleys Armband war zu sehen, als er die Hand nach dem Kassettenrecorder ausstreckte und eine weitere

Countrykassette einschob. In der Dunkelheit blitzten die Manschettenknöpfe an den rosa Hemdsärmeln auf. Die sorgfältig gefeilten Fingernägel an seinen feisten Fingerkuppen fielen ihr auf. Fingerkuppen, an denen Geld klebte.

»Ich hätte auch nach Hause laufen können«, meinte Sonia. »Du hättest mich nicht mitnehmen müssen.« Und sie hätten nicht hier unter dem Weiden gesäumten Ufer an Dolans See parken müssen. Das war überhaupt nie die Frage gewesen. Wie hatte es nur soweit kommen können? Sicher, Sonia hatte einiges getrunken. Aber sie hatten beide dieselbe Ausrede benutzt – im Weary Ploughman könne man nicht ungestört »reden«.

Sie waren hier, um zu reden, rief sie sich in Erinnerung. Er war ihr Schwiegervater, zum Teufel noch mal, und er war sechzig Jahre alt! Was sie hier machte, war nicht falsch! Das hier war ihre letzte Chance, wenn sie ihr Haus behalten, wenn sie ihre Kleider, ihren Lebensstil und ihre Glaubwürdigkeit nicht verlieren wollte. Sonia fragte sich oft, was sie ohne ihren Reichtum wäre. Wie sie dann zurechtkäme. Und wie sie bei den Leuten ankäme, wenn sie vermögenslos wäre?

Als Stanley näher heranrückte, wehte sie sein Knoblauchatem an und ein leichter, süßlicher Duft von Hustenbonbons. Sie dachte an Beryl, ohne dabei so etwas wie Scham zu empfinden. Schließlich waren sie nur hier, um zu reden.

Sie fragte ihn: »Gibt's hier Licht?« Und Stanley schaltete es ein. Sie öffnete ihre schicke Handtasche und zog ein Blatt Papier heraus, das sie in dem Licht auseinander faltete. »Wir haben unsere Schulden zusammengestellt«, erklärte sie und hielt das Blatt mit ausgestrecktem Arm, um es besser lesen zu können. »Und was wir brauchen, wenn wir neu anfangen wollen, was Paul unbedingt möchte. Einen Fehler, Stanley, wir haben nur einen Fehler gemacht. Es wäre so unfair, wenn du Paul nach nur einem Fehler im Stich und untergehen lassen würdest. Er ist doch dein einziger Sohn.«

Da Stanley schwieg, fuhr Sonia fort: »Natürlich ist uns klar, dass du eine Art von Kontrolle über das Geld möchtest, das du uns möglicherweise leihst. Paul wäre absolut damit einverstanden, dir als Geschäftsteilhaber den erforderlichen Einblick zu gewähren ...« Es fiel ihr schwer, sich auf das zu konzentrieren, was sie sich vorgenommen hatte zu sagen ... es war schwer, sich auf das Blatt Papier zu konzentrieren. Am liebsten hätte sie einfach die Musik aufgedreht und Stanley das Stück Papier ins Gesicht geschlagen, um es ihm dann zwischen seine wulstigen Lippen zu stopfen.

Es klang wie ein Stöhnen, als Stanleys Arm über das Leder strich. Er kam über ihrer Rückenlehne zu liegen. Sie beugte sich nach vorne, um den Arm nicht zu berühren.

»Du könntest arbeiten«, sagte er. Eine Sekunde lang mochte sie ihn. Ihr gefiel diese pragmatische Seite an ihm. Etwas, das Paul fehlte.

»Richtig. Konzentrieren wir uns kurz auf diese Option, ja?« Sie musste ihn umschmeicheln! Beinahe hätte sie ihm gezeigt, wie sehr sie ihn verabscheute. »Welche Möglichkeiten hätte ich denn? Ich habe seit zwanzig Jahren nicht mehr gearbeitet. Und ich habe nicht einmal eine Ausbildung. Von meinem Verdienst könnte ich nicht mal die Supermarktrechnung bezahlen. Und ich bin gerne zu Hause. Mir gefällt mein Leben, so wie es ist.«

»Du könntest Paul mit dem Geschäft helfen. Ihm zur Hand gehen. Hör auf, die Dame des Hauses zu spielen. Hör auf, so verdammt negativ zu sein.«

Sie spürte, wie ihre Ungeduld wuchs. »Wenn du bei deinem Standpunkt bleibst, ist es zwecklos, dass wir weiterreden, Stanley. Falls du nur auf eine Analyse meiner Persönlichkeit aus bist ... ich rede über das Geld, das wir brauchen, um *Hanaford Galleries* wieder hochzubringen ... keinen lausigen Job als Tippse, der mich in deinen Augen sympathischer macht. Du hast schon immer an mir rumkritisiert!«

Trotzig warf sie den Kopf zurück und zog den Paisleyschal enger um die Schultern. Sie fühlte sich sicherer, wenn sie den Parfümgeruch des Schals einsog. Stanleys Auto roch zunehmend widerlich. Der Gestank aus dem überquellenden Aschenbecher erreichte ihre Nase, und ihr wurde übel.

Ihr wunderbares Haus fiel ihr ein, wo es sogar auf den Toiletten nach Gardenien roch. Jedes Mal, wenn sie ihr Haus betrat, war sie überwältigt von seiner Schönheit. Im Garten zur Straße hin blühte eine atemberaubend schöne Magnolie, um die die Auffahrt in einem weiten Bogen herumführte. Das Haus selbst war groß, es befand sich in einem etwa neun Hektar großen Gelände, auf dem hauptsächlich alte Obstbäume wuchsen, war mit dicken Teppichen ausgelegt und geschmackvoll beleuchtet. Ein Haus wie aus einer Zeitschrift für schöneres Wohnen. Und nun zerrann ihr das alles zwischen den Fingern ...

»Du hast mich falsch verstanden. Ich will dich nicht fertig

machen. Mich fasziniert eine Menge an dir«, entgegnete Stanley und rückte näher, die Augen auf ihren Busen geheftet.

Überrascht stellte sie fest, wie kindlich er doch war! Vielleicht steckte die ganze Zeit hinter dem groben, großmauligen, aggressiven Getue ein kleiner Junge.

Paul war Mitglied in zwei Golfclubs und einem teuren Country Club, in dem er Squash spielte und von dem er stets mit hängender Zunge nach Hause kam. Was ihn nicht kümmerte ... ihn kümmerte nichts, solange seine »Brotzeit« auf dem Tisch stand, wenn er nach Hause kam.

»Abendessen, Paul, ich bitte dich!«

»Brotzeit!«

»Abendessen!«

Und stets bestand er darauf, eine Scheibe Brot mit Butter zum Essen zu bekommen. Und das Messer hielt er wie einen Stift.

Proletarisch ... wie seine Eltern.

»Reg dich doch nicht so auf«, pflegte Paul zu ihr zu sagen. »Du schaust aus, als hättest du einen Stock verschluckt. Was macht das schon, wenn Dad im Unterhemd am Tisch sitzt ...«

»Und ob das was macht.« Sie heulte fast. »Es ist doch kein Aufwand, sein Hemd anzuziehen ... wenigstens beim Essen. Und warum muss Beryl auch noch tagsüber mit diesem Haarnetz rumlaufen?«

»Frag sie doch mal.«

Paul war nicht leicht aus der Ruhe zu bringen.

Sonia reagierte empfindlich auf alles, was primitiv war.

Sie beobachtete die Leute beim Einkaufen ... musterte die Beine der Versager und der Kranken, wie sie in ihren ausgetretenen Schuhen hinter den Erfolgreichen herzockelten. Sie taxierte die Menschen in den Autobahnraststätten, hasste es, inmitten ihres Abfalls zu sitzen ... beobachtete sie in Andenkenläden, wo sie sich durch Plastikramsch und Gipssouvenirs wühlten. Beim Anblick von Wohnwagen und dieser dreirädrigen Kleinwagen lief es ihr kalt den Rücken herunter.

Ihre Kindheit und Jugend in den primitiven Verhältnissen in Bristol ließ Sonia einfach nicht los, so sehr sie sich auch darum bemühte. Manchmal sagte sie sich vor: »Sonia Doris Burridge – Sonia Doris Burridge«, immer wieder. Sie kniff dabei die Augen zusammen und starrte in den Spiegel, um zu prüfen, ob sie dort das dicke Kind mit dem Pfannkuchengesicht wiederfand, das sie einmal gewesen war. Gott sei Dank nicht. Damals standen Kekse und Pommes für Liebe, aber sie waren teuer. Sonia Doris wurde geliebt und bekam viele Kekse und Pommes. Heute blickte die gepflegte, schlanke Lady vom Herrenhaus überlegen lächelnd auf das dicke Mädchen zurück. Nun war sie Mrs. Sonia Hanaford ... ohne zweiten Vornamen, und sie würde alles tun, was in ihrer Macht stand, dass sich daran nichts änderte.

Stanley Hanaford hingegen war auf perverse Weise stolz auf seine proletarische Herkunft. »Was erwartest du denn«, hatte Paul nach einer ihrer bitterbösen Tiraden achselzuckend gemeint. »Er ist mit einem Pferd und einem Wagen übers Land gezogen und hat Lumpen gesammelt ... so hat er angefangen.« Bei der Vorstellung lief es

Sonia kalt den Rücken herunter. Sie wusste, dass das stimmte und hasste diese Geschichte.

»Aber diese Zeiten sind lange vorbei«, erwiderte sie dann, obwohl die Bemerkung völlig überflüssig war. »Dennoch besteht er darauf, in dieser schmuddeligen Hütte in dem Neubauviertel zu leben, sie von oben bis unten mit weißen Ledermöbeln vollzustopfen und draußen seinen dicken Mercedes abzustellen. Er würde ein Messingbett mitnehmen und es für Peanuts verkaufen, während er selbst in diesem lila farbenen Monster mit der Nylondecke schläft... er hat keinen Geschmack... kein Gefühl für Stil.«

»Aber er scheffelt das Geld nur so«, erinnerte Paul sie. Pauls Geschäft hatte sich aus Restposten entwickelt, die von Stans Lagerhaus für sie abfielen. Daher konnte Sonia doch Stans Existenz nicht leugnen, wie sie es bei der Existenz ihrer eigenen Familie so gerne tat. Die besseren Stücke, die Stil hatten, firmierten bei ihnen unter »antik« und wurden für überhöhte Preise an einschlägige Kunden verkauft. Der Fehler, den sie begangen hatten, war, die Bestellung eines Prinzen nach Dubai zu verschiffen ... einer ihrer größten Aufträge. Die Adresse war genauso falsch gewesen wie der Scheck. Auf dem Herrenhaus lastete nun eine Hypothek, ihre laufenden Kosten waren immens.

Für Sonia mit am wichtigsten war die Tatsache, dass die Zwillinge das Internat in Murrayfield besuchten. Wenn sie jemanden kennen lernte, erzählte sie das gewöhnlich als Erstes über sich. Und sie forderte Flora und Phineus stets auf, Freunde mit nach Hause zu bringen, in der Hoffnung, etwas von deren Glamour und Stil würde auf ihre Familie abfärben, die damit nicht wirklich gesegnet war. Die Vorstellung, die beiden müssten womöglich Murrayfield verlassen, machte Sonia geradezu krank. Nachts, im Bett, grübelte sie darüber nach und wälzte sich deshalb unruhig im Bett, stieß frustriert und wütend mit den Füßen nach der Decke wie ein kleines Kind.

Und sie ertrug es nicht, dass der Bankdirektor, den sie mit dem Vornamen anredete, ihr schreckliches Geheimnis kannte. Wenn es herauskäme ... o Gott ... wenn es herauskäme ... alle würden sie es erfahren – Janey, Marian, jeder in der Theatergruppe.

Stanley löschte das Licht. Als sein Gesicht näher kam, sah Sonia, wie sich seine Gesichtszüge veränderten. Sie schmolzen weg, lösten sich vom Rand her auf, und darunter wurde ein Gesicht wie aus einem Horrorfilm sichtbar. In ihrem Schwips kam es ihr vor, als verbrenne es von innen heraus, als löse sich eine Maske auf und das ganze Plastik quelle heraus.

Entsetzt, fasziniert hingen ihre Augen an diesem Gesicht, bis es so nah kam, dass sie es nicht mehr scharf sehen konnte. Und dann klebten seine Lippen auf ihrem Mund. Auf seiner Oberlippe, unter dem Schnurrbart hingen Schweißperlen.

»Stanley«, stieß sie gereizt hervor. »Bitte lass das.«

Sie spürte seine Zähne, die, wie sie wusste, falsch waren, an ihrem Ohr herumkauen. Dabei kitzelte sein herabhängender Schnurrbart sie im Nacken. Und er lallte ihr mit einer ganz anderen Stimme leise ins Ohr, Worte, die sie nie zuvor mit ihm in Verbindung gebracht hätte.

»Stanley.« Sie versuchte möglichst normal zu klingen und warf einen Blick auf ihre Armbanduhr. »Es ist spät. Paul macht sich sicher schon Gedanken ...«

»Komm schon ... komm schon ... sei ein braves Mädchen ... komm schon ...« Sie hörte ihn geräuschvoll schlucken.

Irgendetwas musste sie doch tun oder sagen können. Sie konnte diesen Rüpel doch nicht einfach gewähren lassen! Aber dann dachte sie an ihr Haus, und das hielt sie davon ab, ihm eine Ohrfeige zu verpassen, die Autotür aufzureißen und angewidert hinter sich zuzuschlagen.

»Du willst das Geld, stimmt's, Schätzchen? Dann sei lieb zu Daddy und wir werden sehen ... wir werden sehen«, säuselte er, während er ihre Brüste streichelte. Sie erhaschte einen Blick auf ein rotgeädertes Auge. Seine raue Haut verfing sich in dem weichen Jersey ihrer Bluse.

Sie kniff ihre Beine zusammen, um zu verhindern, dass seine Hand unter ihrem Rock höher rutschte, saß steif auf ihrem Sitz, mit zusammengekniffenen Beinen, zusammengekniffenem Mund und zusammengekniffenen Augen.

Dabei beschäftigte sie die ganze Zeit ein Gedanke: »Soll ich ihn gewähren lassen? Um der Ausbildung der Kinder willen? Um Pauls Geschäft willen? Soll ich ihn machen lassen?«

Ein Mann mehr oder weniger, was machte das schon. In ihrer besten Zeit hatte Sonia mehr Männer als warme Mahlzeiten gehabt. Schließlich musste sie ja irgendwie nach oben kommen, oder? Hätte sie Stanley nicht so abgrundtief verabscheut, dass sich ihr die Haare aufstellten, wenn sie ihn sah, wäre das gar keine Frage gewesen. Für das Geld täte sie alles, wirklich alles. Sie versuchte nicht daran zu denken, wer sie berührte. Versuchte zu vergessen, wessen Hand so unbeholfen an ihren Brüsten herumquetschte, zuerst an der rechten, dann an der linken, während sein Gesicht dicht über ihrem schwebte. Sie hatte das Gefühl, auf dem Zahnarztstuhl zu sitzen und auf den Schmerz im bloßgelegten Nerv zu warten.

Als es dann soweit war, fiel ihr die Entscheidung leicht. Er nahm ihre Hand und zog sie in seinen Schoß, drückte sie auf seinen Penis, der beinahe schüchtern aus seinem Hosenschlitz hing. In dem Halbdunkel hatte er die Farbe von seiner Jeans und seinem Hemd angenommen – ein unappetitliches Lila …

Sonia riss die Hand zurück und rieb sie heftig an ihrem Rock ab. Dann lehnte sie sich entschlossen zurück.

»Stanley! Wie konntest du! Als ich mich von dir im Auto mitnehmen ließ, dachte ich, wir wollten in Ruhe über das Geld sprechen. Aber damit habe ich nicht gerechnet!«

Seine Glubschaugen traten weiter hervor. Verlegen fuhr er sich durch die silbergrauen Haare. Aber das Ding baumelte noch immer da unten. Sie sah es aus dem Augenwinkel. Es war albern, aber sie bildete sich ein, sie könne es auch riechen – Seetang.

»Ich habe keine Wahl, ich muss Paul erzählen, was passiert ist«, erklärte sie und zog ihre Handtasche an sich.

»Sei nicht dumm …«

»Stanley, ich versichere dir, ich bin nicht dumm!« Sie stieß es mit der ganzen Autorität hervor, die sie aufbringen konnte.

»Einen erst scharf machen, und dann stehen lassen! Du hast ganz genau gewusst, warum wir hierher gefahren sind!«

»Stanley! Ich kann nur sagen, du schätzt mich vollkommen falsch ein! Nicht eine Sekunde lang hätte ich es in Betracht gezogen, mit dir hierher zu kommen, wenn ich geahnt hätte, was du vorhast. Das hätte ich nie von dir gedacht. Ich kann nur sagen, es tut mir Leid für Beryl. Ich finde, sie sollte erfahren, mit was für einem Monster sie verheiratet ist!«

»Das ist nicht dein Ernst!«

Sonia wandte sich zu ihm und sah ihm direkt in die Augen, um ihm zu zeigen, wie ernst sie es meinte. »Du lässt mir keine Wahl, Stanley. Nach allem, was vorgefallen ist, kann ich nicht einfach nach Hause gehen und die Sache vertuschen. Ich weiß nicht, ob ich dich noch einmal bei uns zu Hause sehen will ... wenn ich nur an die Kinder denke!«

»Was hat das denn mit den Kindern zu tun?«

»Viel, Stanley. Viel.«

»Miststück!« Wieder erinnerte er sie an einen kleinen Jungen. Dasselbe freche Grinsen.

»Hör auf, mich immer weiter zu beleidigen. Du hast mich bereits genug beleidigt, als du dachtest, ich würde mich mit einem Mann wie dir auf ein Techtelmechtel einlassen. Wie konntest du das nur annehmen, Stanley? Ich kann es immer noch nicht fassen!«

Stanley blickte aus dem Fenster, während er den Reißverschluss an seinem Hosenschlitz zuzog. Er griff nach der Zigarettenschachtel auf dem Armaturenbrett, zündete sich eine Zigarette an und inhalierte tief. Während er langsam ausatmete, schaute er weiter aus dem Fahrerfenster, als gäbe es dort draußen in der Dunkelheit etwas Aufregendes zu beobachten. Sonia beobachtete das glimmende Ende seiner Zigarette, sah, wie es aufleuchtete, als er an der Zigarette zog und nachdachte.

Schließlich sagte er: »Du ziehst das durch, stimmt's?«

»Ja, Stanley, das werde ich.«

»Und ich streite natürlich alles ab.«

»Und Paul glaubt selbstverständlich mir!«

»Bist du dir da so sicher, Sonia?«

»Du weißt, dass er mir glauben wird!«

Lange sagte keiner der beiden ein Wort. Das Schweigen war so gemein und giftig wie der Zigarettenqualm. Dann öffnete er mit einem Knopfdruck surrend das Fenster und schnippte den Zigarettenstummel hinaus. Dabei strömte frische Luft herein.

»Du kannst wohl nicht verlieren«, meinte er.

»Nein, nicht wirklich.«

»Ich war ein Idiot. Ich habe dich unterschätzt.«

»Ja.« Sie wartete auf seine Entscheidung.

»Aber wenn ich dir einen Scheck ausstellen würde, würdest du dir überlegen, ob du die Angelegenheit auf sich beruhen lassen kannst?«

»Vielleicht.« Sie klappte den Kosmetikspiegel herunter, schaltete das Licht ein und wühlte in ihrer Handtasche nach dem Lippenstift. »Warten wir's ab.« Mit undurchdringlicher Miene fuhr sie ihre Lippen rot nach. »Ich denke, wir könnten uns einigen.« Sie presste die Lippen aufeinander und steckte den Lippenstift lächelnd zurück in die Handtasche.

»Meine liebe Sonia, ich muss zugeben ... du hast Nerven aus Stahl.«

Den Scheck stellte er mit zitternder Hand aus. Sie nahm ihn und ließ ihn, nachdem sie kurz den Betrag überprüft hatte, in ihre Handtasche gleiten.

»Was nun?«

»Nun bringst du mich nach Hause.«

»Soll ich mit reinkommen?«

»Nicht nötig. Lass mich an der Tür aussteigen. Paul hat sicher Verständnis dafür, es ist schließlich schon spät.«

»Und du willst mich so wegschicken?« Sein Blick wanderte vielsagend nach unten, wo sich seine Jeans über seinem plötzlich erigierten Penis wölbte. Etwas an ihrem Verhalten musste ihn angeturnt haben! Es gefiel ihm, fertig gemacht zu werden! Er mochte Frauen, die ihm nicht gehorchten! Er schämte sich nicht im Geringsten, war auch keineswegs verlegen. Dank ihrer Hilfe war er zu seinem Vergnügen gekommen. Sonia würde wohl ihr Bild von Beryl revidieren müssen.

»Dagegen kannst du etwas unternehmen, Stanley«, lachte sie. »Und ich bin sicher, ich muss dir das nicht näher erklären.«

»Nicht mal eine schnelle Nummer? Um deine Dankbarkeit zu zeigen?«

Sie schnaubte verächtlich. »Hör auf, Stanley, mir reicht's für heute. Jetzt fahr mich nach Hause.«

»Ich brauch das, Sonia. Ich bin gefährlich, wenn ich so rumlaufe. Ich bin ... zu allem fähig ...«

Angewidert blickte sie auf ihn hinunter. »Geh heim, du Ekelpaket. Und hör auf mit diesem Gesabber.«

Stanley fuhr sie in hohem Tempo nach Hause. Gehorsam ließ er sie am Haupteingang aussteigen. Ihr fiel auf, dass seine Hände immer noch zitterten. Auch die Erektion war noch zu sehen. Sein Atem ging heftig, stoßweise, und als er zu ihr aufsah, konnte sie die Verzweiflung in seinen Augen erkennen ... eine Verzweiflung, die ihr nicht behagte.

»Fahr nach Hause, Stanley«, raunte sie ihm durch das Autofenster zu. »Und geh ins Bett. Wir streichen das alles aus unserem Gedächtnis.«

Er gab ihr keine Antwort, sondern winselte wie ein geprügelter Hund. »Perverses Schwein«, murmelte sie, als sie unter der Haustürlampe in ihrer Handtasche nach dem Schlüssel kramte.

Schon bevor sein Auto die Auffahrt verließ, überlegte sie, wie sie es Paul sagen würde. Stellte sich vor, wie seine Augen vor Freude aufleuchteten, wenn er den von seinem Vater hingekrakelten Betrag auf dem Scheck las.

Sie malte sich aus, wie sie das ausstehende Schulgeld nach Murrayfield überweisen würden. Wie sie morgen früh auf die Bank marschieren und die zweihundertfünfzigtausend ganz lässig auf ihr Konto einzahlen würde, als handle es sich um hundert Pfund.

Und wie sie, falls sie ihre Traumrolle erhielt, die Phoebe in dem Weihnachtsstück spielen würde. Mit dem Geld im Rücken konnte sie den Kopf wieder hoch tragen!

Sie blickte sich nicht um. Nicht einmal das Auto hörte sie, das knirschend die Ausfahrt hinausfuhr.

FÜNFTES KAPITEL

Ich bin mir sicher, Marian hatte lange, bevor Sally sie am Morgen weckte, gewusst, dass Constance tot war. Marian hatte ihrem Drang nicht widerstehen können, war nachts aufgestanden, in ihren Morgenmantel geschlüpft und auf eiskalten Zehen über den Gang gehuscht.

Erst allmählich gewöhnten sich ihre Augen an die Dunkelheit in dem stillen Zimmer. An der Stille merkte sie, dass Constance nicht mehr lebte. Constances Atmen war unüberhörbar, hatte einem asthmatischen Röcheln geglichen. Doch Marian hörte nichts mehr.

Sie machte das Licht nicht an und schlich in einem Bogen am Bett vorbei ans Fenster, um den Vorhang zur Seite zu schieben. Überrascht stellte sie fest, dass sich jemand zu dieser späten Stunde auf dem Dorfplatz aufhielt. Genau gegenüber, auf der anderen Seite des Peststeins, entdeckte sie die schemenhafte Gestalt Melanie Tandys an einen großen Wagen gelehnt. Vom Fahrer war nur die Zigarettenspitze zu erkennen, die in der Dunkelheit glühte. Verborgen hinter dem Vorhang sah Marian einige Zeit zu, wie sich das Mädchen mit dem Mann unterhielt … zumindest nahm sie an, dass es ein Mann war. Was hatte Melanie vor, fragte Marian sich. Welchen Unsinn heckte sie nun schon wieder aus? Sie warf einen Blick auf ihre Armbanduhr. Es war zwei Uhr früh. Janey machte sich bestimmt schreckliche Sorgen. Eine Vierzehnjährige, die um diese Zeit noch nicht zu Hause war!

Brannte bei den Tandys noch Licht? Von hier aus konnte sie es nicht sehen. Es würde Ärger geben, so viel stand fest.

Schließlich wandte Marian dem Fenster den Rücken zu und trat ans Bett. Sie war erstaunt, wie ruhig sie war. Das war es dann, dachte sie. Keine Constance mehr. Gott sei Dank ist es schnell gegangen … was immer es war. Eine Gnade. Eine Erlösung. Sie beugte sich nach vorne. Es gab keinen Zweifel. Constances Augen waren leer wie die eines toten Fisches und starr auf die Zimmerdecke gerichtet. Marian musste ihren Impuls unterdrücken, sie nicht zu schließen.

Nun brauchte sie bloß noch in ihr Zimmer zurückzugehen, und die Tat war vollbracht. Es war totenstill im Haus, nur die Schritte ihrer nackten Füße auf dem Linoleum waren zu hören, als sie in ihr Schlafzimmer zurückhuschte, das zum Garten hinaus lag. Das Schlafzimmer von Marian und Roger, das jetzt Marians Schlafzimmer war.

Sie lag still in ihrem Bett, ohne Schlaf zu finden, und wartete darauf, dass es Morgen wurde, wartete darauf, dass Sally sie rief, denn die arme Sally sollte Constance am Morgen ihren Tee bringen. Marian war froh, dass Constance nicht zu abstoßend aussah. Es würde schon schlimm genug für Sally werden, ihre Großmutter tot im Bett vorzufinden, da musste diese nicht auch noch entstellt sein. Nein, Constance hatte zum ersten Mal, seit sie sie kannte, richtig friedlich gewirkt.

Ein strahlender, hektischer Morgen bei den Tandys. Frühstückszeit, Daniel, Justin und Janey waren bereits in der Küche, nur David fehlte noch. Und Melanie. Es roch nach frischem Toastbrot und Kaffee. Dazu der Geruch von Milch, der an Babys erinnerte.

»Mum, bei den Laws drüben ist der Arzt.«

»Kaffee oder Orangensaft ... Daniel! Kaffee oder Orangensaft, sag schon! Mach, du wirst wieder zu spät kommen.«

»Doktor Crawford ist bei den Laws.«

»Heb ein par Krispys für Justin auf. Du weißt doch, er kann keine Cornflakes essen.«

Janey, der so schwer ums Herz war, beugte sich über die Spüle und spähte hinaus. »Habt ihr euren Vater gehört? Ist er schon auf? Hoffentlich hat er sich nicht wieder hingelegt. Justin, lauf doch bitte rauf und rufe nach ihm.« Janey war sauer. Was nahm er sich heraus, einfach im Bett zu bleiben und zu schlafen, als gehe ihn das alles nichts an. Schließlich war er schuld am Verschwinden ihrer Tochter! Ihr labiler Mann. Anfangs, vor vielen Jahren, hatte sie versucht, besonnen zu handeln, alles mit links zu schaffen, um ihn auf sich aufmerksam zu machen. Jetzt handelte sie so, um die Familie vor dem Untergang zu bewahren. Sie fuhr fort, das Geschirr abzuspülen, wobei sie lauter hantierte, als nötig gewesen wäre.

»Wo ist Mel?«

»Mel ist gestern Abend weggegangen und noch nicht zurück.«

Daniel erstarrte in seiner Bewegung, den Löffel in der Luft. Er sah seine Mutter überrascht mit weit aufgerissenen

Augen an. Schließlich grub er ihn in sein Müsli und dachte angestrengt nach, bevor er meinte: »Bist du sauer auf Mel, Mum?«

Janey wartete, lauschte, ob oben Schritte zu hören waren. »Nein, Daniel«, entgegnete sie unwirsch, »nicht sauer, nur besorgt.«

»Ihr könnte etwas passiert sein.«

»Red nicht so dummes Zeug, Daniel«, fuhr sie ihn an. »Melanie kann prima auf sich selbst aufpassen.«

Daniel zuckte zusammen und konzentrierte sich darauf, jedes Einzelne Krispy mit Milch zu bedecken. »Woher willst du das wissen?«

»Ich fürchte, du musst mir das einfach glauben. Und ich möchte nicht, dass du heute schon wieder früher nach Hause kommst«, setzte sie schnell hinzu, bevor Justin wieder von oben herunter kam und sie unterbrechen konnte. »Entweder du bist krank oder du bist nicht krank, mit dieser Schauspielerei ist jetzt Schluss.«

Er überlegte, ob er etwas darauf antworten sollte, ließ es jedoch sein.

»Er ist wieder eingeschlafen, Mum.« Der zehnjährige Justin berichtete dies mit einer gewissen Befriedigung. Schließlich blieb er nicht im Bett liegen und schlief weiter, wenn Mum ihn rief. Normalerweise war er der Erste, der unten war. Und heute hatte er den Tisch gedeckt. Justins angenehme Stimme erfreute seine Mutter stets aufs Neue.

»Wo ist Mel, Mum?«

Daniel warf ihm einen finsteren Blick zu, den Justin erwiderte, bevor er arglos seine Frage wiederholte: »Wo ist Mel? Sind noch mehr Krispys da? Wo ist Mel?«

»Fort«, antwortete Daniel einsilbig anstelle seiner Mutter, ohne sie aus den Augen zu lassen. Justin zog seine Kinderaugenbrauen in die Höhe, schnitt eine Grimasse und kramte in der inzwischen leeren Krispypackung nach einem blauen Nilpferd. Dabei fielen ein paar Brösel zu Boden. Aus dem Spülbecken, an dem Janey stand und Teller abspülte, stieg der Dampf auf. Ohne auf die Jungs zu achten, spähte Janey aus dem Fenster. Vom Fenster aus konnte sie nur die Rückfront des Arztwagens sehen. Es konnte nur Constance sein … ihr Herz … Wenn die Kinder weg waren, würde sie hinübergehen und nachsehen.

Janey hatte schlecht geschlafen. Sie hatte die Tür nicht zugesperrt, falls Melanie nachts doch noch kommen sollte, aber in ihrem Innersten wusste Janey, dass das nicht der Fall sein würde. Heute früh hatte sie mit klopfendem Herzen in das Zimmer ihrer Tochter geschaut, bevor sie nach unten gegangen war. Keine Melanie. Na ja, im Grunde hatte sie auch nicht wirklich damit gerechnet. Alle möglichen Ängste hatten sie letzte Nacht gequält. All das, was man normalerweise zu verdrängen versuchte. Sicher, Melanie war ein vernünftiges Mädchen, aber sie war doch erst vierzehn.

Insgeheim hoffte Janey, sie würde an diesem Morgen in der Schule auftauchen. Sie wollte nach neun Uhr dort anrufen und mit der Direktorin sprechen. Falls sie nicht dort war, würde sie im Zimmer ihrer Tochter nach Hinweisen für ihren Aufenthaltsort suchen …

Und sie wollte mit Marian reden. Wenn nur dort drüben nichts Schlimmes passiert war … sie brauchte Marian dringend, gerade jetzt …

Janey gab sich selbst die Schuld. Es war unfair von ihr, David Vorwürfe zu machen. Er konnte nichts dafür. Immer gab sie sich selbst die Schuld, egal was ihr im Leben zustieß. So war sie nun mal. Sie vermutete, Melanie hatte es an Liebe gefehlt. Schlimmer, sie vermutete, dass die anderen, vor allem Marian, das ebenfalls dachten. Es war ungerecht! Janey hatte ihre Liebe immer aufteilen müssen, und deshalb war nie genug da. David, hoffnungslos und stets am Boden, brauchte sie, hatte sie immer gebraucht, selbst als die Kinder noch klein waren. Was hätte sie tun sollen?

Ein Gespräch mit Melanie fiel ihr ein, das sie einst am Frühstückstisch geführt hatten. »Wenn Gott so toll ist«, hatte Melanie mit ihrer Kleinmädchenstimme nachdenklich gemeint, »warum hat er Daddy dann so unglücklich gemacht?«

»Über Gott solltest du nicht so daherreden«, hatte Janey geantwortet, zu beschäftigt, um näher darauf einzugehen. »Er wird seine Gründe haben. Die wir Menschen nicht immer verstehen können.«

»Wird Gott mich strafen, wenn ich darüber nachdenke?« Melanie, erinnerte sich Janey, hatte während dieser Frage ihr Pausenbrot in ihre Schultasche gepackt.

»Denke schon«, hatte Janey, wieder ohne weiter darüber nachzudenken, geantwortet.

»Und ist es Gott, der Daddy so unglücklich macht, Mum?«

»Es gibt vieles, was die Menschen unglücklich macht, Mel. Nicht nur Gott.«

»Vielleicht bist du's«, hatte Melanie direkt gemeint und Janey mit ihren dunklen Augen fixiert. Um dann leiser hinzuzufügen: »Oder vielleicht bin's ich. Vielleicht ist es gar nicht Gott.«

»Wer immer es ist, auf alle Fälle können wir sowieso nichts daran ändern.« Janey schubste ihre Tochter zur Tür hinaus, damit sie nicht den Schulbus versäumte.

An jenem Abend war sie mit einer Antwort nach Hause gekommen. »Mami, ich weiß, warum Daddy unglücklich ist.«

»Ja?«

»Gott hat ihn unglücklich gemacht, um ihn zu strafen.«

»Wie? Und was hat Daddy getan, um so schrecklich bestraft zu werden?«

»Er hat niemanden lieb außer sich selbst.«

Dieses Mal hielt Janey mit ihrer Arbeit inne und wandte sich zu ihrer kleinen Tochter um. Da stand sie in ihrem flaschengrünen Schulblazer, der ihr um die Schultern noch viel zu groß war, und mit ihren ernsten schwarzen Augen.

»Unsinn, Mel«, widersprach Janey. Doch Melanie schüttelte energisch den Kopf, sodass ihr breitkrempiger Hut, der von einem Gummiband festgehalten wurde, heftig wippte. »Wie kannst du so etwas sagen? Daddy hat uns alle lieb, selbstverständlich hat er uns lieb.«

Dann sprach Melanie in einem Tonfall mit Janey, als hätte sie eine Schwachsinnige vor sich, die zu dumm war, die Wahrheit zu erkennen, die auf der Hand lag. Ganz liebevoll redete sie mit ihr, so, als hätte sie Angst, ihre Mutter zu verletzen. »Wenn er uns lieb hätte, Mami, dann wäre er glücklich.«

Janey erinnerte sich, wie sie ihrer Tochter den Rücken zugewandt hatte, um Butter auf das Brot zu streichen, weil sie nicht gewusst hatte, was sie darauf erwidern sollte. Wie alt war Melanie damals gewesen – acht, neun Jahre? Ungefähr.

Dann, ein paar Jahre später, hatte Melanie sich die Haare abgeschnitten. War eines Morgens mit hässlichen, in alle Richtungen wegstehenden Haarbüscheln die Treppe heruntergekommen. Sie hatte ausgesehen wie die Puppe, über die Janey als Kind mit der Schere hergefallen war.

»Ich wollte hübscher aussehen«, war alles, was aus Melanie herauszubekommen war.

Das Einzige, was Janey dazu eingefallen war, war, ihre Tochter zum Friseur zu zerren.

»So eine freche Göre«, hatte der Friseur gemeint. »Wie kann man sich bloß so verunstalten! Dabei hat sie so schönes Haar! Was für eine Katastrophe!«

Als Janey ihr Kind so zugerichtet sah, hatte sie das Gefühl, selbst verstümmelt worden zu sein. Die Aggression, die hinter dieser Handlung steckte, machte ihr Angst.

»Tu dir nie mehr so etwas an«, hatte sie ihr auf dem Heimweg, erinnerte sie sich, nach hinten über die Schulter zugerufen. Über die Schulter deshalb, weil Melanie sich damals weigerte, auf dem Bürgersteig neben ihr zu gehen ... oder neben ihrem Vater ... als schäme sie sich ihrer Eltern.

Im Augenblick versuchte Janey sich so zu verhalten, als mache sie sich keine Sorgen, um ihre Söhne und David nicht zu beunruhigen.

Melanie würde bestimmt wiederkommen. Viele Jugendliche liefen wütend von zu Hause weg und kamen zurück, wenn sie froren oder Hunger hatten. Und es wurde in dieser Jahreszeit immer früher dunkel ... eine Tasse glitt Janey aus der Hand und landete mit einem lauten Platsch im Wasser. Justin lachte über das nass gespritzte Gesicht seiner Mutter.

Eigentlich hatte sie David zuliebe das Frühstück zu einer fröhlichen Angelegenheit machen wollen, doch die Tasse hatte sie aus dem Konzept gebracht. Brüllend wandte sie sich um: »Verdammt noch mal, Justin! Das ist überhaupt nicht lustig!«

Der Junge hielt sich erschrocken die Hand vor den Mund. Offenbar nahm er an, das würde sein Lachen verbergen.

»Ich habe gesagt, das ist nicht lustig!«, rief sie und schlug mit dem Abspüllappen auf den Tisch.

Daniel saß starr da, zupfte nur an der Unterlippe. »Und du!« Janey erschrak über ihre laute, keifende Stimme.

»Ich hab doch gar nichts gemacht«, greinte Daniel. »Er war's!«

»Ist mir egal. Jetzt beeilt euch und macht euch fertig. Heute Morgen kann ich euch nicht helfen ... ich kann nicht ...« Sie brach mitten im Satz ab. Vor Scham stiegen ihr Tränen in die Augen. Wie hatte sie sich nur so gehen lassen können! Sie zuckte die Achseln und versuchte ein Lächeln. Erleichtert zog Justin die Hand vom Mund und begann, mit seinem blauen Nilpferd zu spielen.

Als David Tandy die Treppe herunterkam, um mit dem, was von seiner Familie übrig war, zu frühstücken, ging es zwar nicht gerade lustig zu in der Küche, aber es war auch nicht ungemütlich.

»Nur Kaffee, Janey …«

»Du solltest etwas essen …« Jetzt hielt sie sich die Hand vor den Mund, wie soeben Justin, und ebenso vergeblich. Doch sie versuchte nicht ihre Belustigung zu verbergen, sondern ihre Besorgnis – dieses nagende Gefühl, das sie tagtäglich in sich spürte und einfach nicht abstellen konnte. Manchmal merkte sie, wie sie David damit auf die Nerven ging, sah, wie seine Mundwinkel zuckten, wenn sie einfach nicht aufhörte mit dem Bemuttern, ihn beinahe damit erstickte … aus Angst, er würde wieder krank werden, wenn sie ihn nicht genug liebte … würde wieder zusammenbrechen … wieder ins Krankenhaus müssen.

Sie stand auf, um die Zeitung hereinzuholen, und legte sie vor ihn auf den Tisch. Wobei sie sich zwingen musste, sie ihm nicht aufzuschlagen.

Durch das Fenster betrachtet, sahen sie wie eine gewöhnliche, glückliche Familie aus, die man aus der Werbung kennt. Eine hübsche, fröhliche Küche … Auf Hochglanz polierte Pfannen an der Wand neben dem Ofen, der den Raum warm und gemütlich machte … doch das war nur der Schein. Melanie war weg … Wieder musste Janey an sich halten, um nicht in Tränen auszubrechen, und floh an die Spüle.

»Jetzt ist die Polizei gekommen.« Daniel auf seinem hohen Hocker entging nichts.

Janey beugte sich nach vorne, um etwas zu sehen. Das Polizeiauto parkte vor dem Auto des Arztes. Was war da los? Vielleicht sollte sie mal rüber gehen? Ihr wurde schwer ums Herz. Gerade an diesem Morgen wünschte sie sich, Marian könnte sich ganz und gar auf sie konzentrieren …

Schließlich ging es um Melanie. Wenn Marian keine Zeit für sie hatte, würde sie sich Sonia anvertrauen müssen, und die mochte Janey nicht wirklich.

Sie hatte nicht mehr die Energie, den Jungs zu verbieten, neugierig aus der Tür zu lugen …

»Zeit für den Bus«, sagte sie stattdessen. Obwohl sie denselben Weg hatten, nahm David die Kinder nie mit in die Schule. »Ich möchte die Zeit für mich haben«, hatte er vor vielen Jahren erklärt, als er plötzlich aufgehört hatte, sie zu fahren. »Ich möchte in Ruhe die Nachrichten hören und mich auf den Tag einstimmen.« Und so mussten die Kinder mit den anderen bei Wind und Wetter draußen an der Bushaltestelle warten und ihm dabei zusehen, wie er sein Auto anließ und vom Dorfplatz wegfuhr. Und niemand mehr fand das merkwürdig.

»Sie ist tot!«

Janey blieb beinahe das Herz stehen. Warum musste sie dabei an Melanie denken?

»Die alte Mrs. Law ist tot.« Daniels gerötetes Gesicht wirkte verunsichert, als er es durch den Türspalt steckte und abwartete, wie seine Mutter die Nachricht aufnehmen würde. Draußen vor der Tür lauerte eine ganze Schar von Kindern.

»Martin Farrier hat gesagt, sie ist in der Nacht gestorben … an einem Herzanfall …«

»Die arme Marian!« Rasch verbesserte sie sich, der Kinder wegen: »Die arme Constance … zieht eure Jacken an, es ist neblig heute Morgen – und macht die Tür zu, ihr lasst die ganze Kälte rein.«

»Ein Kuss?« Justin legte Janey die Arme um den Hals.

Niemand draußen durfte sehen, dass er morgens noch immer seinen Abschiedskuss mochte. Janey erfüllte ihm den Wunsch, richtete ihm den Kragen und gab ihm einen Klaps auf die Schultasche. »Mach's gut!«

Sie schloss die Tür, hatte nicht vor, sich zu der klatschsüchtigen Meute da draußen zu gesellen. Lieber würde sie Marian später besuchen. Zum ersten Mal fiel ihr auf, dass die Kinder sich nicht von David verabschiedeten. Wahrscheinlich war ihr das nicht seltsam vorgekommen, weil sie davon ausgegangen war, dass sie ihn später in der Schule wiedersehen würden. Doch auf einmal wurde ihr klar, dass sie ihn dort gar nicht treffen konnten. Er unterrichtete nämlich die höheren Klassen, die in einem anderen Gebäude untergebracht waren. Er parkte woanders, und er aß woanders. Sie würden ihren Vater erst heute Abend wiedersehen … und doch verabschiedeten sie sich nie von ihm. Auch Melanie hatte es nicht getan, als sie noch da gewesen war … Entsetzt über das »war« im Zusammenhang mit Melanie presste Janey die Hand auf den Mund.

»Die Polizei?« David machte sich bereit aufzubrechen.

»Ja, bei den Laws muss es einen Unfall gegeben haben. Ich geh später rüber.«

»Die arme Marian. Sie hat doch schon genug am Hals.«

Wollte er wirklich ohne ein Wort aus dem Haus gehen? Und was war mit ihr? Wollte sie ihm das durchgehen lassen … um seines, wie er es nennen würde, Seelenheils willen? Sie konnte nicht bei seinen Spielchen mitmachen, nicht dieses Mal.

»Die Polizei, David. Ich finde, wir sollten die Polizei anrufen.«

Er zog die Augenbrauen hoch und sah sie geistesabwesend an. Die Zeitung steckte er in seine Tasche, um sie in der Pause zu lesen.

»Ja«, beharrte sie, »wir sollten Melanie bei der Polizei als vermisst melden.«

Er zuckte zusammen, als hätte Janey ihm einen Schlag versetzt. Rasch bemühte sie sich um einen sanfteren Tonfall. »Selbst wenn wir wissen, dass es ihr gut geht und sie wahrscheinlich heute Abend wieder da ist ...« Janey lachte kurz. »Ich finde, wir sollten es melden. Sie ist erst vierzehn, David ...«

»Na ja, wenn du meinst ...«

»Ja, David, das meine ich. Und noch etwas ...«

»Ja?« Widerwillig drehte er sich um. »Könntest du mit Mrs. Gibson reden? Vielleicht taucht Melanie in der Schule auf, und falls sie das tut, möchte ich umgehend informiert werden.«

Sie wusste, dass sie ihren Mann damit unter Druck setzte. Er ging in die Schule, um dort zu arbeiten, nicht um dort familiäre Probleme vorzubringen. Obwohl Janey ihm ansah, dass David diese Aufgabe zu viel war, gab sie diesmal nicht nach.

»Kannst du nicht anrufen?«

»Ich rufe sie sowieso an. Ich möchte nur, dass du mit ihr sprichst ... dass du Mrs. Gibson erklärst, was geschehen ist.«

»Mal sehen, ob ich Zeit dazu finde.« Er drückte ihr den morgendlichen Abschiedskuss auf die Backe. Sie schloss die Augen, am liebsten hätte sie ihm die Wange entzogen.

»Versuch bitte, dir die Zeit dazu zu nehmen, David. Es ist wichtig.«

Als alle weg waren, als sie den Schulbus draußen auf dem Dorfplatz abfahren hörte, dröhnend und rauchend, brühte sie sich eine Tasse Kaffee und setzte sich an den Tisch.

Dann ging sie nach oben, um die Betten zu machen und Melanies Zimmer zu durchsuchen. Acht Uhr fünfundvierzig. Melanie war nun seit fast zehn Stunden weg.

SECHSTES KAPITEL

Das Verhalten von Frauen fasziniert mich – ihre Beziehungen, ihre Gespräche und ihre Intrigen. Da ihnen die nach außen gekehrte, männliche Aggressivität fehlt, sie aber nicht weniger Wut empfinden, von dieser aber innerlich zerfressen werden, geben sie sich ständig gegenseitig die Schuld für ihre Verletzlichkeit.

Ein Blick auf die Schuhe von Marian, Janey und Sonia genügte, und man wusste Bescheid über ihre Beziehung zueinander. Marian ... Clogs von Dr. Scholl im Sommer, ausgetretene Clogs mit einer mit Steinchen und Splittern gespickten Holzsohle und fleckigem Oberleder ... aus bunten Lederstücken zusammengesetzte Lammfellstiefel für den Winter, die ihr ein Freund aus Australien mitgebracht hatte. Und für die wenigen festlichen Anlässe ein Paar schwarzer, unbequemer Schuhe aus einem Discountladen.

Und Janey? Jesuslatschen, in denen Füße voller Hühneraugen und mit nicht allzu sauberen Zehen steckten. Und im Winter kniehohe Stiefel im Stil der sechziger Jahre, mit flachen Absätzen, in denen sie ihre Socken trug, weil sie Nylonstrumpfhosen nicht mochte. Schicke Schuhe besaß sie überhaupt nicht.

Eine ganze Wand in Sonias Schlafzimmer füllte ein Kleiderschrank aus. Am Schrankboden standen Sonias Schuhe, sauber aufgereiht wie die Autos beim Autohändler. Und sie glänzten genauso und waren ebenso gepflegt. In allen Farben und Stilrichtungen standen sie da, für jeden Tag ein anderes Paar. Vielleicht weil sie so einen entschlossenen, schnellen Gang hatte, während ihre Freundinnen langsamer und schwerfälliger daherkamen.

Marian wäre am liebsten den ganzen Tag lang durch ihr Haus geschlichen, um sich langsam daran zu gewöhnen, was sie getan hatte. Doch das sollte ihr nicht vergönnt sein.

»Das also ist meine Strafe«, dachte sie, als Janey nicht aufhörte mit ihren Geschichten von Melanie, was sie in ihr Tagebuch geschrieben hatte, wie sie Geld gestohlen hatte, und was sie noch in den letzten zwanzig Minuten über ihre Tochter erfahren hatte, mit der sie vierzehn Jahre unter einem Dach gelebt und die sie anscheinend nie richtig gekannt hatte ...

Aber Marian wusste Bescheid ... Marian wusste, dass etwas Schreckliches geschehen war. Sie hatte Melanie gestern Nacht auf dem Dorfplatz gesehen, hatte gesehen, wie sie mit einem Mann in einem Auto gesprochen hatte. Aber ohne ihr eigenes Verbrechen einzugestehen, ohne einzugestehen, dass sie ohne einen Finger zu rühren zugesehen hatte, wie Constance starb, konnte sie niemandem von ihrer Beobachtung erzählen. Das einzige Zimmer im Haus außer der Küche, von dem aus man auf den Dorfplatz sehen konnte, war Constances Schlafzimmer. Marian konnte nicht sagen, dass sie dort gewesen war, ohne sich zu verraten. Also hörte sie Janey weiter zu, ohne auf deren Worte zu achten, und redete sich ein, Melanie sei in Sicherheit.

»Obwohl du selbst etwas Schreckliches erlebt hast«, unterbrach sich Janey, die Marians Schweigen als Kummer missverstand, und die Schamröte stieg ihr ins Gesicht, »hörst du dir mein Gejammere wegen Melanie an ...« Sie schüttelte den Kopf, um ihren Egoismus zu entschuldigen. »Ich fürchte, ich drehe noch durch ...«

»Ach, das macht doch nichts. Ganz im Gegenteil, es lenkt mich ein bisschen ab. Aber weißt du, Janey, ich finde, du solltest Melanies Verschwinden der Polizei melden. Ich glaube zwar nicht, dass ihr etwas zugestoßen ist ... aber es ist besser, auf Nummer sicher zu gehen.«

Würde die Polizei herumschnüffeln und Fragen stellen? Und könnte sie, Marian Law, sie dann überzeugen, dass sie nichts gesehen hatte und von nichts wusste? Sie hatte eher das Gefühl, eine Art Lady Macbeth zu sein, eine Mörderin, an deren Händen Blut klebte. Allmählich befürchtete sie, die Kontrolle über sich zu verlieren.

»Mist«, sagte Marian irgendwann später am Abend, »das war ja wohl ein ganz besonderer Tag. Wir brauchen was für unsere Stimmung. Kaffee reicht da nicht.« Und sie saßen zusammen und tranken Wein, wie es typisch ist für Freundinnen ... aber sie waren keine Freundinnen mehr. Marian war das klar. Janey nicht ... noch nicht.

»Die Sache ist die«, gestand Marian Janey. »Es tut mir nicht Leid, dass sie gestorben ist, da würde ich lügen ... aber schau dir meine Hände an.« Sie streckte sie aus und es stimmte, sie zitterten.

»Das ist der Schock«, erklärte Janey. »Ihr Tod kam so unerwartet. Und selbst wenn du damit gerechnet hättest, wäre es ein Schock gewesen. So etwas ist immer ein Schock.« Janey war ärgerlich auf Marian, weil sie sie ausgerechnet an diesem Vormittag trösten musste.

Ihrer beider Gedanken wanderten zurück zu einem Tag im Februar. Was hatte dieser Küchentisch schon für Tränenmassen gesehen! Auch damals hatten sie hier gesessen, doch an jenem Tag schien nichts zu Marian durchzudringen. Janey fragte sich, ob ihre Freundin überhaupt noch davon wusste. Marian war so benommen gewesen. Janey erinnerte sich daran, wie Marian zwischendurch aufgestanden war, um Holzscheite in den Ofen zu schieben, eines nach dem anderen, bis sie das Holz so hoch gestapelt hatte, dass die Flammen laut prasselnd den ganzen Ofen füllten. Dieser neblige Septembermorgen war nichts im Vergleich dazu, selbst wenn oben eine tote Frau lag ... zumindest für Marian war er nicht so schlimm.

Sie dachte: »Warum hört Janey nicht auf zu reden und ruft die Polizei an?« Aber Marian konnte sie nicht dazu bringen, konnte ihr nicht sagen, was sie nachts auf dem Dorfplatz gesehen hatte. Beim dritten Glas Wein war sie der Meinung, es spiele ohnehin keine Rolle. Was brächte es Janey, wenn sie davon wüsste?

»Mach schon. Da steht das Telefon. Du musst nur anrufen und sie als vermisst melden.« Marian musste sich unheimlich anstrengen, um diese Worte herauszubringen.

»In der Schule ist sie nicht aufgetaucht ...«

»Ja, schon ... aber vielleicht geht sie ja später noch hin. Vielleicht taucht sie heute Abend zu Hause auf, als sei nichts gewesen. Ohne die geringste Vorstellung, welche Sorgen du dir machst. Du weißt doch, wie unbekümmert Melanie ist.«

Janey nickte, ohne sich sicher zu sein, was Marian meinte, während sie sich die Stirn mit dem Weinglas kühlte. »Ja, vielleicht kommt sie wieder.« Aber sie glaubte nicht daran. Außerdem stimmte irgendetwas nicht. Abgesehen von all dem, was offensichtlich falsch lief, war da noch etwas anderes. Marian war anders als sonst ... da war eine Distanz zu spüren. Sie war nicht mehr die Alte. Ach, Unsinn! Marian hatte heute Morgen Schreckliches durchgemacht ... hatte ihre Schwiegermutter tot im Bett gefunden. Selbstverständlich war sie da nicht die Alte. Was hatte Janey erwartet?

Und gegenüber am Tisch saß Marian und dachte: »David meint ...« Warum jammerte Janey endlos darüber? Warum rief sie nicht einfach die Polizei an? Was David meinte, das sollte er doch meinen ... deswegen musste er noch lange nicht Recht haben ... was überraschte Janey daran noch? Langsam wurde Marian wütend. Ihre Freundin war ein hoffnungsloser Fall. Was David brauchte, war Feuer unterm Hintern. Er sollte ihr jetzt ein Glas Wein anbieten und sie trösten. Stattdessen saß Marian hier und versuchte ihn zu ersetzen. Dabei war gerade ein Stockwerk höher ihre Schwiegermutter gestorben. Nein, korrigierte sie sich und unterdrückte ein Lächeln, dabei hatte sie gerade dafür gesorgt, dass ihre Schwiegermutter gestorben war.

»Ich wähle die Nummer der Polizei für dich«, schlug sie vor. »Ich geb dir den Hörer, wenn jemand rangeht.«

»Das kann ich selbst machen.«

»Dann tu es.«

»Neun, neun, neun?«

»Nein, ruf die Wache im Dorf an. Verlange Inspektor Marks. Er ist nett. Das ist der, der heute Morgen hier war.«

Marian war klar, dass der Anruf bei der Polizei für Janey das Eingeständnis bedeutete, dass etwas Schreckliches passiert sein könnte. Es bedeutete, einer möglichen Katastrophe ins Auge sehen zu müssen. Das alles war ihr bewusst und machte ihren Verrat nicht leichter.

»Inspektor Marks, bitte.« Janey hörte sich an wie ein kleines Mädchen bei einem Auftritt in der Schulaula. Aufmunternd zwinkerte Marian ihr zu.

»Ich möchte jemanden als vermisst melden – meine Tochter, Melanie – ja, die Melanie – vierzehn Jahre alt – was sie anhat? Mein Gott, was hat sie an?« Fragend blickte sie zu Marian. Diese hütete sich davor zu antworten, obwohl sie Melanie genauso deutlich vor sich sah wie durch die Vorhänge ... enge Jeans und eine weite Lederjacke, schwarze Stiefel mit flachen Absätzen.

»Ob ich weiß, wo sie hingegangen sein könnte?«, wandte Janey sich erneut an sie. Marian wich ihrem Blick aus. Lieber Gott, bitte verzeih mir, dachte sie, aber ich halte das nicht aus. Janey sprach wieder mit dem Polizisten am anderen Ende der Leitung. »Nein, es tut mir Leid. Ich habe keine Ahnung. Ich dachte ... ich hoffte, dass sie vielleicht heute in der Schule auftauchen würde. Deshalb habe ich die Direktorin angerufen. Sie meinte, sie würde zurückrufen, sobald sie sie sähe – Meadowbrook – in der Neustadt.«

Marian nickte. Außer ihr ein weiteres Glas Wein einzuschenken, konnte sie nichts für ihre Freundin tun.

»Mein Mann … David Tandy, er arbeitet an der Schule. Meadowbrook, ja. Mein Name … Jane Candice …« Warum kommen zweite Vornamen immer dann zum Zug, wenn etwas schief läuft im Leben? Marian hatte gar nicht gewusst, dass Janey einen zweiten Vornamen besaß … noch hatte sie sie je als eine »Jane« gesehen. »Janey« – das klang vollkommen anders.

»Nein, im Augenblick bin ich nicht zu Hause. Ich bin nebenan bei einer Nachbarin. *Dunoon*, ja, DUNOON.« Lachte der Polizist? Marians Haus war das einzige Haus am Dorfplatz, das einen Namen hatte. Die anderen hatten alle Hausnummern.

Janey legte den Hörer auf und rieb sich den Arm, als ob er steif wäre. »Sie kommen vorbei, um sich ein Foto zu holen«, berichtete sie und brach in Tränen aus. Dieser Tag entwickelte sich für Marian immer mehr zu einem Albtraum. Warum ging Janey nicht endlich? Draußen fuhr ein Leichenwagen vor.

»Ich kann nicht dabei zusehen, wenn sie sie abholen.«

»Das musst du nicht. Bleib hier sitzen. Ich kümmere mich drum. Du wartest in der Küche.«

»Janey, du hast im Augenblick genug am Hals. Ich hätte Sally oder Lloyd bitten sollen, hier zu bleiben … sie haben es mir beide angeboten. Aber ich habe gesagt, es wäre nicht nötig.«

»Vollkommen richtig. Was kann man denn jetzt noch für sie tun?«

Marian warf ihr einen verstohlenen Blick zu. Doch Janey, die Haarspangen lose, Regentropfen im wirren Haar, hatte nur versucht, sie zu trösten.

Sie wusste, dass sie nach Alkohol roch und einen aufgelösten Eindruck machte. Wahrscheinlich dachte die Polizei, das habe mit der Toten zu tun. Sie sprudelte hervor, sie sei eine Nachbarin. Was nicht nötig gewesen wäre, da Mr. Sanderson sie kannte.

Janey führte Mr. Sanderson von Sanderson & Tike, dem Bauunternehmen, in seinem dunklen Anzug die Treppe hoch.

Marians Freundin hatte noch nie zuvor einen Toten gesehen. Constance hatte sie nur flüchtig gekannt. Anfangs hatte ihre Anwesenheit sie irritiert, denn Constance hatte immer wie eine Statue in der Küche gesessen, genauso störend wie ein Fernseher ohne Ton. Aber mit der Zeit war es ihr leicht gefallen, so zu tun, als ob Constance gar nicht da wäre. Da sie sich in nichts einmischte und sich nicht bemerkbar machte, konnte man sie nach ein paar höflichen Worten zur Begrüßung wie ein Möbelstück links liegen lassen.

Als Constance zusehends verwirrter wurde, hatten Janey und alle anderen aus der Nachbarschaft den Verfall der alten Frau mit unverhohlener Neugierde beobachtet. Die Cottageküchen lagen alle zum Dorfplatz hin, man sah also sofort, wenn Constance draußen herumirrte, manchmal nur halbbekleidet, um an den Türen zu klopfen. Meistens lud sie dann jemand, der Zeit hatte, auf eine Tasse Tee ein. Dann setzte sie sich gehorsam an den Tisch, trank ihren Tee, wobei sie manchmal ein Liedchen summte, und machte sich zufrieden lächelnd auf den Heimweg, wenn man sie dazu aufforderte. Solange sie auf dem Dorfplatz blieb, war sie sicher, doch sobald sie sich Richtung Hauptstraße aufmachte, rannte jemand hinaus, das Abspültuch in den nassen Händen oder ein Handtuch um die frisch gewaschenen Haare geschlungen, um die alte Frau wieder nach Hause zu bringen.

Marian ging wundervoll mit ihr um ... war ein Ausbund an Geduld. Janey hatte nie erlebt, dass Marian wütend geworden wäre – nicht ein einziges Mal, seit sie sich kannten.

Mr. Sanderson und sein Gehilfe Burt wurden von Janey in das Schlafzimmer der Toten geführt. Jedes Mal, wenn die schmale Treppe einen Bogen machte, schlug der leere Sarg gegen die Wand.

»Zu dir«, sagte Mr. Sanderson. »Noch ein Stück.«

Durcheinander und aus Angst, pietätlos zu erscheinen, trat sie ans Fenster, während die beiden den Sarg abstellten und ihre Arbeit erledigten, was immer das sein mochte.

Sie konzentrierte sich so gut sie konnte, um nicht in Versuchung zu geraten, den Kopf zu wenden. Von diesem Zimmer aus hatte man denselben Blick wie von ihrem dritten Schlafzimmer aus, dem Schlafzimmer Melanies. Von hier aus ließ sich der ganze Platz unten überblicken. Rechts war das Kirchentor, daneben der Weary Ploughman, und eins weiter der bunt angestrichene Dorfladen. Die übrigen Häuser am Platz waren einfache Cottages.

Die Herbstsonne füllte den Raum, in ihren Strahlen tanzte der Staub. »Komm zu mir, mein altes Schätzchen, hilf uns«, hörte sie Mr. Sanderson in ihrem Rücken sagen. Janey lief es kalt den Rücken herunter. Sie hatten Schwierigkeiten mit dem rutschigen Boden, und Janey sah, dass er auf Hochglanz poliert war. Und genau vor ihr, die Sonne fiel direkt darauf, waren Fußabdrücke zu sehen ... der deutliche Abdruck zweier nackter Füße ... Sie stellte sich vor, wie Constance hier gestanden hatte, vor zwei Tagen vielleicht, ohne die geringste Ahnung, dass sie bald sterben würde. Sie musste einige Zeit hier gestanden haben, um solche Abdrücke zu hinterlassen. Janey fragte sich, worüber die alte Frau wohl nachgedacht hatte. Vielleicht hatte sie auch nur einfach gern hier gestanden, um die Leute zu beobachten, die draußen vorbeiliefen.

Sie wandte sich genau in dem Augenblick um, in dem Mr. Sanderson und Burt Constance aus dem Bett hoben. Janey schloss rasch die Augen und drehte sich wieder zum Fenster. Diesen Anblick würde sie nie vergessen ... denn Constance war nackt, und Janeys Augen waren, bevor sie sie hatte schließen können, an einem verstörenden Bild hängen geblieben, dem Bild von zwei fahlen, schwabbeligen Arschbacken und den bleichen Sohlen nackter Riesenfüße. O Gott, wie entsetzlich! Und was für eine komische Farbe Constances Haut hatte! Zum ersten Mal nahm sie Marians Schwiegermutter als wirklichen Menschen wahr ... als einen Menschen wie sie selbst ...

Plötzlich schoss ihr der Gedanke durch den Kopf, dass diese Fußabdrücke viel zu klein waren, um von Constance stammen zu können.

»Das wär's, danke, Mrs. Tandy.«

Janey lief der Prozession voran die Treppe hinunter und hoffte, den Eindruck einer vernünftigen, tatkräftigen Person zu erwecken.

Wie Marian es sich gewünscht hätte, begleitete Janey die Verstorbene zum Leichenwagen und trat einen Schritt zurück, während man den Sarg in den Wagen hineinschob.

Mit einem flauen Gefühl blickte sie hinauf zu dem Fenster und stellte sich Constance vor, wie sie dort oben stand mit ihren Monsterfüßen und sich selbst dabei beobachtete, wie sie ihre letzte Fahrt antrat.

Mr. Sanderson hob seinen schwarzen Hut, wie er es sonst mit seiner Maurermütze tat, und verabschiedete sich mit feierlicher Miene.

Sie war wieder in Marians Küche, die, anders als ihre eigene, »erwachsen« war, nicht in Primärfarben gehalten und voll gestopft mit Nippes. Nein, Marians Küche spiegelte ihren häuslichen Charakter wider ... eine geblümte Tapete, ordentlich und mit dem richtigen Werkzeug abgeschliffene und geschmirgelte Fensterbretter. Nicht wie bei ihr zu Hause, wo die Fensterbretter von ihr hastig rot überpinselt worden waren, weil David seit jeher jegliches Engagement im Haus verweigerte.

Noch dazu waren Marians Kinder erwachsen. Nichts mehr zu sehen von kindlichen Töpferversuchen, unförmigen Schüsseln, die als Aschenbecher durchgehen wollten, und Holzschüsseln, die nach der letzten Mahlzeit rochen. Es stand auch nicht so viel draußen herum. Die üblichen Küchenutensilien waren ordentlich weggeräumt. Die patente, vernünftige Marian in ihrer patenten, vernünftigen Küche.

»Das wäre erledigt.«

Marian hatte sich nicht von der Stelle gerührt. Jetzt hob sie den Kopf. »Ich fühl mich so verdammt schuldig.«

»Es gibt nichts, weswegen du dich schuldig fühlen solltest.«

»Ich hätte netter zu ihr sein können.«

»Es war nicht einfach, zu Constance nett zu sein. Sie war … krank.«

»Ich habe sie schlecht behandelt.« Mit ausdruckslosem Gesicht starrte Marian vor sich hin.

»Jeder weiß, dass das nicht stimmt.«

»Wirklich?«

»Wenn du sie nicht bei dir aufgenommen hättest, hätte sie ganz allein und sich selbst überlassen in ihrer Wohnung in London bleiben müssen.«

»Wahrscheinlich.« Marian seufzte und nippte an ihrem Weinglas.

»Es stimmt, Marian. Du weißt, dass es stimmt.«

»Was für ein beschissener Tag! Das Unglück nimmt einfach kein Ende … du musst dich entsetzlich fühlen!« Marian schüttelte den Kopf und schloss die Augen. »Absolut entsetzlich!« Es war beinahe angenehmer, über Melanie nachzudenken als über Constance. Warum *ging* Janey nicht endlich?

»Ein Herzanfall … es hätte jederzeit passieren können. Da ließ sich nichts mehr machen.«

Das Urteil des Arztes war Balsam für Marians schuldbewusste Seele gewesen. Am liebsten hätte sie sich vor seine Füße geworfen und sie vor Dankbarkeit geküsst. Sie hatte Dr. Crawfords Gesicht aufmerksam beobachtet. Nicht das geringste Anzeichen eines Vorwurfs oder Verdachts hatte sie darin entdecken können.

»Zeitpunkt des Todes? Schwer zu sagen. Ich werde schreiben, in den frühen Morgenstunden …«

»Vielleicht wäre das nicht passiert, wenn ich sie aufgeweckt hätte, um sie auf die Toilette zu führen …«

»Es bringt nichts, sich mit solchen Gedankenspielen zu quälen«, hatte Dr. Crawford ihr erklärt. »Man hätte ihr nicht mehr helfen können. Schließlich war Mrs. Law schon an die achtzig, oder?«

Marian hatte genickt und sich nur zu gern der Meinung des Arztes angeschlossen.

Warum *ging* Janey nicht endlich? »Ich versuche die ganze Zeit, ruhig zu bleiben.«

»Janey, du hältst dich großartig!« Marian drückte ihr den Arm, auch wenn sie das Gefühl hatte, dass sie kaum noch Kraft für dieses Schauspiel hatte.

»Selbst wenn Mel zurückkommt … selbst dann wird es nie mehr so sein wie früher. Seit ich gelesen habe, was sie in ihrem Tagebuch über mich geschrieben hat.«

»So was darfst du nicht wortwörtlich nehmen. Was man in so ein Tagebuch schreibt, stimmt immer nur für den Moment. Man nimmt ja nicht an, dass jemand darin herumschnüffelt. Es wäre unfair, wenn du da zu viel hineininterpretierst.«

»Da waren so verletzende Sachen dabei, Marian. Als ob man das Tagebuch einer völlig fremden Person läse. Ich hätte nicht ein Mitglied unserer Familie erkannt.«

»Niemand von uns weiß wirklich, was der andere denkt.«

»Und die fünfzig Pfund! Dieses kleine Biest hat seit Monaten Geld gestohlen, es in ihrem Make-up-Beutel versteckt … fünfzig Pfund! Und David kann nicht gemerkt haben … Ach Marian, nicht dass wir sie knapp bei Kasse gehalten hätten. Wir haben ihr immer Geld gegeben, wenn sie es brauchte.«

Marian ertrug Janeys Anwesenheit kaum noch. Das Gespräch war schon lange an einem toten Punkt angelangt. Sie wollte alleine sein, über ihre eigene Situation nachdenken. Es fiel ihr schwer, Janey gegenüber zu sitzen mit all dem Wissen über Melanie, das Auto und den Mann.

Sie hatte Angst vor den Worten, die jede Minute aus ihr heraussprudeln konnten. Keine Frage, wenn eins ihrer Kinder vermisst worden wäre, wäre sie bei weitem nicht so ruhig geblieben, wie Janey zu sein schien. Aber andererseits hatte Janey keine Ahnung, glaubte noch immer, Melanie sei vielleicht bei einer Freundin ... Wo blieb bloß die Polizei? Hoffentlich ging Janey mit ihnen nach Hause. Den Polizisten würde bestimmt nicht entgehen, dass Marian etwas zu verbergen hatte ... Hätte sie nur nicht so viel Wein getrunken. Sagte man nicht, Wein löse die Zunge? Hoffentlich war dem nicht so!

»Was ist denn das?« Janey griff nach einem Buch, das auf dem Regal lag.

»Ach«, Marian zuckte gleichmütig die Achseln. »Irgend so ein Schmöker. *Magie – Ein okkulter Leitfaden* –«

»Gehört das dir?«

»Ich hab es vor ewig langer Zeit auf dem Flohmarkt gekauft ... irgendwann im Frühjahr ... als ich eine depressive Phase hatte ...«

Janey schlug das speckige Taschenbuch auf. Wo blieb die Polizei? Sie wollte endlich gehen. Auch sie spürte, dass Marian sich das wünschte. Irgendwie fühlte sie sich an diesem Vormittag nicht wohl in Marians Gegenwart. Sie erschien ihr so nervös, so zerfahren, ganz anders als sonst, auch wenn Janey nicht genau wusste, woran es lag.

»Interessant«, meinte sie, legte das Buch wieder weg und rekelte sich. »Ob da was dran ist?«

»Aber sicher«, entgegnete Marian vielsagend. Dann läutete es an der Tür.

Es war ein Vormittag der Entscheidung: Der Letzte, den sie als »Freundinnen« miteinander verbracht hatten.

SIEBTES KAPITEL

Sonia saß in einem halben Bierfass im Weary Ploughman und lauschte mit offenem Mund Marians Neuigkeiten.

Als sie von Melanies Verschwinden erfuhr, kam Sonia unwillkürlich Stanley in den Sinn. Der ganze Raum erschien ihr ausgefüllt von einem pulsierenden Rot, das alles umfing von der niedrigen Balkendecke bis zu dem gemusterten Teppichboden. Es war die Scham, die entsetzliche Scham, die an ihr nagte, sie quälte und peinigte. Die hochpolierten Gläser, die hinter der Bar hingen, funkelten sie an, als wüssten sie alles über Sonia und ihren Schwiegervater. Das Messing am Kamin schien drohend zu blitzen. Bestimmt, ganz bestimmt war Stanley nicht losgezogen und hatte eine Dummheit begangen … Neun von zehn Morden wurden von Tätern begangen, die das Opfer gut kannte, und Melanie hatte Stanley gekannt, zwar nur flüchtig, doch sie hatte immerhin gewusst, wer er war.

Sonia versuchte, sich zusammenzureißen. »Es tut mir Leid wegen Constance. Das muss furchtbar für dich sein.« Marian nickte ihr zu, obwohl sie sich über die förmliche Beileidsbekundung ihrer Freundin ärgerte.

Sonia fluchte innerlich. Dieser Tag, der so wunderbar angefangen hatte, war ruiniert. Sie hatte sich in Schale geworfen und war eigentlich ins Pub gekommen, um zu Mittag zu essen. Und um die Sache mit Phoebe endlich ins Reine zu bringen. Jedes Jahr dachte sich Mrs. Henley, die Schriftstellerin im Dorf, die früher von ihrem muschelförmigen Pavillon aus für eine TV-Serie Drehbücher geschrieben hatte, ein Stück für die Theatergruppe von Meadcombe aus. Jedes Jahr wieder gab es Diskussionen, von denen Mrs. Henley nichts ahnte. Man diskutierte, ob man nicht lieber ein anderes Stück spielen sollte … ein bekannteres, wie der Vikar es ausdrückte. Ein auf der Bühne bereits erprobtes, wie der Regisseur zu sagen pflegte. Aber sie wurden stets von der Schauspielertruppe niedergestimmt, weil niemand Mrs. Henley derart kränken wollte. Jeder wusste, was für eine viel beschäftigte Frau sie war und dass sie die Zeit opferte, um ihnen einen Gefallen zu tun.

So führte die Theatergruppe jedes Jahr zu Weihnachten ein Stück von Mrs. Henley auf. Und diese bemühte sich jedes Jahr aufs Neue, eine Begebenheit aus der Gegend zum Thema des Stückes zu machen. Dieses Jahr sollte es ein Stück über den Peststein sein … und es sollte im Freien aufgeführt werden, ob es nun regnete oder schneite, auf dem Dorfplatz.

Lady Phoebe Grey war der Star des Stücks. Eine gutherzige, wenn auch etwas naive Frau mit einem Schurken als Vater, die ihr Leben lang Rechtschaffenheit anstrebte, der jedoch Böses widerfuhr und die auf dem Scheiterhaufen endete. Und vom ersten Augenblick an, als sie von der Story erfuhr, war Sonia wild entschlossen, die Phoebe zu spielen. Und nun das …

»Und jetzt warte ich auf Janey«, sagte Marian gerade und

blickte mit einem Seufzer zur Tür. »Aber als ich weggegangen bin, stand das Polizeiauto noch immer vor ihrem Haus.«

»Ich kann es nicht fassen.« Sonia drückte ihre Zigarette in der Mitte eines großen Glasaschenbechers aus. »Ich kann es einfach nicht fassen.« Ihr Gesicht wirkte mit einem Mal verschlossen, ihr Schmollmund war kleiner, und das kleine spitze Kinn war nach vorne gereckt. Sie hätte wissen müssen, dass ihr irgendetwas diesen Tag verderben würde.

Marian schielte unruhig zur Tür. Sonia konnte sich nicht erinnern, Marian je so angespannt gesehen zu haben. Deren Nervosität übertrug sich auf sie.

»Trink einen Schnaps, Marian, komm schon. Der geht auf mich.«

Kurz blitzte in Sonia Eifersucht auf. Warum hatten sie sie nicht angerufen? Sie wäre doch sofort gekommen und hätte den beiden beigestanden. Sie wohnte ja nur ein paar Hundert Meter weiter. Warum hatten sie gewartet bis zu der Verabredung zum Mittagessen? So hatten die beiden bereits den ganzen Vormittag über alles sprechen können ... ohne sie. Sie stellte sich vor, wie sie vor dem Kaminfeuer gesessen hatten und über sie hergezogen waren, während sie die Holzscheite mit dem Schürhaken bearbeitet hatten. Dann fiel ihr Stanleys Scheck ein, und ihre Laune besserte sich wieder etwas. Bis sie erneut an Stanley dachte. Sie erinnerte sich nur ungern daran ... der Gedanke verursachte ihr Ekel.

Er war völlig außer sich gewesen, als er weggefahren war, frustriert und erregt. Was hatte er anschließend gemacht? Sie hatte angenommen, er sei direkt nach Hause gefahren und in sein Bett gefallen, um sich an Beryl abzureagieren. Er hatte sich wahrlich nicht in einem geeigneten Zustand befunden, um in der Gegend herumzukutschieren oder sonst wohin zu gehen. Aber vielleicht hatte er genau das gemacht? Was hätte Stanley getan, wenn er am Straßenrand ein junges Mädchen gesehen hätte ... mitten in der Nacht auf dem Dorfplatz, über den er auf seinem Heimweg kam? Was hätte er getan?

Sie sagte sich, dass das unwahrscheinlich war. Sie sagte es sich immer wieder. Aber eine unheimliche Vorahnung ließ sie nicht los.

Ihr schoss durch den Kopf, wie sich Stanleys Gesichtsausdruck verändert hatte, wie sie einen kurzen Augenblick lang selbst Angst vor ihm bekommen hatte ... nein! Stanley würde nie so etwas tun! Lieber Gott, schließlich war er Pauls Vater ... der Großvater der Zwillinge. Aber wenn er nun doch ... wenn er es nun doch getan hatte, und es jemand herausfand? Ihre Rolle bei dem verhängnisvollen Ablauf der Ereignisse jener Nacht würde dann niemals verborgen bleiben können. Paul würde davon erfahren. Jedermann würde erfahren, wie sie ihren Schwiegervater um zweihundertfünfzigtausend Pfund erpresst hatte ... und dabei durch ihre unersättliche Gier den Tod eines unschuldigen Kindes verursacht hatte ... so würden die Zeitungen schreiben. Plötzlich packte sie eine heiße Wut auf Janey. Manche Menschen zogen das Unglück geradezu an ...

»Was glaubst du, Marian, ist ihr etwas zugestoßen?« Sonia ertrug es kaum, die Antwort zu hören.

Wieder blickte Marian sich nervös um, wie eine Verschwörerin, bevor sie sagte: »Unter uns gesagt, ich mache mir Sorgen. Ich weiß nicht, warum. Es ist einfach … ich habe so ein Gefühl.«

Sonia griff nach ihrem Glas und sah hinein. Das war eine ganz untypische Antwort für Marian, die normalerweise immer alles positiv sah. »Vielleicht ist sie ja auch nur bei Freunden untergeschlüpft. Vielleicht steht sie heute Abend schon wieder vor der Tür …«

»Könnte sein, klar«, nickte Marian langsam. »Aber wie ich schon sagte, ich habe nun mal so ein Gefühl. Doch die arme Janey … wirklich, Sonia, ich weiß nicht, wie sie das aushält. Heute Morgen war sie mir eine solche Hilfe mit Constance und was es da alles zu erledigen gab … Ach Gott«, schrie sie plötzlich auf, »es ist alles so furchtbar!«

»Ich kann das alles einfach immer noch nicht glauben«, wiederholte Sonia. »Du hast wirklich ganz schön was mitgemacht, hm? Kein Wunder, dass du so daneben bist.«

»Zu viel Wein.« Wieder blickte Marian sich um. »Und der verfluchte David ist natürlich wieder mal überhaupt keine Hilfe.«

Sonia zog die Augenbrauen hoch. »Wie immer.«

»Er ist schuld, dass sie weggelaufen ist.« Und Marian begann mit der Beschreibung der Ereignisse des gestrigen Abends. Sonia erstarrte bei dem Versuch, sich das Ganze bildlich vorzustellen. Und gab ganz auf an dem Punkt, als Melanie Tandy die Tür hinter sich zuwarf und aus dem Haus lief.

Sie spielte mit dem kleinen Topf Usambaraveilchen auf dem Tisch, sah jedoch nur Stanleys schrumpeligen lila Schwanz vor sich. Sie schob den Topf weg und griff nach ihrem Glas.

Als Janey den Raum durchquerte und auf ihre Freundinnen zuging, sahen die beiden in ihren hängenden Schultern und ihrem gebeugten Kopf einen Ausdruck für ihre Verzweiflung. Dabei vergaßen sie, dass Janey immer so ging. Sie schniefte, ein feuchtes Taschentuch an der Nase, und hatte gerötete Augen.

»Ich konnte nur ein Foto von Mel finden, auf dem sie schmollte. Vom letzten Jahr, am Strand von St. Brelades«, sagte sie mit einem Lächeln. »Sie meinten, das würde reichen … aber sie sieht darauf ganz anders aus … wisst ihr …«

»Was haben sie denn noch gesagt?« Marian sah Janey fragend an.

»Sie meinten, ich solle mir nicht zu große Sorgen machen … noch nicht.« Janey setzte sich und begann, mit knochigen, nervösen Fingern an dem Usambaraveilchen herumzurupfen.

»Was werden sie unternehmen?«

»Sie geben ihre Beschreibung weiter, rufen in den Krankenhäusern an und den Bahnhöfen. Sie haben mir erzählt, wie viele Kinder pro Jahr wie Mel von zu Hause weglaufen … Ich kann mich an die Zahl nicht mehr erinnern. Marian, das sind Tausende …« Die Polizei hatte Janey ebenfalls mit großer Bestimmtheit erklärt, wie viele davon heil und unversehrt zurückkehrten … die große Mehrheit, was sie ihren Freundinnen absichtlich nicht erzählte.

Sonias Magen zog sich zusammen. Marian wich das Blut aus den Adern. Beide wussten nicht, wie sie Janey trösten sollten, und es entstand ein verlegenes Schweigen.

»Du musst es einfach *durchstehen*«, brach Sonia das

Schweigen. »Und dich daran festhalten, dass alles gut ausgehen wird. Schließlich … wir wissen ja nicht, dass ihr etwas zugestoßen ist. Es ist falsch, *immer nur in die eine* Richtung zu denken.«

»Ich bin gar nicht versessen darauf, *immer nur in die eine Richtung* zu denken, wie ihr das nennt.« Janey war außer sich. »Ihr zwei seid das! Ihr gebt mir das Gefühl! Dieses Gefühl, als sei irgendetwas faul, etwas, von dem ich nichts weiß!«

Sonia und Marian warfen sich über Janeys gesenkten, erschöpften Kopf hinweg Blicke zu. Sonia zog die Augenbrauen hoch, und Marian fuhr sich über die Stirn. Doch jede hatte die Angst in den Augen der anderen gesehen. Und jede senkte rasch den Blick, ohne verstanden zu haben.

Aufgesetzt fröhlich versuchte Marian, das Thema zu wechseln. »Ich habe gehört, du warst gestern Abend mit ›Hank‹ hier.«

Sonia sprang herzklopfend auf. Nervös antwortete sie: »Ja, und Stanley war schrecklich wie immer. Angeberisch, tramplig und völlig daneben. Wir haben über ein Geschäftsprojekt von Paul gesprochen.«

»Und wo war Paul?«

»Ich dachte, ich versuche es mal mit meinen Überredungskünsten. Paul hat sich rausgehalten.«

»Hat es geklappt?«

»Ja.«

Marian und Janey wussten, wie Sonia über »Hank« dachte. Und es stimmte, es konnte einem nicht leicht fallen, ihn zu mögen. Mit seinem Sohn, Paul, war das ganz anders.

Ein Mann wie ein Baum, aber humorvoll und sympathisch. Nur ein Mann mit Pauls Geduld konnte es so lange bei Sonia aushalten.

Janey musterte ein paar Augenblicke aufmerksam ihre Begleiterinnen. Hatte sie die beiden je wirklich gemocht? Da saßen sie, eingehüllt und geschützt von Liebe … ja, selbst Marian, deren Mann tot war, war noch besser dran als sie. Ihre Kinder trugen Marian schließlich auf Händen.

Sie waren nur hier, weil sie ihnen Leid tat. Sonia scheute sich nicht mal, ihr Illustrierte mitzubringen, alte Ausgaben von *Country Life* … Gab es ein eindeutigeres Anzeichen von Mitleid, als Illustrierte geschenkt zu bekommen? Diese furchtbare Sonia, die umherstolzierte wie ein Mitglied der Royals, umgeben von einer Wolke teuren Parfüms, die aristokratische Nase hoch in der Luft, blickte sie auf ihre Freundinnen herunter. Janey fragte sich oft, warum sie sich überhaupt mit ihnen abgab. Warum mischte sie sich nicht unter die Reichen und Mächtigen, statt sich ans einfache Volk zu halten?

In Janeys Augen litten nur wenige Menschen auf der Welt so wie sie. Janey Candice Tandy hatte immer gelitten und würde immer leiden. Doch unweigerlich gab es jemanden, der ihr das Mitleid entzog … meist Marian. Sogar jetzt würden die meisten ihr Mitgefühl zwischen der verlassenen Mutter – als die sie sich sah – und der Frau aus dem Nachbarhaus, deren Schwiegermutter soeben gestorben war, aufteilen. Dabei hatte Constance Marian nie etwas bedeutet … woraus diese kein Hehl machte und es dennoch schaffte, gleichzeitig als Märtyrerin dazustehen.

Und im Februar, als Roger auf so furchtbare Weise ums Leben kam, hatte der Frau im *Dunoon* das Mitgefühl des ganzen Dorfes gehört und um Janeys Probleme hatte sich niemand geschert, als hätten sie sich auf wundersame Weise durch Rogers Tod in Luft aufgelöst. Sie musste sich damals selbst zusammenreißen und sich ständig sagen, dass es gut so war ... denn Marian brauchte sie plötzlich.

Was für schwere Zeiten waren das damals ... wie verbittert war Janey gewesen ... wie wütend auf Marian, weil Janey jetzt ihre eigenen Probleme zurückstellen und sich stattdessen auf ihre Freundin konzentrieren musste.

Was hätte Janey ohne die Belastung David getan? Sie hätte sich eine ebenso große Herausforderung ohne Hoffnung auf Besserung gesucht.

Janey handelte zwanghaft. Sie sehnte sich danach, in etwas aufzugehen. Anfangs hatte sie die Liebe gewählt. Sie wäre gestorben für David, hätte es genossen, für David zu sterben, aber das war offensichtlich nicht das, was David wollte. Für ihn war sie nützlicher, wenn sie lebte. Sie hatte ihn dadurch für sich eingenommen, dass sie sich vollkommen unentbehrlich gemacht hatte. Und da sie nicht in der Liebe hatte aufgehen können, hatte sie sich auf das konzentriert, was für ihn im Mittelpunkt stand ... seine Krankheit. Als leidenschaftliche Frau hatte sie sich darauf gestürzt wie eine Liebende auf ihren Helden. Hatte sie gehegt, gepflegt und bemuttert und dafür gesorgt, dass Davids Melancholie, selbst wenn er es gewollt hätte, nicht mehr verschwand.

Davids Krankheit füllte sie so sehr aus, dass sie die Kinder eigentlich gar nicht gebraucht hätte. Als Melanie kam, war ihr das jedoch nicht unrecht, da ein Kleinkind, das keine Ruhe gab, ihrem leidenden Image nur zugute kommen konnte.

Ja, die Ehe mit David verschaffte ihr die Zuwendung, die sie sich von ihren Freundinnen ersehnte. Sie versprach eine Lebensaufgabe, etwas, das sie genießen konnte. Nur eines bereitete ihr Unbehagen, blieb ihr ein Rätsel und trieb sie manchmal zur Verzweiflung. Sicher, sie erregte Mitleid … aber niemand nannte sie je wie Marian eine gute Haut. Sie konnte nicht verstehen, was die Leute an Marian so bewunderten. Marian hatte doch nicht halb so viel um die Ohren wie sie. Es war ungerecht.

Auch Janeys letzte größere Aktion, die leider durch Rogers Tod so unsanft gestört worden war, nämlich ihre Abtreibung, hatte ihr zwanghaftes Bedürfnis befriedigt. Sie hatte David trickreich dazu gebracht, sie zu schwängern, obwohl sie wusste, welche Angst ihm die Vorstellung machte, nochmals Vater zu werden. In den folgenden Wochen hatte sie mit wachsender Spannung ihre Slips untersucht. Nichts!

Noch bevor die erste Woche vergangen war, wusste Marian Bescheid. Noch vor Ende der zweiten Woche Sonia. Als die dritte Woche vorbei war und noch immer jedes Anzeichen für eine Periodenblutung fehlte, wusste das ganze Dorf, dass die arme Janey Tandy zu allem anderen Übel jetzt vielleicht auch noch schwanger war.

Schließlich hatte sie sich vor Davids Sessel gekniet und es ihm gebeichtet. Seinen Zusammenbruch hatte sie vorhergesehen.

Zerknirscht hatte sie den Kopf gebeugt. »Ich weiß nicht, wie das passieren konnte«, hatte sie gelogen.

»Ich glaube nicht, dass ich das schaffe«, hatte David, aschfahl im Gesicht, geantwortet, und sich enger in seine Weste gewickelt. »Jetzt, wo Mel so schwierig ist ... und wo die Jungs endlich alt genug sind, um sie mal alleine zu lassen. O Gott, ich weiß nicht, ob ich es aushalte, wenn wieder Babygeschrei im Haus ist.«

Er beugte sich vor und verbarg den Kopf in den Händen.

»Mach dir keine Sorgen, das brauchst du nicht.«

So gelangte sie schnell dahin, wo sie die ganze Zeit über hingestrebt hatte ... zu dem Moment, in dem sie im Kreise ihrer Freundinnen genüsslich ihr Problem durchdiskutieren konnte, beraten, ob sie nun eine Abtreibung machen lassen sollte oder nicht. Janey hatte dieses Baby nicht eine Sekunde lang gewollt ... sie hätte den Platz in der Klinik in der Nacht buchen können, als sie ohne ihr Diaphragma ins Bett gestiegen war. Aber jammern musste sie darüber ... das war schließlich der Sinn der Sache. Doch wirklich vorsätzlich geplant hatte sie nichts davon. Sie hatte nicht kaltblütig das Für und Wider erwogen und einen Plan geschmiedet. Sie war einfach so. Sie konnte genauso wenig etwas dagegen machen, wie Melanie dieses heimliche Rumschnüffeln lassen konnte, jetzt, da sie vierzehn war und zum ersten Mal alles verstand, was um sie vorging.

Dann war Roger umgekommen, und Janey hatte alleine mit ihrem Termin in der Klinik zurechtkommen müssen. David hatte sie nicht hinbringen wollen ... David hatte nichts damit zu tun haben wollen. Und Marian hatte befürchtet, allmählich den Verstand zu verlieren.

Und jetzt war Melanie verschwunden. Janey machte sich wirklich Sorgen. Aber sie würde ohnehin daraus ein Drama machen, egal, ob es tatsächlich eines war, würde sich daran ergötzen, wie sie sich an jedem Drama ergötzte. Sie würde für sich herausholen, was möglich war.

Niemand wollte wirklich wissen, was Melanie in ihr Tagebuch geschrieben hatte. Es war einfach zu intim. Es war wie ein Gespräch über sexuelle Details ... zu brisant ... zu indiskret ...

Sonia und Marian aber, die Schuldigen, saßen mit starrem Gesichtsausdruck daneben und lauschten den Gedanken der verwirrten, wütenden Melanie Tandy, die ihnen von Janey fast feierlich vorgelesen wurden. Janey wollte ihre Freundinnen nicht gehen lassen, ohne dass sie alles gehört hatten.

»Sie wusste von der Abtreibung«, flüsterte Janey. »Hört mal. ›*Heute erzählte es Mum Daddy. Sie ist wie eine Kuh. Hat keine eigene Meinung. Ich würde nie mein Baby umbringen.*‹« Zu ihrem Glück war in dem Buch nicht viel Platz pro Tag, sodass Melanie sich nicht zu ausführlich auslassen konnte.

»Und da schreibt sie: ›*schon fast zwanzig Pfund. Bald kann ich aus diesem beschissenen Kaff mit diesen beschissenen Typen abhauen ...*‹«

»Das ist das Geschreibsel eines Teenagers«, warf Sonia ein. »Du darfst das nicht ernst nehmen. In diesem Alter schreiben alle Jugendlichen solche Sachen.«

»Woher willst du das wissen«, widersprach Janey. »Deine sind ja noch nicht so alt.« Und in ihren Worten schwang der Neid auf deren Erziehung in einer Privatschule mit.

»Ich spreche nicht von meinen Kindern oder deinen Kindern, sondern von *allen* Kindern … sie machen alle solche Phasen durch. Das darf man sich nicht so zu Herzen nehmen.«

Genau das wollte Janey sich jedoch keinesfalls nehmen lassen: sich jedes Wort davon zu Herzen nehmen. Sie blätterte weiter in dem Tagebuch, musste es aber weglegen, als sie den Februareintrag las, der mit folgenden Worten begann: *»Roger Law starb bei Autounfall. Mum wird wütend sein. Jetzt ist niemand mehr da zum Nerven.«*

Janey Tandy dämmerte eine Wahrheit, eine Wahrheit über sich selbst. Sie hatte ihre Tochter nie wirklich geliebt. Sie alle waren schuldig, alle drei, wie sie hier unbehaglich im Kreis saßen, jede allein mit ihren dunklen Gedanken, und sich anschwiegen.

»Betrinken wir uns«, schlug Sonia vor. »Betrinken wir uns, oder bestellen wir uns was zu essen. Irgendetwas müssen wir tun! Ich halte es nicht mehr aus, hier rumzusitzen und mich von Minute zu Minute schlechter zu fühlen.« Am liebsten wäre sie nach Hause gegangen und hätte Stanley angerufen. Was er wohl sagen würde? Wie fragt man einen Mann danach, ob er Kinder sexuell belästigt?

Janey warf ihr einen bösen Blick zu, den Sonia, die mit den Fingernägeln auf die Tischplatte klopfte, jedoch nicht bemerkte.

Marian sollte ihr ihr Buch über Zauberei leihen, schoss es Janey durch den Kopf. Marian blickte traurig drein und musterte ihren Daumennagel. Ihr Pfannkuchengesicht wirkte verschlossen und mitgenommen. Janey fand, statt um den Topf mit den Usambaraveilchen könnten die beiden genauso gut um einen dampfenden Kessel hocken und darin rühren …

Marian und Sonia dachten unabhängig voneinander: Wäre Janey ihrer Tochter eine bessere Mutter gewesen, wäre diese nicht von zu Hause ausgerissen und sie beide bräuchten nicht hier sitzen und sich mit solch schrecklichen Gedanken zu quälen. Die Atmosphäre zwischen den drei Frauen blieb spannungsgeladen.

Niemand hätte etwas merken können. Doch Janey war extrem sensibel, was ihre Freundinnen betraf. Die beiden führten etwas im Schilde, sie selbst war außen vor. Diese Erkenntnis traf sie wie ein Schlag. Worum ging es? Es musste etwas mit Melanie zu tun haben.

Janey überlegte: Melanie war von zu Hause weggelaufen. Sie war erst seit ein paar Stunden weg. Inspektor Marks hatte nicht besonders besorgt gewirkt. Als Janey heute Vormittag hierher kam, war sie darauf eingestellt gewesen, sich mit der trauernden Marian um die zentrale Rolle streiten zu müssen. Das war nicht nötig gewesen. Warum waren die beiden so zerknirscht? Sie versuchten es zu verbergen, aber sie waren es offensichtlich … beide. Was wussten sie?

ACHTES KAPITEL

Der Freitagabend gehörte dem Theater. Die Meadcomber Theatergruppe trifft sich trotz allem, was geschehen ist, auch heute noch freitags.

Es roch hier ein wenig wie in Marians Haus – nach feuchtem Holz und Toilettenreinigern. Das lag daran, dass eine Zentralheizung fehlte.

»Ganz schön frisch hier«, sagte Sonia und rieb sich die Oberarme. »Ich kann meinen Atem sehen.«

Die Gemeindehalle war eine zugige Hütte, in der die Neonleuchten an Ketten von der Decke hingen. An den dünnen, beigen Wänden kehrte in regelmäßigen Abständen ein monotones Nietenmuster wieder – das war es, was das Gebäude zusammenhielt. Die ungemütliche Halle blieb stets das, was sie war, selbst wenn Feste gefeiert wurden und man alles mit Wimpeln, Luftballons, roten Tischdecken und Kerzen zu verschönern versuchte.

»Ich hab die ganze Zeit hin und her überlegt, ob ich kommen soll.« Janey schien die Kälte nicht zu spüren. Ihre krausen Haare standen in allen Richtungen vom Kopf. Sie trug eine verblichene Jeans, die ihr um die Beine schlackerte. Den Hals vorgestreckt, starrte sie auf ein Bild der Ausstellung eines ortsansässigen Künstlers. In dem Raum, der abgesehen von ein paar Regiestühlen leer war, bekamen seine Bilder etwas genauso Gespenstisches wie die Stimmen der Frauen.

»Wir scheinen die Ersten zu sein.« Sonia war verlegen. Sie hatte Janey seit gestern Mittag nicht mehr gesehen, hatte sie nicht angerufen und nicht bei ihr vorbeigeschaut.

»David meinte, ich solle herkommen.« Janey riss sich los von dem Bild und ging weiter zum nächsten, das nicht ganz so düster war. »Das Leben geht weiter, mit oder ohne Melanie. Wir können nicht einfach aufhören …« Sie fuhr sich mit den Fingern durch die Haare, als versuche sie entweder das Bild oder die Situation, in der sie steckte, zu begreifen.

»Kommt Marian?«

»Ja, sie würde niemals beim ersten Treffen fehlen.«

»Ich zünde schon mal den Ofen an. Und wir könnten schon mal anfangen, die Stühle rauszustellen.« Sonia schätzte Effektivität. »Hoffentlich vergisst Jeffrey nicht, Kaffee mitzubringen«, sagte sie, bevor sie sich traute, die eigentlich wichtige Frage zu stellen: »Ihr habt also noch nichts gehört?«

Janey fuhr herum. »Nein«, sie starrte Sonia an, als erwarte sie Widerspruch. »Nein, gar nichts.«

»Ist ja auch gerade erst passiert.« Sonia klapperte weiter mit den Stühlen herum, quietschte mit ihren Turnschuhen. Dieser Raum war zu groß für nur zwei Leute. Sie kämpfte mit dem ramponierten Kartentisch. Erleichtert atmete sie auf, als endlich Nancy Blogg und Jeffrey, der Vikar, kamen, und ihr die Fortsetzung dieses Gesprächs ersparten. Denn jedes Gespräch zwischen Janey und ihr war ab jetzt unwichtig. Sonia wusste, ohne den geringsten Zweifel, dass Stanley etwas Schreckliches getan hatte. Beinahe wäre sie heute nicht gekommen. Sie hatte sich nur deshalb dazu gezwungen, weil sie sonst zu große Aufmerksamkeit erregt hätte ... in den letzten drei Jahren hatte sie kein einziges Treffen der Theatergruppe versäumt.

Selbst jetzt, da sie wusste, dass der Tochter ihrer Freundin etwas Entsetzliches zugestoßen sein musste, fühlte sie sich nicht traurig. Sie hatte Melanie nicht so gut gekannt. Nur ein Gefühl beherrschte sie, Angst ... die Angst davor, dass ihr Geheimnis entdeckt werden könnte. In diesem Augenblick hätte sie alles dafür gegeben, die Zeit zurückdrehen zu können. Jetzt würde sie sich vor dem Weary Ploughman ruhig, aber bestimmt von Stanley verabschieden, allein nach Hause marschieren und versuchen, irgendwie ihre verfahrene finanzielle Lage zu lösen. Sonia hatte sich bis vor kurzem nicht vorstellen können, dass es noch etwas Schlimmeres gab, als sein Geld zu verlieren. Hätte man sie zuvor gefragt, hätte sie vielleicht geantwortet. Krankheit oder Tod. Niemals Angst. Jetzt wusste sie es besser.

Sie musste sich eingestehen, dass sie Stanley ganz bewusst angemacht hatte. Sie hatte nichts gesagt ... oder getan ... doch das war gar nicht nötig gewesen. Wie sie sich benommen, wie sie gestikuliert, sich bewegt hatte, die Blicke, die sie ihm zugeworfen hatte – das alles war mehr als deutlich gewesen. Nichts, was man ihr hätte vorwerfen können ... oder? O doch.

»Beryl?« Sie hatte sie angerufen, gleich nachdem sie nach diesem deprimierenden Lunch nach Hause gekommen war, bei dem niemand außer ihr einen Bissen hinuntergebracht hatte.

»Ja?«, hatte Beryl gebrüllt. Beryl, die noch immer nicht mit dem Telefon umgehen konnte – und auch sonst mit keiner wie auch immer gearteten sozialen Situation.

»Ich ruf an, weil ich mit Stanley reden möchte ... über ein Geschäft, das wir gestern Abend besprochen haben. Ist er da?«

»Stanley ist gestern Nacht nicht heimgekommen«, hatte Beryl mit einer merkwürdig tonlosen Stimme geantwortet. »Er hat im Büro eine Nachricht hinterlassen, dass er noch dringend wohin musste.«

»Wann war das, Beryl?« Sonia bebte vor Erregung.

»Er hat die Nachricht auf dem Anrufbeantworter im Büro hinterlassen. Sie haben mich heute Morgen angerufen, um es mir zu sagen.«

»Und weiß jemand, wo er sein könnte?«

»Ich glaub nicht, dass er das gesagt hat.«

»Wann hat er gesagt, kommt er zurück?« Sonia presste den Hörer dicht an ihr Ohr und blies sich eine Strähne aus dem Gesicht.

»Hat er nicht gesagt. Aber ich kenne Stan ... kann jeden Augenblick sein.« Du kennst Stan ... du kennst Stan ... Sonia rümpfte die Nase. Sie rief in seinem Büro an, doch dort wusste man auch nicht mehr.

Später sprach sie mit Paul, Paul, der den Kopf wieder hoch trug, seit am Abend zuvor seine elegante Frau mit dem Scheck in der Hand durch die Tür gerauscht war, der sein Geschäft retten würde. »Es war einfach«, hatte sie ihm mit Unschuldsmiene erklärt. »Schließlich wollte Stanley

Hanaford Galleries nicht untergehen sehen. Er ist ja dein Vater! Ich glaube, es hat ihn gerührt, dass ich mich an ihn gewandt habe … Es war eine gute Idee von dir, es auf diese Weise zu versuchen. Nein, es sind keine Bedingungen daran geknüpft … ein einfacher Kredit. Es sieht also so aus, als hätten wir wieder Luft!«

Wie einfach gestrickt Paul doch war. Man konnte ihm jedes Gefühl am Gesicht ablesen … Er war ganz außer sich vor Freude … wollte sofort bei Stanley anrufen.

»Nicht jetzt, Paul.« Sonia hatte ihn zurückhalten müssen. Sanft hatte sie ihn erinnert: »Er ist sicher bereits im Bett. Warte bis morgen früh!«

Doch den Vormittag hatte Paul damit zugebracht, mit der Bank zu sprechen. Erst nach dem Mittagessen im Weary Ploughman kam Sonia dazu, sich auf die Suche nach Stanley zu machen … und nicht, um ihm für den Scheck zu danken …

»Wo könnte er nur sein?«

»Überall«, meinte Paul gleichmütig. Wie Beryl glaubte er, seinen Vater zu kennen. Der war schon immer ein echter Cowboy gewesen, der es nicht ertrug, »eingesperrt« zu sein. Er hatte die Angewohnheit, von Zeit zu Zeit zu verschwinden, ohne jemandem Bescheid zu sagen. Das kam nicht oft vor, aber ab und zu schon. Und unter den gegebenen Umständen war dieses Verhalten merkwürdig genug, um Sonias schlimmste Befürchtungen zu bestätigen.

Im Augenblick beherrschte sie ihr Aberglaube … an diesem Morgen hatte sie ihr Horoskop gelesen … am Nachmittag hatte sie sich eingeredet, dass Melanie, falls es regnete, bis zum Abend wieder zu Hause auftauchte … falls die

Sonne schien, würde man ihre Leiche morgen in einem Graben finden ... über und über bedeckt mit Stanley Hanafords Spuren. Keines von beidem trat ein ... nach einem strahlenden Vormittag bewölkte sich der Himmel am Nachmittag, der Tag entwickelte sich wie ihre Stimmung: düster. Ein paar Mal betete sie ... lieber Gott, bitte lass das gut ausgehen, ich verspreche auch, dass ich nie mehr sündigen werde ... ungefähr so. Sonia war, anders als Marian, nie religiös gewesen.

Sie nahm eine Fotografie von Stanley in die Hand, die auf dem Sideboard stand. Er hatte diese Aufnahme vor ein paar Jahren an Weihnachten machen lassen und sie an seine Kinder verteilt ... in Weihnachtspapier eingepackt, als Geschenk. Paul hatte vier Schwestern ... und das war die Art Vater, die Stanley war. Sie hatte danach gegriffen, war zusammengezuckt, als der Goldrahmen ihr beinahe durch die Finger geglitten war, und starrte den Mann an, dessen Augen sie aus der Mitte des Quadrats musterten. Ja, sie fand, er sah aus wie ein Mörder, wie immer ein Mörder aussehen mochte. Sie sah ihn vor sich, auf dem Fernsehbildschirm. Ohnehin wirkte er wie aus der Verbrecherkartei der Polizei. Eine richtige Verbrechervisage ... um den Mund hatte er einen brutalen Zug. Mit Schaudern erinnerte sie sich, wie er ihre Lippen berührt hatte. Und selbst in ihrem wohlduftenden Wohnzimmer hatte sie seinen nach Zigaretten und Knoblauch stinkenden Atem in der Nase ... und den Geruch von Seetang ...

Möglicherweise würde nie jemand davon erfahren. Schließlich war Stanley kein Dummkopf. Bestimmt hatte er seine Spuren verwischt. Schließlich kam es immer wieder vor, dass Kinder verschwanden und nie gefunden wurden ... nicht dass sie Janey das wünschte ... aber es wäre besser als ...

Und letztlich – vielleicht bildete sie sich das alles nur ein. Sie versuchte, sich einzureden, dass ihre schlimmsten Befürchtungen eigentlich eher unwahrscheinlich waren. Doch wenn dem so war – warum hatte sie sofort an Stanley denken müssen? Warum kam es ihr als Erstes in den Sinn, als Marian von Melanies Verschwinden erzählt hatte? Gott noch mal, Stanley, wo bist du bloß?

Stanley war außer sich gewesen, als er wegfuhr ... ein wütendes Tier ... ein widerliches Monster, daran gewöhnt, seinen Willen zu bekommen. Sie hatte ihn überlistet ... was er auf seine perverse Art genossen hatte, doch es hatte ihn nicht befriedigt. Nicht einmal annähernd.

Sie war nicht die Einzige, die das Schlimmste befürchtete. Marian ging es da nicht besser.

Jeffrey versuchte, bei Mrs. Henleys Vorstellung möglichst frivol zu wirken. Er räusperte sich auf seinem Stuhl und ließ eine Bemerkung darüber fallen, wie gewagt die Autorin inzwischen schreibe.

Gewagt ... dachte Sonia. Wenn das gewagt ist, dann ist *Old MacDonald* pornografisch.

Er schaffte es, alle verlegen zu machen. Dafür hatte Jeffrey ein Talent. Er kicherte, hüstelte und blickte um sich. Niemand reagierte, niemand lächelte. Jetzt macht schon, schien seine unausgesprochene Botschaft zu sein. Dennoch am Sonntag, wenn er auf der Kanzel stand, hinderte ihn nichts, seine Predigt mit der Verve eines Shakespeare-

Interpreten vorzutragen. Wahrscheinlich war er besessen, mutmaßte Sonia …

Das war vollkommen unnötig. Jetzt referierte er mit weit ausholenden, femininen Gesten die Geschichte der Theatergruppe. Man sah geradezu seinen Speck schwabbeln. Jeder im Raum kannte die Geschichte. Es waren keine neuen Gesichter unter den Anwesenden.

Sonia raschelte mit ihrem Manuskript. Als sie die Tür gehen hörte, drehte sie sich um, lächelte, nickte Marian zu und wartete, dass sie sich neben sie setzte. Marian kam spät. Warum weigerte sie sich bloß, Make-up zu tragen?

Sonia hatte Constance abstoßend gefunden. Dass Marian sich um sie gekümmert, sie bei sich aufgenommen und sie gepflegt hatte, hatte sie in ihrer Wertschätzung ungeahnte Höhen erklimmen lassen. Nach Sonias Einschätzung musste Marian äußerst erleichtert sein, ihre Schwiegermutter los zu sein.

Manchmal hatte Sonia Marian zur Mittagszeit besucht. Dann hatte sie gesehen, wie Constance mit den Fingern aß, unappetitlich mit dem Essen spielte, die meiste Zeit nicht in ihren Mund traf, sabberte, kleckerte und eine ungeheuerliche Schweinerei verursachte.

Constance war dick gewesen und hatte in den Monaten, in denen sie bei Marian lebte, ständig zugenommen, bis die Knöpfe dieser geblümten Kleider, die sie ständig trug, nicht mehr zugingen. Ihr künstliches Gebiss hatte sie immer seltener getragen, dabei sah sie ohne Zähne entsetzlich aus. Sie hatte dann mit den Lippen geschmatzt, als sei ihr Mund voll unaussprechlicher Herrlichkeiten, die zu lecker waren, um sie zu teilen.

Sonia hatte es immer gehasst, wenn Marian aus der Küche ging und sie mit Constance allein ließ. Entweder war sie gezwungen, schweigend neben ihr zu sitzen, was für Sonia als zu unhöflich nicht in Frage kam, oder mit diesem Wesen neben dem Ofen ein Gespräch anzufangen.

»Wie geht es Ihnen heute, Mrs. Law?«, hatte Sonia sie einmal betont fröhlich gefragt, entschlossen, das Beste aus Marians Abwesenheit zu machen, so unangenehm ihr diese auch war.

Statt zu antworten, hatte Constance den kleinen Finger hoch in die Luft gehoben, ihr Gesicht noch fester zusammengekniffen, sodass sich Nase und Kinn beinahe berührten und die kleinen Augen fast völlig verschwanden, und ihr zugezwinkert.

»Oh ... das ist schön.« Sonia hatte es in den Achselhöhlen gekitzelt, der Schweiß war ihr ausgebrochen. Und sie hatte Angst gehabt ... ja, nackte Angst. Dabei musste sie nicht befürchten, Rogers senile Mutter könnte sich plötzlich aus ihrem Sessel erheben und über sie herfallen, doch genau das hatte sie sich vorgestellt.

Sonia war dazu übergegangen, sich seitlich zu Constance zu setzen, da sie dieser Verrückten nicht den Rücken zukehren wollte, und blickte unverwandt auf die Kacheln über Marians Spüle. Constance hatte sich nicht bewegt, aber die leisen, gurgelnden Geräusche aus ihrer Kehle machten Sonia ganz durcheinander, und sie hatte das eigenartige Gefühl, Constance lege es geradezu darauf an, sie zu irritieren.

Als sie später Marian davon erzählte, sagte diese: »Ach, denk dir nichts wegen Constance. Sie ist absolut harmlos. Daran gewöhnt man sich.«

Worauf Sonia antwortete: »Ich bewundere dich. Ich könnte das nicht.«

Und Marian hatte ihr in die Augen geblickt und gemeint: »O doch, du könntest das sicher auch, wenn du müsstest.«

Sonia wusste, dass dem nicht so war.

Sie hatte ihren Vater einmal in *Moorview* besucht. Und dieses eine Mal hatte gereicht.

Der Regisseur erhob sich, um sie zu begrüßen und nach Jeffrey das Wort zu ergreifen. In Grant Fitch war jede Frau verliebt, er war der Hauptgrund, warum viele von ihnen heute Abend hier waren. Allerdings war der blonde Schönling mit Sicherheit nicht an ihnen interessiert.

Sonia hatte an jeder Seite eine Freundin sitzen und Geld auf dem Konto. Ein neues Theaterstück, auf das sie sich stürzen konnte, und Paul, der ihr einen Whisky-Lemon einschenken würde, wenn sie nach Hause kam. Alles, was eine Frau sich nur wünschen konnte.

Dennoch fragte sie sich ununterbrochen, wo Stanley war?

Sie wandte sich nach links und lächelte Janey ermutigend zu. Dann blickte sie nach rechts und nickte Marian aufmunternd zu. Einen kurzen Augenblick lang fürchtete sie, die beiden könnten sie mit deren Niedergeschlagenheit anstecken. Sie strich ihre Bluse glatt. Ein ziemlich exzentrisches Stück hatte sie sich da ausgewählt, um ihrem Image als Schauspielerin gerecht zu werden. Als sie den Kopf drehte, um nach vorne zu sehen, zogen die schweren Metallohrringe an ihren Ohrläppchen.

Damals, als sie in *Moorview* ihren Vater an seinen Stuhl gefesselt gesehen hatte, hatte sie den starken Wunsch verspürt, ihn umzubringen. Sie fragte sich, ob es Marian mit Constance je ähnlich gegangen war.

Sie hatte schnell gemerkt, die Krankenpfleger und die Schwestern waren im Grunde selbst nur Patienten. Das musste der Grund dafür sein, warum hier jeder Angst hatte. Ihre Mutter, klein und schmal neben ihr, war blass vor Angst. Auch Sonia hatte Angst. Und in allen Gesichtern, in die sie sah, stand die Angst geschrieben.

Hoch an der Wand, hinter einem Drahtgeflecht, hing ein laut dröhnender Fernsehapparat. Ihr Vater befand sich in diesem Zimmer, doch mit dem Rücken zu dem Apparat, sodass er nicht hineinschauen konnte. Tapfer riss sie sich von dem Anblick eines Mannes los, der einen Anfall zu haben schien und aus seinem Sessel zu springen drohte, und drehte ihren Vater zum Fernsehapparat herum. Ihre Mutter machte ein noch ängstlicheres Gesicht als vorher.

»Glaubst du, du darfst das, Sonia?«

»Es macht doch keinen Sinn, wenn er hier sitzt und die Wand anstarrt«, entgegnete ihre Tochter.

Warum waren Männer so viel schlimmer dran als Frauen, wenn sie hinfällig wurden? Lag es daran, dass sie sich, die meisten wenigstens, so sehr anstrengten? Diejenigen, die nicht an ihren Stühlen festgezurrt waren, standen zwischendurch immer wieder auf und brüllten wüste Beschimpfungen in Richtung des Fernsehgeräts … oder schlossen sich der kleinen Truppe der Schlurfer an, die den Großteil des Tags mit Herumwandern verbrachte. Einige schienen, wie ihr Vater, gar nicht richtig fernzuschauen, sondern einfach nur dazusitzen und an einem Teil des Körpers zu zittern. Ihr Vater wackelte unermüdlich mit dem Kopf.

Während ihres Besuchs kam eine muskulöse, schweigsame Frau mit einem Wägelchen voller Medikamente vorbei. Sonia hatte versucht, in der kurzen Pause, in der sie nicht »Medikamente!« brüllte, mit ihr zu reden. Die Patienten machten aus der Medikamenteneinnahme ein Spektakel, rissen den zahnlosen Mund weit auf, warfen die Pillen ein und hielten den leeren Plastikbehälter so stolz vor ihre Brust, als handelte es sich dabei um eine olympische Medaille.

»Hingebungsvolle Fürsorge«, meinte die Krankenschwester. »Das ist alles, was er braucht. Er bräuchte eigentlich nicht hier zu sein. Mit den richtigen Medikamenten käme er zu Hause gut zurecht.«

Doch es war klar, dass er niemals in das zugige Häuschen in Bristol mit der Toilette über dem Hof zurückkehren konnte. Er litt unter Inkontinenz, und er wog über achtzig Kilo. Seine Frau wäre schon mit jedem Toilettengang vollkommen überfordert gewesen. Ohnehin hatte sie seit Jahren Rückenbeschwerden. War selbst bald pflegebedürftig.

Aber Sonia wäre in der Lage, ihn zu pflegen. Sonia könnte ihn mit zu sich nach Meadcombe nehmen. Das alte Spielzimmer im Erdgeschoss ließe sich problemlos in ein Krankenzimmer umwandeln. Auch könnte sie es sich leisten, ein-, zweimal die Woche eine Pflegerin kommen zu lassen. Und zusammen würden die beiden Alten im Herrenhaus weitaus besser zurechtkommen als zu Hause.

Beim Anblick ihres Vaters dachte sie, dass dieser sie als Kind unglaublich verwöhnt hatte. Manchmal hatte er sie mit zu den Docks genommen und seinen Kollegen stolz erzählt, das sei seine Kleine. Schon damals war ihr das peinlich gewesen. Ihr Blick fiel auf die Hände, die ihr tausendmal den Gürtel ihres Morgenmantels gebunden hatten nach der Gutenachtgeschichte ... Der Mund ihres Vaters, der sie mit seinen Geschichten so hatte verzaubern können, war nun voller Speichel.

Bauchschmerzen bekam sie von den Zeitungsberichten über *Moorview* ... Berichte darüber, wie sich Ortsansässige beschwerten, »Verrückte« in der Nachbarschaft zu haben ... sie wären kein schöner Anblick, wenn man einkaufte ... oder wenn sie vor sich hin murmelnd durch den Park liefen ... und Warnungen, dass eines Tages einer ausbrechen und die Ehefrau oder Tochter vergewaltigen könnte. Sie sah ihren Vater an ...

Bekam er etwas von all dem mit? Begriff er, wo er war? Ein Mann, der dahinsiechte und einen quälend langsamen Tod starb. Ein guter, freundlicher Mann, dessen positive Eigenschaften sie, da war sie sich sicher, nicht geerbt hatte. Er roch nach Medizin, nicht mehr nach Mann. Aus seinen großen braunen Augen war jeglicher Humor gewichen. In diesem Augenblick hätte sie ihn am liebsten umgebracht, auf der Stelle, um diesem Zucken ein Ende zu machen, denn etwas anderes konnte und wollte sie einfach nicht tun ... weil sie so war, wie sie war ...

Sie fuhren mit dem Aufzug nach unten. Mit ihnen fuhr ein silberner Essenswagen. Jedermann stand an die Wand gepresst, als wolle man dem Wagen die letzte Ehre erweisen. Es stank nach altem Kohl und Minze. Was waren sie doch für Idioten! Sie hätten darauf bestehen sollen, dass er das Heim verlässt! Ihr Vater war ein Opfer des Systems, weil er nicht das Geld hatte, um dort herauszukommen. Sonia schwor sich in diesem Augenblick, dass ihr, Paul und den Zwillingen das nie passieren würde. Sie würde nie mehr mit einem Essenswagen in einem Aufzug fahren. Koste es, was es wolle.

Der Holzboden in der Gemeindehalle war auf Hochglanz gewienert. Mit quietschenden Turnschuhen gingen sie zum Kaffeetisch.

»Das ist das Problem mit blitzblanken Böden«, erklärte Janey Sonia. »Wenn man nicht aufpasst, sieht man alles darauf. Als ich mit Mr. Sanderson in Constances Schlafzimmer war, habe ich Fußabdrücke gesehen, die waren so deutlich wie Yetispuren im Schnee. Das hängt irgendwie mit der Wärme der Haut zusammen, denke ich.«

Erleichtert, über Nichtigkeiten plaudern und so den schwierigen Themen aus dem Weg gehen zu können, stimmte Sonia ein. »Mir sind auch Teppiche lieber.«

»Holzböden sehen hübsch aus – mit Brücken und Vorlegern. Aber wenn man barfuß drauf läuft, sind sie sehr kalt.«

»Trug Constance nicht immer diese orthopädischen Hausschuhe?« Sonia nickte Jeffrey zu und nahm sich eine Untertasse.

»Ach, das können nicht Constances Fußabdrücke gewesen sein. Constance hatte riesige Füße. Die müssen von Marian gewesen sein. Sicher hat sie einige Zeit am Fenster gestanden, sonst hätten sich ihre Füße nicht so in den Bohnerwachs einbrennen können.«

Sonia erinnerte sich, gesehen zu haben, wie bei den Laws

das Licht ausging, als sie mit Stanley im Weary Ploughman saß.

Wann wohl Marian am Fenster gestanden hatte und warum? Schließlich gab es nicht allzu viel zu sehen auf dem Platz. Hoffentlich hatte sie sie nicht aus dem Pub herauskommen und in Stanleys Auto steigen sehen.

»Wir haben gerade über Bohnerwachs und die Fußabdrücke auf deinem Holzboden gesprochen«, begrüßte Janey Marian, die froh war, ihre Beine etwas bewegen zu können. Gleichzeitig war sie etwas unsicher Janey gegenüber. Über eine Stunde hatten sie auf ihren Stühlen zugebracht und Jeffrey, Grant und Mrs. Henley zugehört. Marian hob die Augenbrauen.

»Ja«, fuhr Sonia fort, wobei sie in der grauen Flüssigkeit rührte in der Hoffnung, sie braun zu bekommen. »Janey sagte, man konnte deine Fußabdrücke auf dem Boden in Constances Schlafzimmer sehen. Wir redeten gerade darüber, wie schnell …«

Marian schnappte nach Luft. »Mir war nicht klar, dass Janey sich so sehr für die Sauberkeit in meinem Haus interessiert …« Das klang ganz und gar nicht nach Marian. »Wie wär's, wenn du dich künftig um deinen eigenen Kram kümmern würdest, Janey!«

Marians breites Gesicht lief purpurrot an. So zu reden war sie überhaupt nicht gewohnt.

Janey legte ihr die Hand auf die Schulter. »Wir haben über den Boden hier in der Gemeindehalle gesprochen«, lachte sie verlegen. »Ich habe mich nicht darüber ausgelassen, wie sauber es bei dir ist! Marian, jetzt reg dich doch nicht so auf. Du kennst mich doch!«

Sonia fiel die Kinnlade nach unten, als Marian sie einfach stehen ließ und zu Nancy Blogg ging. Sprachlos blickte sie Janey an.

»Wir haben sie verärgert«, meinte Janey und zupfte an ihrer Lippe. »Sie hätte mir fast den Kopf abgerissen. Was habe ich denn bloß Schlimmes gesagt?«

Sonia schüttelte den Kopf. »Ich habe keine Ahnung«, sagte sie leise. »Ich glaube, Marian hat im Augenblick zu viel um die Ohren. Sie ist etwas empfindlich … wegen Constance und so …« Sonia hatte Marians Reaktion bereits wieder vergessen. Um sie zu treffen, musste man andere Geschütze auffahren.

Janey war es, die verletzt und wütend dachte: »Immer Marian … die arme, vom Schicksal verfolgte Marian. Wie schaffte sie das nur? Marian war nicht die Einzige, die Sorgen hatte … aber anderen Menschen gelang es dennoch, höflich zu bleiben …«

Und sie setzten sich wieder auf ihre Stühle, um den zweiten Teil des Abends über sich ergehen zu lassen … den Vortrag des Stücks. Janey, die vor Feindseligkeit sprühte, kehrte nicht auf ihren alten Platz zurück, sondern ließ sich allein in der letzten Reihe nieder.

NEUNTES KAPITEL

»Noch niemals zuvor habe ich dies jemandem gestanden, doch schon immer verlangte es mich, meinen Vater zu töten«, sprach Sonia mit leichtem Unbehagen.

»Lauter, Sonia, bitte! Ich weiß, das sind Vertraulichkeiten, die Phoebe hier ausspricht, aber wir sind in der Gemeindehalle, und du musst gegen das Gehüstel und Gescharre von fünfzig Leuten anreden.« Grants Stimme war schneidend scharf, als er vorwurfsvoll über die ersten zwei Reihen hinweg zu Sonia blickte. Was, zum Teufel, war mit der Frau los? Sie klang verlegen. Normalerweise war sie die Letzte hier, die man bitten musste, lauter zu sprechen. »Bitte noch einmal von vorne, ab Arthurs Einführung …«

Der hoch gewachsene junge Mann, der bei Tesco die Waren einräumte, blätterte eine Seite zurück und fing noch einmal an: *»Er ist ein wunderbarer Mann. Wie stolz musst du auf ihn sein.«*

»Noch niemals zuvor habe ich dies jemandem gestanden, doch schon immer verlangte es mich, meinen Vater zu töten«, wiederholte Sonia, die diese Textstelle hasste, weil sie so geschwollen klang. Sie registrierte, wie Marian neben ihr umblätterte. Marian sah so aus, wie Sonia sich fühlte, und sie roch nach Küche. Und obwohl es abends war, wirkte sie

verschlafen. Die eng beschriebenen Manuskriptblätter führten auf Marians Knie eine Art Tanz auf. Mit der einen Hand hielt sie das Handgelenk der anderen fest, um das Zittern zu unterdrücken.

Als sie Sonias Blick bemerkte, hob sie ihr Pfannkuchengesicht und ihr Mund verzog sich zu einem entschuldigenden Lächeln. »Die Nerven«, flüsterte sie. »Ich bin gleich dran. Es ist immer dasselbe.«

Sonia lächelte vielsagend zurück.

Marian hatte also Janey vor den Kopf gestoßen, aber es war ihr gleichgültig. Janey war schon immer zu empfindlich gewesen und vielleicht war Distanz zu halten das Beste. Marian fiel der Umgang mit ihr ohnehin schwer. Sie wusste einfach zu viel über Melanie.

Zum ersten Mal in ihrem Leben hasste Marian es, hier zu sein. Die Welt hatte sich gegen sie verschworen. Wusste denn jeder, was sie getan hatte, sogar Mrs. Henley? Man konnte beinahe den Eindruck bekommen. Und wenn sie es nicht wussten, schienen sie herumzulaufen und krampfhaft nach Hinweisen zu suchen. Das konnten also Schuldgefühle anrichten, wenn man sie zuließ. Plötzlich schien die ganze Welt nur noch aus Vorwürfen und Anspielungen zu bestehen, als gäbe es kein anderes Gesprächsthema mehr als die Tatsache, dass sie Constance getötet hatte.

An diesem Abend war es schwer gewesen wegzugehen. Marian hätte es nie für möglich gehalten, dass Constances Abwesenheit eine solche Veränderung bedeuten würde für die Atmosphäre im Haus, die Atmosphäre in ihrem Kopf ... und dann noch die Sache mit Melanie ...

Bevor Constance in ihr Haus gekommen war, war es ein fröhliches Haus gewesen. Nachmittags, wenn die Kinder von der Schule kamen mit ihren Hausaufgaben, und es Tee gab, trudelte auch Roger ein und gesellte sich zu ihnen, mit seinem tiefen, bellenden Lachen, das so typisch für ihn war ... manchmal war Marian regelrecht eifersüchtig gewesen auf das innige Verhältnis zwischen ihm und den Kindern ... wie albern von ihr.

Dann hatte sie gereizt gefaucht: »Vielleicht wäre jemand so nett, mir ein bisschen zu helfen. Ich versuch hier ganz alleine, vier erwachsene Kerle zu füttern und niemand meint, den Tisch decken zu müssen ...« Worauf er immer zu ihr kam, herumalberte, ihr die Arme um die Hüften legte, sie kitzelte und küsste, weil er genau gewusst hatte, was in ihr vorgegangen war. O ja, sie hatten einander verstanden.

Wie dumm und sorglos sie sich ihre Zuneigung gezeigt hatten. Dreiundzwanzig Jahre hörte sich wie eine lange Zeit an. Dabei war ihr ihr gemeinsames Leben mit Roger gar nicht so lange vorgekommen. Hin und wieder hatte sie vor dem Unfall einen Blick in die Zukunft gewagt, wie es sein würde, wenn sie zusammen alt und gebrechlich geworden waren.

Sie hatten ihn nicht nach Hause gebracht. Warum auch. Nein, sie hatten ihn notdürftig zusammengeflickt und in der Aussegnungshalle aufbewahrt, wo Marian ihn besucht hatte – in der verzweifelten Hoffnung, dass vielleicht eine Verwechslung vorlag. Was nicht der Fall war. Es war Roger, ein anderer Roger, ein wächserner, bleicher Roger, aber Roger.

Sie hatte sich über ihn gebeugt, um ihm etwas zuzuflüstern. Vielleicht war er gar nicht tot! Vielleicht schlief er nur! Er würde aufwachen für sie, das musste er! Ihn zu berühren, seinen Kopf zu berühren, hatte sie sich aus Angst, er könne wegrollen, nicht getraut, obwohl man es ihr erlaubt hatte. Aber vorsichtshalber hatte sie ihn nicht angefasst. Im Nachhinein hatte sie es bereut und sich betrogen gefühlt. Er hätte nach Lilien geduftet. Als er noch gelebt hatte, hatte er nach Sägespänen und Benzin gerochen.

Nachts wachte sie auf und streckte vorsichtig den Arm aus nach Roger. Wenn sie, halb im Traum, halb wach, merkte, dass er nicht da war, drehte sie in kindischer Rache dem leeren Platz den Rücken zu. Oder ihr kam die verrückte Idee, sie könne ihm eine Falle stellen und ihn ins Leben zurückholen, wenn sie nur lange genug den Atem anhielt, angestrengt auf die Geräusche lauschte, die er nachts zu machen pflegte.

Noch Monate später dachte sie bei jedem Öffnen der Tür, er sei es, und blickte hoffnungsvoll auf. Es war hauptsächlich diese Hoffnung, die sie Kraft kostete, weniger der Kummer.

Sie hatte ihr Glück als so selbstverständlich betrachtet. Wenn sie jetzt zurückblickte, sich sah, wie sie damals war, konnte sie nur mit offenem Mund staunen … all dieses Glück, worauf sie einen Anspruch zu haben glaubte und von dem sie annahm, es würde immer so weiter gehen … nachts in Rogers Armen zu liegen, ihre gesunden und lieben Kinder, die finanzielle Sicherheit durch das Geld, das Roger mit dem Laden verdiente, abends gemeinsam fernzusehen oder Monopoly zu spielen im runden Schein der Hängelampe im Wohnzimmer … Sie hatte das alles ohne groß darüber nachzudenken für gegeben hingenommen ... Erst jetzt begriff sie, wie ungemein wertvoll diese Augenblicke gewesen waren, wie wertvoll und wie vergänglich. Alles hatte sich geändert.

Jetzt hasste sie all die Details, die dazu beigetragen hatten, dass sie sich in falscher Sicherheit gewogen und zum Idioten gemacht hatte ... das Zweisitzersofa, das sie sich nach ihrer Hochzeit gekauft und auf dem sie sich während ihrer ersten Wochen linkisch vor dem Kaminfeuer geliebt hatten ... der Holzofen, den Roger während jenes kalten Winters eingebaut hatte, ... sie hatten gelacht ... die Familienfotos auf dem Sideboard, lächelnde, fröhliche Leute, die nicht ahnten, was sie erwartete ... das Haus, das sie einst geliebt hatte, war eng geworden, sie fühlte sich unwohl darin.

Vor acht Jahren, als der alte Law starb – Sam Law, der Gründer von Laws Eisenwarenhandel –, hatte Constance darauf bestanden, das Dorf zu verlassen und bei ihrer Schwester in London zu leben. »Ich bin nicht fürs Dorf geschaffen«, hatte sie erklärt. »War ich nie und werd ich nie sein.«

Weil sie das so voller Abscheu gesagt hatte, als halte sie Leute, die das Dorfleben mochten, für engstirnig, hatte sich Marian damals gefragt, ob sie selbst wohl für das Leben in einem Dorf geschaffen sei. Sie vermutete, dass sie das wohl war. Schließlich war sie hier in Meadcombe geboren und aufgewachsen, bei ihren Eltern, die ebenfalls hier geboren und aufgewachsen waren. Sie hatte nie ernsthaft erwogen, woanders hinzuziehen und wusste nur, dass sie sich jedes Mal, wenn sie fortging, freute, wieder heimzukommen.

Marian fühlte sich in Meadcombe zu Hause. Sie hatte das Gefühl, hierher zu passen.

Als Constance nach Rogers Unfall zurück ins Dorf kam, hatte sie versucht, nett zu ihr zu sein, ihr zuzuhören, wenn sie ihren Lobessermon über die Vergangenheit begann, und wie viel besser alles war damals. Auch über Kinder konnte sie endlos reden, wobei sie keinen Zweifel daran ließ, dass Sally und Lloyd zur schlechten »Jugend von heutzutage« zählten ...

»Es gibt keine Disziplin mehr«, pflegte sie zu sagen. »Die Schulen sind nicht mehr so wie früher. Aber ich finde, Schuld haben allein die Eltern. Eine ganz andere Einstellung ist das heute. Während des Kriegs war das ganz anders, damals waren die Leute nicht so gleichgültig, man half sich gegenseitig ... Dass alle depressiv sind wie heute, so was gab es damals nicht, die Leute liefen nicht herum und waren ständig deprimiert. Allen ging es schlecht, aber deshalb wäre doch niemand zum Arzt gerannt. Nimm doch mal deine Freundin Janey nebenan, die dieses lange Elend von Mann erträgt. Geht ständig auf dem Zahnfleisch, kein Wunder.«

Stundenlang hatte sie sich ausgelassen. Auch zum Thema Arbeit war ihr viel eingefallen. »Die Hälfte der Arbeitslosen will ja gar nicht arbeiten«, legte sie los. »Wenn es Arbeit gäbe, würden sie sie ja gar nicht haben wollen. Du kannst mir nicht erzählen, dass es keine Arbeit gibt für Leute, die arbeiten wollen.«

Marian hatte versucht zu widersprechen ... aber es war so anders gewesen als zu den Zeiten, als Constance sie besucht hatte und Roger noch da war. Damals hatte sie hinter

Constances Rücken die Augen verdrehen oder ihm in der Küche zuflüstern können, dass ihr gleich der Kragen platzen werde. Mit Roger an ihrer Seite hatte sie nachgiebig sein können. Aber allein mit Constance zurechtkommen zu müssen, war schwer gewesen.

Außerdem hatte Constance es geliebt, endlos über sich selbst zu reden. »Nicht dass ich mich brüsten will«, pflegte sie zu sagen, »doch ich war ein hübsches Mädchen. Damals schlugen sich die Jungs um mich. Ich hätte jeden haben können in der Rummage Road ... aber damals gab es keine solchen Techtelmechtel. Wir wussten ja, was sich gehört, nicht so wie heute ... mit diesen ganzen ledigen Müttern und allein Erziehenden ... denen wird es zu leicht gemacht. Normale, verheiratete Leute bekommen keine Sozialwohnungen mehr, wisst ihr. Die aber, die stellen sich ganz vorne an ...«

Marian fand sich herzlos, weil sie ihrer Schwiegermutter nicht einfach Recht gab, ihr Alter und die Zeit, in der sie aufgewachsen war, berücksichtigte ... aber sie hatte es einfach nicht geschafft, tolerant zu sein.

Lloyd und Sally konnten es sich leisten, Geduld zu zeigen. Sie mussten sich das Gerede nicht den ganzen Tag lang anhören, und sie hatten ihr Leben noch vor sich. Die meiste Zeit ignorierten sie Constance einfach oder ließen sie gewähren und sagten einfach nur »Ach Oma!«, wenn sie wieder einmal über eines der Themen monologisierte. Außerdem waren sie nicht verbittert, so wie Marian, deren Glück zerstört worden war, zerstört worden war mit einem abgetrennten Kopf auf einem Stück Autobahn irgendwo zwischen hier und London. Sally und Lloyd hatten ihre

Zukunft noch vor sich, für sie war Licht am Ende des Tunnels.

Ja, oft hatte Marian mit dem Gedanken gespielt, Constance umzubringen.

So kam es, dass Constance immer mehr sich selbst überlassen blieb und munter Selbstgespräche führte, wenn Marian nicht mehr im Zimmer war. Sie verlernte es, Gespräche mit anderen Menschen zu führen und zog sich immer mehr in ihre Welt zurück. Der Schock wegen des Unfalls ihres Sohnes hatte dabei sicherlich auch eine Rolle gespielt. Nachdem der Prozess erst einmal in Gang gekommen war, war er nicht mehr aufzuhalten.

Freitagabend war es für Marian normalerweise schwierig, rechtzeitig in die Gemeindehalle zu kommen. Sie musste Constance ihren Tee kochen, sie waschen und dafür sorgen, dass sie es bequem hatte und dass die Kinder tatsächlich bei ihr im Zimmer blieben ... und nicht nach oben oder ins Pub verschwanden. Sie hatte gedacht, dass sie jetzt, wo die alte Frau tot war, einfach aus dem Haus gehen könnte, keine Verantwortung zum ersten Mal seit Jahren ... nur sie allein ...

Aber so war es nicht gewesen. Das Haus drohte im Chaos zu versinken. Constances Bettzeug hing halb in und halb aus der Waschmaschine. Die Küche stank nach Pommes. Der halb reparierte Staubsauger versperrte die Diele und schien danach zu flehen, man möge seine Aufhängevorrichtung benutzen. Lloyd hing am Telefon und versuchte irgendetwas wegen Donnas Auto zu organisieren, und Sally arrangierte in diesem Tohuwabohu gedankenverloren ein Blumengesteck.

Nein, an diesem Freitag war es ihr schwerer gefallen denn je, aus dem Haus zu kommen. Seltsam … normalerweise hatte sie immer alles im Griff …

»Lass doch, Mum, und geh! Ich räum schon auf. Geh nur!«

Aber Sally räumte nicht so auf, wie sie sich das vorstellte, und Marian wollte nicht alles so liegen und stehen lassen.

Ja, Marian war tatsächlich nur äußerst ungern hier. Und nun war sie an der Reihe.

»Phoebe, Lord Grevs attraktive Tochter, sucht die Hütte der Hexe auf, um die Wahrheit zu erfahren.«

»Pessima, du bist alt. Versuch wirklich alt zu klingen, auch wenn das die erste Probe ist.«

Grant konnte wundervoll energisch klingen, wenn es die Situation verlangte.

Marian fand es reizvoll, eine alte Frau zu spielen, aber so ganz wohl fühlte sie sich nicht mit der Rollenvergabe Grants. Sie hatte sich selbst noch nie als alt empfunden, nicht einmal als annähernd alt. Grant offenbar schon … zerstreut strich sich Marian über die Wange.

»Du hättest nicht hierher kommen sollen, Kind«, las sie, noch unsicher, inwieweit sie ihren Akzent ins Spiel bringen sollte. *»Hier wirst du deinen Vater nicht finden. Seine böse Tat ist getan, und nun verbirgt er sich. Nimm das Geld, nimm es und geh. Aber vergiss nicht … auch du trägst Schuld daran!«*

Sonia neben ihr schlug die Beine übereinander und klirrte mit ihren Armbändern. Wo steckte Henry Grey, und wo war der verfluchte Stanley?

Das Ensemble dieses Stücks bestand aus zwanzig Schauspielern. Die meisten Leute, die an diesem Abend hier waren, spielten jedoch nicht mit. Sie arbeiteten als Kulissenmaler, Bühnenarbeiter, Kostümbildner oder als Mädchen für alles, schoben die Kulissen oder suchten einfach einen Ort, an dem sie an einem kalten Freitagabend hingehen konnten. Jeffrey schaffte es, dass jeder etwas zu tun und das Gefühl hatte, für die Produktion wichtig zu sein. Dafür hatte er ein Händchen.

Mrs. Henley hatte aus der Geschichte des Peststeins eine spannende Story mit unzähligen Charakteren geschrieben.

Edelmänner, Bauern, Hexen und junge Mägde, ein Bischof, ein Richter und des Königs Soldaten würden am Weihnachtsabend auf dem Dorfplatz ein farbenprächtiges Bild abgeben. Und das zweifelsohne in die eigenen Atemwolken eingehüllte Publikum würde zusehen, wie aus dem Mädchen Phoebe eine alte Frau wurde und wie diese schließlich als Hexe auf dem Scheiterhaufen endete. Es war ein ehrgeiziges Unternehmen. Das Theaterstück würde die Aufmerksamkeit der Leute aus dem Dorf bis Mitternacht beanspruchen, erst dann würden sie in die Kirche entlassen, um dort die Christmette zu feiern und sich aufzuwärmen.

»*Webe dein magisches Netz, mein Schatz, webe dein magisches Netz!*«

Marian war es peinlich, sich so zu produzieren, während sie in einem Regiestuhl in der zweiten Reihe saß, und Sonia neben ihr dachte, sie könne es besser. Das würde das erste Stück sein, in dem Marian auftrat, ohne dass Roger ganz vorne im Publikum saß und sie unterstützte. Wenn er applaudiert hatte, dann war es nur für sie gewesen.

Und wie er lachen konnte! Marian hätte ihm zu Hause gebeichtet, dass man ihr die Rolle der Pessima, der alten Hexe, gegeben hätte. Sie hätte verletzt getan, und er hätte sie aufgezogen. »Na ja, ich wollte nichts sagen, aber … ja, ich fand schon, dass du in letzter Zeit nicht mehr auf dich geachtet hast, du schaust wirklich ein bisschen spitz aus im Gesicht!«

Sie hätte dann so getan, als wolle sie ihn verprügeln, und ihm erzählt, wie sehr Sonia wieder mal genervt hätte. Er hätte die Augen verdreht und mit ihr über Sonia gelästert. Die Kinder würden da ganz anders reagieren. Sie würden sie zu trösten versuchen: »Dass du diese Rolle bekommen hast, bedeutet noch lange nicht, dass Grant dich tatsächlich für eine alte Frau hält … er hält dich nur für talentiert genug, eine alte Frau zu *spielen*, das ist alles. Darüber solltest du dich nicht aufregen, Mum. Es ist eigentlich ein Kompliment.« Sie würden gar nicht verstehen, worum es ging. Am besten, sie erzählte es ihnen gar nicht. Sie würde Roger in dem Moment zu sehr vermissen.

Ein böses altes Weib war diese Pessima, berechnend und auf eine merkwürdige Art weise. Marian blickte sich im Raum um und hatte wieder das Gefühl, alle wüssten Bescheid. Sie hatte die perfekte Rolle für eine Mörderin.

Sie sah zu Mrs. Henley, die sie ihr ganzes Leben lang kannte. Diese Dame aus der Mittelschicht, die ihre Brille an einer Kette um den Hals trug, konnte unmöglich von Constance wissen. Ihre hellen Vogelaugen schossen in der Halle umher, und sie machte sich mit einem goldenen Kugelschreiber, der ebenfalls an einer hübschen kleinen Kette hing, Notizen in ihrem Skript.

Sonia stieß Marian an, und diese sagte für Grant einen Zauberspruch auf.

»Ausgezeichnet!«, rief Grant begeistert. »Die Rolle ist dir auf den Leib geschneidert!«

Marian lief rot an und fühlte die Augen aller auf sich ruhen, als sie umblätterte.

Von ihrem Stuhl in der letzten Reihe aus lauschte Janey der Lesung. Ihr entging nichts. Grant, dachte sie, hat gut gewählt.

ZEHNTES KAPITEL

Ich frage mich, ob sich der Zeitpunkt genau festmachen lässt, an dem aus Misstrauen Paranoia wird, aus Angst Wahnsinn. Ist diese Krankheit da draußen unterwegs, wahllos auf der Suche nach einem Wirt, so wie jeder andere Krankheitserreger? Oder tragen manche von uns den Samen dazu in sich, der nur mit einer bestimmten giftigen Unglücksmischung in Berührung zu kommen braucht, um wie ein Krebsgeschwür zu wuchern?

Wie auch immer, sicherlich führten eine ganze Reihe Faktoren dazu, Janey über die Klippe zu stoßen. Doch die meisten von uns – zumindest von den Gesunden – wären bestimmt nicht so weit gegangen wie sie.

»Von Hexen und Zauberern und diebischen Elstern und allem, was kriecht und schlängelt und in den Hecken lauert, erlöse uns, o Herr!«

Janey Tandy sollte den Erzähler spielen … eine Art Dorftrottel, der alles beobachtet, kommentiert und die Ereignisse vorantreibt.

Das war zwar eine wichtige Rolle, aber dennoch verlieh sie ihr das Gefühl, ausgeschlossen zu sein. »Du hast mich einfach so an den Puck aus dem Sommernachtstraum von

Shakespeare erinnert, du hast dieses Koboldhafte«, erklärte Mrs. Henley. »Als ich die Rolle schrieb, hatte ich nur dich vor Augen.« Janey bestand darauf, der allgemeinen Diskussion aus einer der letzten Reihen zu lauschen und hörte am Ende nur mit halbem Ohr zu.

»Ist es nicht albern, jemanden den Peststein spielen zu lassen, wenn das echte Ding nur ein paar Meter entfernt steht?«

»Ich wollte den Stein lebendig werden lassen ... ihm eine Stimme geben. Ich fand es interessant, darüber nachzudenken, welche Persönlichkeit so ein Ding haben könnte.« Mrs. Henley lächelte schmallippig, denn auch wenn sie ausdrücklich um Kritik bat, so konnte sie dann nur schwer mit ihr umgehen. In ihren Brillengläsern spiegelte sich die trostlose Gemeindehalle, und das ließ die Autorin ausgesprochen wütend wirken.

»Aber er ist nun mal nicht lebendig! Das ist doch der springende Punkt!«, warf der Junge vom Tesco ein.

»Mir würde es überhaupt nichts ausmachen, wenn ich nicht mitzuspielen bräuchte«, fügte Jeffrey hastig hinzu, der den Stein verkörpern sollte. »Ich muss am Weihnachtsabend schon die Glocken läuten, weil Gordon nicht da ist, und da wäre mir so eine schwierige Rolle ohnehin zu viel.«

»Die könnte man ohne Weiteres weglassen«, beharrte der Junge. »Es geht genauso gut ohne.«

»Das wäre, als würde man mir das Herz herausschneiden«, entgegnete Mrs. Henley mit dünner Stimme.

Von ihrem Platz aus konnte Janey sehen, wie Sonias dunkler Kopf beinahe Marians blonden berührte, als sie beide nach vorne sahen. Obwohl Janey sich freiwillig alleine nach hinten gesetzt hatte, so fühlte sie sich, als sei sie hierher verbannt worden. Marian hatte sie vorhin derart unverschämt behandelt, darüber kam Janey einfach nicht hinweg. Die Leute glaubten stets, sie könnten sie in den Staub treten, ohne dafür zur Rechenschaft gezogen zu werden. Sie hatte das Gefühl, ihr ganzes Leben als Außenseiterin verbracht zu haben. Niemals würde sie dazugehören! Es war typisch, dass Sonia die Rolle von Phoebe bekommen hatte. Manche Menschen waren einfach unter einem Glücksstern geboren … führten ein wunderbares Leben … während andere ihr Leben lang um Anerkennung kämpfen mussten.

Sonia und Marian war sie dankbar, dass sie ihre Freundinnen waren. Auch war sie David dankbar, dass er sie geheiratet hatte. Aber es fiel ihr schwer, mit dieser ganzen Dankbarkeit zu leben, denn sie verbitterte Janey und machte sie argwöhnisch. Schuld daran war ihr mangelndes Selbstbewusstsein … und das war ihr vom Schicksal zugeteilt worden wie ein schlechtes Blatt Karten.

Janey trug ein Geheimnis mit sich herum. Das Wissen um dieses Geheimnis würde Janey nie dick, drall oder zufrieden werden lassen. Durch ihre Heirat und ihre Kinder hatte sie die Möglichkeit erhalten, den Teufel auszutreiben, der ihre Mutter war.

Dachte sie an ihre Mutter, wurde sie ganz krank vor Wut. Denn diese kalte und berechnende Frau hatte nie den Kopf eines Kindes an ihre Brust gedrückt, hatte keinem Mann ein Zuhause geschaffen, hatte ihr ganzes Leben niemanden geliebt. Von Anfang an wollte Janey nur eines: anders sein. Schon als sie noch klein war, hatte sie die Lippen zusammengepresst, die Fäuste geballt und beschlossen: »Wenn ich einmal groß bin, will ich nie so sein!« Und es war ihr gelungen.

Sie hatte sich die größten Lasten aufgehalst, die sie finden konnte, um sich zu beweisen, dass sie wirklich weiblich, warm, aufopferungsvoll, liebend, fürsorglich war …

»Du brauchst doch nicht …«, pflegte David zu sagen, wenn sie sich über etwas beschwerte.

»Jemand muss aber …«, antwortete sie, während sie sich daran machte, die Toilette zu putzen oder eine andere niedere Arbeit zu verrichten.

Monatelang hatte Janey David verehrt. Sie, die Schülerin aus der Oberstufe, er, der junge Lehrer, frisch von der Uni, mit den interessanten, leidenden Augen.

Nachdem er sie geheiratet hatte, verzichtete sie ihm zuliebe als Erstes auf alle ihre beruflichen Pläne. Sie wollte nicht mehr brillieren, denn sie hatte ein lohnenderes Ziel erspäht. Und konnte es nicht abwarten, es ihrer Mutter zu erzählen.

»Schade drum!«

»Ich finde das überhaupt nicht schade«, hatte sie gereizt erwidert. In dem trotzigen Ton, den sie für ihre Mutter reserviert hatte. »Ich betrachte es als meinen Lebensinhalt … für David zu sorgen und ihm ein schönes Zuhause zu schaffen.«

Mit einem mitleidigen Blick hatte sich ihre Mutter abgewandt. Sie lebte inzwischen allein. Bereits vor langer Zeit hatte sie ihren Mann aus dem Haus vertrieben … und dasselbe hätte sie mit ihren Kindern getan, hätte dem nicht das Gesetz entgegen gestanden.

Janey, ein Kind der fünfziger Jahre, war aufgewachsen mit Fernsehbildern, die Familien Händchen haltend zusammen in rote Sonnenuntergänge spazierend zeigten. Damals gab es auf dem Bildschirm keinen Platz für Leute, die auch nur entfernt so waren wie ihre Mutter, Isobelle. Die Sechziger wären vielleicht weniger hart gewesen, aber als diese Zeiten endlich anbrachen, war es bereits zu spät. Janey war inzwischen ein Teenager, sogar irgendwie dazu berechtigt, ihre Mutter zu hassen – was sie auch kräftig ausnutzte.

Janey träumte von besseren Zeiten, träumte davon, sich ein richtiges Zuhause zu schaffen. Sie lernte, hervorragend zu kochen ... doch David aß nur wenig. Sie füllte das Haus mit Unmengen von Krimskrams, den sie billig auf Flohmärkten und Wohltätigkeitsbasaren erstand. Sie kochte Marmeladen und Gurken ein und kaufte sich einen Vorratsschrank, um sie darin aufzubewahren. Was David wahrscheinlich gar nicht mitbekam.

Für die Kinder veranstaltete sie aufwändige Geburtstagspartys mit einer richtigen Geburtstagstorte, die sie selbst kreierte. Das erregte den Neid der anderen Mütter, die sich große Mühe gaben, aber, was Geburtstagstorten anging, Janey nicht das Wasser reichen konnten. Jeden Tag hing Wäsche an Janeys Leine, und niemals blieb in Janeys Haushalt die Bügelwäsche lange genug im Korb liegen, um hart zu werden. Und all das trotz der Belastung durch David, der sich, sobald eine Party oder ein Großwaschtag nahte, mit einem Buch ins Bett verzog oder den Fernsehapparat nach oben trug, um sich dort in Ruhe etwas anzusehen.

Während dieser Zeit besuchte sie regelmäßig ihre Mutter und erstattete ihr Bericht. Diese, wie immer sarkastisch, bedachte sie dabei mit eben jenem wohl bekannten mitleidigen Blick und bot ihrer Tochter nicht einmal eine Tasse ihres übelschmeckenden Kräutertees an.

Janey war voller Schadenfreude darüber, dass ihre Mutter neuerdings ans Haus gebunden war. Was für eine Revolution! Als sie klein war, war ihre Mutter nie zu Hause gewesen! Es waren keineswegs gesundheitliche Gründe, die sie ans Haus fesselten, sondern es gab einfach keinen Ort mehr, wo sie hätte hingehen können. Die Bingohalle war geschlossen worden, und mit den neuen Geldmaschinen, die an die Stelle der alten Bingokarten getreten waren, kam ihre Mutter nicht zurecht. Die alten Freundinnen waren im Alter in den Kreis ihrer Familien zurückgekehrt, nachdem sie ihr Leben lang gespielt hatten. Anders Isobelle. Isobelle war allein und verlassen. Niemand mochte sie, sodass sie sich nur mit wenigen Menschen traf, die allesamt so unangenehm, so verbittert und merkwürdig waren wie sie selbst. Und das machte Janey richtig glücklich!

In letzter Zeit hatte sie sie nicht mehr gesehen. Nicht seit Melanie angefangen hatte, so schwierig zu werden … Isobelle hätte Janey wahrscheinlich erklärt, das sei allein ihre Schuld.

Davids Morgenmantel auf dem Boden im Badezimmer, die Psychopharmaka auf dem Nachtkästchen, die Bücherstapel über Depression … das waren Janeys Herausforderungen … damit stand und fiel alles … und solange Janey diese Bälle in der Luft hielt, blieb ihr Ehrgeiz gestillt. Als Melanie älter wurde, ärgerte sich Janey zunehmend, dass ihre Tochter ihr nicht mehr zur Hand gehen wollte, die Herausforderungen nicht so zu sehen und anzunehmen schien wie sie selbst. In letzter Zeit hatte sie angefangen, sich Sorgen zu machen, ob Melanie nicht vielleicht das kalte, lieblose Wesen ihrer Großmutter geerbt hatte. Manchmal glaubte sie, denselben verächtlichen Blick in den harten, schwarzen Augen ihrer Tochter zu entdecken.

»Gelegentlich kommt es mir so vor, als bezahlte ich dich für das, was du tust. Nicht mit Haushaltsgeld, sondern mit meinem Leben«, hatte David einmal zu ihr gesagt.

Janey wollte mit David eins werden, doch das ließ er nicht zu. Manchmal hatte sie den Eindruck, er hasse sie genauso wie Melanie.

Davids Krankheit beherrschte die Stimmung im Haus. Wenn es »ihm schlecht ging«, liefen die Kinder auf Zehenspitzen durchs Haus und wagten es nur zu flüstern. Wenn die Jungs sich stritten, stürzte Janey aus der Küche und ermahnte sie zur Ruhe. Als sie noch klein waren und Janey ausgehen wollte, hatte sie sogar einen Babysitter kommen lassen, damit David ungestört seiner Arbeit nachgehen und Stunden vorbereiten oder seinen Gemütszustand pflegen konnte. Sie hatte David nie darum gebeten, ihr bei dem, was sie als ihre Arbeit betrachtete, zu helfen.

Doch außerhalb des Hauses war es anders. Außerhalb des Hauses legte Janey Wert darauf, dass alle erfuhren, was für ein anstrengendes Leben sie führte. Dabei verdrängte sie völlig, dass sie selbst für den Stress verantwortlich war, dass sie das Monster geschaffen hatte und es nährte.

Wenn jedoch David ins Krankenhaus musste, war Janey am Boden zerstört. Dann hatte sie das Gefühl, nicht alles gegeben zu haben, ihm nicht genug geholfen zu haben. Außerdem hegte sie den Verdacht, diese Krankenhausaufenthalte könnten ganz bewusste Versuche Davids sein, um ihr zu entkommen. In Zeiten wie diesen fehlte ihrem Leben der Sinn, sie vernachlässigte ihre Kinder, so wie ihre Mutter es früher getan hatte, und wanderte rastlos umher.

In Zeiten wie diesen besuchte sie Marian, saß an ihrem Tisch, bekam ein Gläschen Wein, eine Tasse Kaffee und jede Menge Mitgefühl – wonach sie so süchtig war wie David nach Largactil. In Zeiten wie diesen war ihr Sonias Gesellschaft unangenehm, seufzte sie tief, wenn sie deren Auto auf dem Dorfplatz abgestellt entdeckte. Sie wollte Aufmerksamkeit, die ganze Aufmerksamkeit, und ihre größte Angst war, Marian und Sonia könnten sich so nahe kommen, dass für sie kein Platz mehr war. Und genau das schien sich nun abzuzeichnen!

Ach Melanie, Melanie, wo bist du nur? Wie konntest du mir das antun?

Niemand hatte daran gedacht, die fünfzig Pence in den Stromapparat zu stecken, und nun erloschen die Lichter. Augenblicklich verstummten die Gespräche. Die rauchende Mrs. Blogg zog mit ihrem Gasfeuerzeug eine flackernde Spur hinter sich her. Das kleine Ding schien mit seinem Rauch die Halle zu füllen. Jetzt, da, nachdem es dunkel geworden war, der Geruchssinn ausgeprägter wurde.

Die Lichter gingen wieder an und Janey hatte das Gefühl, wie Dornröschen aus einem tiefen Schlaf zu erwachen, und niemanden mehr von den Umsitzenden zu kennen. Grant sagte gerade: »Jeder nimmt also ein Skript mit nach Hause und liest es bis nächste Woche von vorne bis hinten durch. Beschäftigt euch mit eurer Rolle, versucht herauszufinden, welchen Aspekt ihr verkörpert, und ein paar Ideen zu entwickeln, wie ihr die Rolle anpacken wollt. Möglicherweise hilft es euch weiter, wenn ihr schon etwas mit den Leuten zusammenarbeitet, mit denen ihr im Stück viel gemeinsam Text habt. Sonia und Marian zum Beispiel … eure Rollen hängen eng zusammen.«

Das alles, dachte Janey bei sich, war belanglos. Sie saß hier, in der letzten Reihe, einsam, unglücklich, mit einem verrückten Mann zu Hause und einer Tochter, die wer weiß wo war. Und diese Leute hier redeten über ein Weihnachtsspiel … als ob das wichtig war. Die Halle war, das spürte sie, auf eine ganz unchristliche Weise ein heiliger Platz.

»Effie redet mit dem WVS, dem Frauenhilfswerk, wegen eines Topfes für den Kakao. Doris versucht im Hospiz billig ein paar Materialien ergattern zu können. John fragt wegen der Beleuchtung wieder wie beim letzten Mal in der Schule nach. Und wir überlassen es Jeffrey, sich Gedanken darüber zu machen, an wen dieses Jahr das eingenommene Geld geht. Gibt es noch etwas?«

»Kann man das denn machen, sich ausgerechnet im Hospiz billig Sachen besorgen?«

»Und wenn es nun regnet?«

»Wenn es richtig schüttet, werden wir in die Halle ausweichen müssen. Aber das ist der letzte Ausweg, denn hier gehen nicht so viele Leute rein. Ansonsten gilt, bei jedem

Wind und Wetter tun wir unser Möglichstes, das Stück draußen zu spielen.«

»Werbung. Das Stück muss in allen Zeitungen hier besprochen werden.«

»Ja, kein Problem. Mike kümmert sich darum.«

»Ein Titel. Das Stück hat noch keinen Titel.«

»Ach ja.« Grant machte eine seiner charmanten Verbeugungen. »Das wollten doch Sie ansprechen?« Allen war klar, dass Grants Freund im Pub schon auf ihn wartete, und Grant darauf erpicht war, hier wegzukommen.

Mrs. Henley setzte sich die Brille auf und übernahm das Wort. »Ich dachte, es wäre vielleicht interessant, wenn jeder von uns sich einen Titel für das Stück überlegt, während wir es kennen lernen«, erklärte sie. »*Der Peststein* als Titel liegt irgendwie zu sehr auf der Hand. Schauen wir also, was uns einfällt. Und dann, ein paar Wochen vor der Vorstellung, sammeln wir die Vorschläge in einem Hut und ziehen einen.« Sie schmunzelte vielsagend und fügte augenzwinkernd hinzu: »Das bringt Publicity. Das ist genau der Köder für die Zeitungen, der dem Stück den nötigen Schwung geben wird ... Ich fand den Einfall ziemlich originell.«

Janeys Hände waren schweißnass, sie wischte sie ab, als wolle sie mit dem Schweiß den ganzen Abend wegwischen. Ihr Blick fiel unvermittelt auf Sonias geschminktes Gesicht. Es wirkte starr wie eine Maske. Die unnatürlich vollen, dunkelbraunen Haare, die das Gesicht einrahmten, das eigentlich auf eine natürliche Art und Weise hätte altern sollen, wirkten wie eine Perücke. Wann hatte Sonia angefangen, derart künstlich auszusehen? Merkwürdig, dass Janey das nicht bereits früher aufgefallen war.

Und Marian, ihre Freundin und Vertraute. Warum hatte sie sich nicht neben sie gesetzt, warum hatte sie nicht gemerkt, wie schlecht sie sich fühlte? Warum hatte sie sie im Stich gelassen und stattdessen neben Sonia Platz genommen? Marian, mit ihrem Buch über Zauberei und dem zeitlich so passenden Tod ihrer Schwiegermutter. Die Fußabdrücke im Obergeschoss fielen ihr wieder ein. Was hatte Marian dort gesucht, mitten in der Nacht an dem Fenster, das zum Dorfplatz hinausging. Mitten in der Nacht musste es gewesen sein, sonst hätte sie Schuhe getragen.

Vielleicht wusste sie etwas … vielleicht wussten sie ja beide etwas. Hatte Melanie bei ihnen Zuflucht gesucht? Wussten sie, wo sie sich aufhielt? Wohin war Sonia gegangen, nachdem sie das Pub verlassen hatte und bevor sie nach Hause gegangen war? Schließlich hatte Janey sie in der Nacht angerufen, und sie war nicht da gewesen. Hatte sie mit Stanley geredet … die ganze Zeit? Wo? Vielleicht hatte sie Melanie gesehen.

Janeys Fantasie ging so mit ihr durch, dass selbst Jeffrey, der Vikar, mit seinem weichen Gesicht das bedrohliche Profil eines schlitzäugigen Mongolen anzunehmen schien. Seine Stimme hallte mit einer Boshaftigkeit in der Halle wider, die ihr durch Mark und Bein ging. Und dann Nancy Blogg, die sie so neugierig nach Melanie gefragt und dabei ihren Hals mit dem dürren faltigen Kragen wie eine Schildkröte vorgestreckt hatte. Und Mrs. Henley mit ihrem vor Aberglauben strotzenden Stück und dem Gerede von lebendig gewordenen Peststeinen. Und falls Grant Fitch sie ebenso wie Mrs. Henley als Puck sah, dann sah sie ihn als satanischen Kobold, der die Lebensfäden spann und webte.

Aufgewühlt, wie sie war, verließ Janey Tandy das Treffen, bevor es offiziell beendet wurde. Mit gesenktem Kopf schlich sie sich unbemerkt aus der Halle und trottete unglücklich heim. Obwohl ihr Haus nicht weit entfernt war, irritierten sie bereits normale Geräusche … zwei verrostete Eisentrümmer, die im Wind gegeneinander schlugen … das Knarzen eines Baumes … der unvermittelte Schrei einer Eule, die auf dem Weg war zu ihrem Unterschlupf im Glockenturm. Einmal glaubte sie sogar Schritte hinter sich zu hören. Noch nie hatte sie sich auf dem Heimweg so gefürchtet. Es widerstrebte ihr, am Peststein vorbeizulaufen, und gleichzeitig verachtete sie ihre eigene Ängstlichkeit. Woher ihr merkwürdiges Verhalten rührte, wusste sie nicht.

»Wie war's?«, fragte David höflich, als sie durch die Tür trat, wobei ihr das Herz bis zum Hals schlug, als hätte sie einen Marathon hinter sich. Erhitzt und außer Atem, wusste sie nicht, was sie darauf sagen sollte. Ihr Gesicht war rot, ihre Stimme schrill und ihre Augen traten aus den Höhlen, als sie entgegnete: »Furchtbar! Es war einfach furchtbar!«

Überrascht wandte sich David zu seiner Frau um, denn sie verlor ihm gegenüber selten die Fassung.

»Ach? Und welche Rolle spielst du in Meadcombes großartigem Beitrag zum Jahresende?« Er machte sich ständig lustig über ihre Mitarbeit in der Theatergruppe, fast als wäre er eifersüchtig, dass er, wegen seines Temperaments, seiner Krankheit, nicht selbst mitspielen konnte. Sie wollte ihm nicht sagen, welche Rolle man ihr zugeteilt hatte … sie wollte nicht zugeben, dass sie die Rolle des Erzählers erhalten hatte … Und wie sollte sie ihm von ihren albernen, manischen Gedanken erzählen? Sie konnte es nicht, es ging einfach nicht. Nachdem sie ein paar Mal tief durchgeatmet hatte, riss sie sich zusammen und gab ihm eine kurze Zusammenfassung des Geschehens. Er tat so, als ob er ihr zuhörte. Sie wusste, dass er mit seinen Gedanken nicht wirklich bei ihr war.

Auch er war an diesem Abend anders, auch er schien etwas zu verbergen. Vielleicht hielten sie sie ja alle für eine schlechte Mutter und hatten sich mit Melanie gegen sie verbündet.

Nachdem David schlafen gegangen war, machte sie sich etwas Warmes zu trinken. Jemand hatte die Tasse auf dem Sideboard stehen lassen. Als sie sie wegnahm und an die Nase hielt, roch sie, dass die Milch darin sauer geworden war.

ELFTES KAPITEL

Die Tage vergingen, und als es Oktober wurde, gab es noch immer keine Spur von Melanie. In einem Wutanfall warf Janey die Zahnbürste ihrer Tochter weg und interpretierte dies im Nachhinein als schreckliches Omen.

Es muss Winter gewesen sein, denn Janey trug ihre kniehohen Stiefel. Es muss Winter gewesen sein, denn die Güterzüge in der Ferne waren deutlicher zu hören, ohne den dämpfenden Effekt des Laubs. Es war nass und windig, und die Schulkinder aus Meadcombe konnten wegen der vielen Pfützen nicht auf den Spielplatz, weshalb sie ihre Pausen in den Klassenzimmern verbrachten – sehr zum Missfallen der Putzfrau, Mrs. Spender.

»Doppelte Arbeit«, beschwerte sie sich. »Da sitzen sie rum, ohne Aufsicht, dürfen ihre Malsachen rausholen, schmieren alles voll mit ihren Farbstiften und dem Plastilin. Und Plastilin ist wirklich schlimm ... kriegt man nicht mehr weg ... widerliches, schmutziges, graues Zeug ...

Und niemand widersprach Mrs. Spender, denn die Leute hatten Angst vor ihr und ihrer scharfen Zunge, und niemand konnte putzen wie sie. Für Mrs. Spender war Putzen eine Kunst. Sie schaffte ihr Pensum in der Hälfte der Zeit. Bei der Eltern-Lehrer-Konferenz tauchte erneut das Thema eines neuen Teerbelags für den Spielplatz auf. Man konnte es sich einfach nicht leisten, Mrs. Spender zu verlieren.

Es wurde immer früher dunkel.

Janey lief häufig draußen herum, ständig auf der Suche nach Hinweisen. Nur selten besuchte sie Marian, und diese lud sie auch nicht ein. Nicht dass sie einander geschnitten hätten … wenn sie sich zufällig trafen, plauderten sie noch genauso wie früher, so als wäre nichts geschehen. Doch in Wahrheit war nichts mehr so wie früher.

Bei Constances Begräbnis hatte Marian geweint. Ihre Kinder, die so dicht bei ihr gestanden hatten, als würden sie sie bewachen, hatten sie nach Hause zum Tee begleitet und sie gegen ihre Freundinnen abgeschirmt. Worum sie gebeten hatte.

Als Stanley schließlich wieder wie aus dem Nichts auftauchte und mit unschuldigem Gesicht im Herrenhaus vorbeischaute, erzählte ihm Sonia von dem vermissten Mädchen. Er verlor kaum ein Wort darüber, doch Beryl, die begierig sämtliche Schreckensnachrichten aus den Zeitungen verschlang und nichts mehr liebte als Verkehrsunfälle, meinte: »Tot … keine Frage, nach der langen Zeit …« Stanley widersprach nicht.

Sonia musterte Stanley lange und durchdringend, hatte Angst, ihm die entscheidende Frage zu stellen: »Hast du sie gesehen?« Stattdessen sagte sie: »Möchtest du noch einen Digestive, Stanley? Und du, Beryl, möchtest du noch etwas?«

Sonia ging mit Oscar Gassi, als sie den Handschuh auf dem Boden des Mercedes entdeckte. Ein schwarzer, fingerloser Handschuh ... Ein Handschuh, der Melanie Tandy gehört hatte. Warum nur hatte sie in das Auto geblickt? Kaum hatte sie es getan, bereute sie es zutiefst. Wer bildete sie sich eigentlich ein, dass sie war ... eine Art Sherlock Holmes?

Sie schaute sich immer wieder um, fühlte sich beobachtet. Aber nein, es gab keine Häuser, von denen aus man die private Auffahrt zum Herrenhaus hätte einsehen können, und der Gärtner hielt sich im hinteren Teil des Gartens auf, um Laub zu verbrennen. Flüsternd den ungeduldigen Oscar zurückhaltend, öffnete sie die schwere Beifahrertür und griff, einen zweiten Blick scheuend, nach ihrem Fund. Sie ließ den Handschuh in die tiefe Tasche ihres Dufflecoats gleiten und setzte innerlich bebend ihren Spaziergang fort.

Juristisch gesehen hatte sie sich nun der Beihilfe schuldig gemacht. Stanleys Komplizin, so schuldig wie er ... schuldiger, denn sie hatte kaltblütig gehandelt.

Sie konnte dieses erdrückende Beweisstück unmöglich bei sich behalten. Und als Janeys Freundin konnte sie es genauso wenig verstecken. Es musste gefunden werden ... so lange es nur nicht auf dem Gelände des Herrenhauses oder in Stanleys Auto entdeckt wurde. Wenn sie es irgendwo hinlegte, täte sie der Polizei einen Gefallen. Sie würde damit die Suche nach Melanie erleichtern, nicht behindern.

Also schlug sie mit dem Handschuh, der in ihrer Manteltasche glühend heiß zu brennen schien, die Landstraße in Richtung Dorf ein.

Es war Sonntag, und abgesehen von ein paar Kindern war niemand auf der Straße zu sehen. Eine Reihe Autos vor dem Pub zeigte an, dass das Geschäft im Weary Ploughman florierte. Hoffentlich würde sie Marian nicht treffen, denn Marian würde sie wie üblich auf einen Sherry einladen wollen. Und hoffentlich begegnete sie Janey nicht. Janey hätte sie unter keinen Umständen ins Gesicht schauen können.

»Da!« Wie versehentlich ließ sie den Handschuh fallen, als sie den Dorfladen passierte. Sie blickte nicht auf den Boden, sie blickte nicht zurück. Der Wind würde schon dafür sorgen, dass der Handschuh gut zu liegen kam, würde Blätter daraufwehen, was alles natürlich aussehen lassen würde. Schließlich hatte Melanie diese verdammten Dinger ständig getragen und leicht einen davon verlieren können. Ohne Zweifel, würde man ihn finden, würde man das Schlimmste annehmen. Sonia zerrte an Oscars Leine, worauf der Terrier verärgert aufschaute und versuchte, das Bein am Peststein zu heben.

»Nein, Oscar, lass das, komm weg da.«

Ein Windstoß wirbelte ein paar Blätter hoch, fuhr unter ihren Mantel und brannte auf ihren Waden, als habe ihr jemand einen Schlag versetzt.

Marian, die vor ihrem Kamin saß, gefielen der Wind und der Regen, der an ihr Fenster schlug. Ihre Kinder waren wie üblich im Pub gegenüber. Um fünf Uhr wollte sie das Hähnchen in den Backofen schieben. An diesem Abend wollten sie gemeinsam essen.

Zwischen die Seiten des Buches, das sie las, schwebte der Gedanke, gleich die Gräber zu besuchen. Es war ähnlich wie das dringende Bedürfnis, auf die Toilette zu müssen, wenn man nachts endlich warm und gemütlich im Bett lag – man musste es einfach tun, hatte keine andere Wahl. Seufzend legte sie das Buch weg und trat ans Fenster. Fünfzehn Minuten müssten reichen, die Gräber in Ordnung zu bringen, die Freesien in die Vasen zu stecken, zurückzutreten, um der Toten zu gedenken, und wieder nach Hause zu eilen.

Diese Grabbesuche machte sie für die anderen, nicht für sich selbst. Nirgends fühlte sie sich Roger so wenig nahe wie an seinem Grab. Das war ein Ort, an dem sie ihn überhaupt nicht spürte. Und Constance, die neben ihrem Sohn begraben lag? Falls die Religion, die sie von den Kanzeln predigten und an die Marian nie hatte glauben können, auch nur ein Fünkchen Wahrheit enthielt, hatte Constance ihrem Sohn inzwischen von dem Geheimnis erzählt … hatte sie es jedem Skelett da unten mitgeteilt. Was würde Roger dazu sagen? Was würde Roger von ihr denken? Marian zuckte die Achseln. Die Fantasie ging wieder einmal mit ihr durch.

Die Freesienstiele waren nass und rochen schon faulig. Sie wickelte sie in braunes Packpapier, schlang sich einen Schal um den Kopf und kämpfte sich durch den Regen über den von Windböen gepeitschten Dorfplatz zum Friedhof.

Den Handschuh entdeckte sie genau in dem Augenblick, als ein besonders heftiger Windstoß ihr beinahe den Atem raubte … später wusste sie nicht mehr, ob es der Schock war, der sie so tief getroffen hatte, oder der Wind. Da lag er, schwarz, vollgesogen mit Wasser, eine stumme Anklage … genau an dem Ort, an dem Marian Melanie gesehen hatte, wie sie mit dem Mann im Auto sprach, in der Nacht, als

Constance starb. Sie bückte sich, um ihn aufzuheben, und starrte ihn an, direkt vor dem Dorfladen, wo die ganze Welt sie sehen konnte.

Es bestand kein Zweifel … das war einer von Melanies Handschuhen, den sie, auch daran hatte Marian keinen Zweifel, in jener Nacht verloren haben musste. Alles in Marian schrie, sie solle ihn fallen lassen. Doch das konnte sie nicht, nicht jetzt, nachdem sie ihn gefunden hatte.

Sie beschloss, ihn mitzunehmen und woanders hinzulegen, wo er nicht so leicht zu finden war. Fand ihn die Polizei hier, suchte sie vielleicht nach Reifenspuren. Und woher sollte Marian wissen, wie lange sich Reifenspuren hielten, tiefe Reifenspuren, die sich in die Erde gegraben und zweifelsohne ein Muster hinterlassen hatten? Falls sie Reifenspuren entdeckten, konnten sie womöglich auch Datum und Zeit herausfinden, und das wollte Marian auf keinen Fall … all dies ging ihr durch den Kopf, als sie sich mit gebeugtem Kopf zum Friedhof kämpfte.

Vergib mir, o Herr, betete sie innerlich, obwohl sie nicht an Gott glaubte. Auf ihrem Weg zu den frischsten Gräbern musste Marian an den Gräbern ihrer Mutter, ihres Vaters, ihres Großvaters, ihrer Großmutter, ihrer Urgroßmutter, ihres Urgroßvaters und einer stattlichen Anzahl von Onkeln, Tanten, Urgroßonkeln und Urgroßtanten vorbei. Schwer wog ihre Schuld, schwer ihre Scham, doch schwerer noch lastete die Angst auf ihr, entdeckt zu werden.

Der Friedhof von Meadcombe war keiner dieser Orte, die man nur aufsuchte, um sich beerdigen zu lassen. Durchzogen von unzähligen Wegen und schattigen Plätzchen bevorzugten die meisten Fußgänger ihn, um von einem Ende des Dorfes zum anderen zu gelangen. Im Sommer spielten die Kinder hier, bauten sich Häuschen zwischen den Gräbern und vergnügten sich beim Versteckspielen. Auf dem Friedhof von Meadcombe gab es Grünflächen wie nirgends sonst, und Hunderte von Eidechsen, die nur darauf zu warten schienen, gefangen zu werden, während sie auf Grabsteinen in der Sonne badeten. Sogar Schlangen konnte man auf dem Friedhof von Meadcombe entdecken, bedauernswerte Geschöpfe, denen gelegentlich von sommersprossigen, mit Messern und spitzen Stöcken experimentierfreudigen Jungs die Haut abgezogen wurde.

Es war Montag, und Lottie Marsden und Susan Bush liefen auf ihrem Heimweg von der Schule wie immer über den Friedhof von Meadcombe.

Aus der Jackentasche, in der ihre Börse mit dem Pausengeld und eine zerknüllte Benachrichtigung an die Eltern steckte, zog Lottie eine Knetfigur heraus. Susan blieb stehen, um sie zu betrachten.

»Man darf keine Knete mit nach Hause nehmen. Das ist Diebstahl«, rief Susan mit aufgerissenen Augen.

»Nein, ist es nicht. Ich habe nichts gestohlen.«

»Man darf aber nichts aus dem Kunstunterricht mit nach Hause nehmen, außer Mrs. Gandy erlaubt es.«

»Das ist nicht aus dem Kunstunterricht. Das habe ich in der Pause gemacht.«

»Spielt keine Rolle. Du darfst es trotzdem nicht nach Hause mitnehmen.«

»Muss ja niemand erfahren.« Lottie war raffinierter als ihre Freundin Susan. Lottie hatte bereits herausgefunden, dass sie Wettrennen gewann, wenn sie einfach loslief und sich nicht umguckte. Sie schaffte ihre Testaufgaben in Mathematik, indem sie zurückblätterte und nachsah, was sie am Tag zuvor gemacht hatten. Sie verschaffte sich eine zweite Portion beim Mittagessen, indem sie gleich anschließend und nicht vor der Pause auf die Toilette ging. Sie begriff sofort, dass es ein Fehler gewesen war, das Knetpüppchen Susan zu zeigen. Es war ihr klar, dass Susan sie am nächsten Tag bei Mrs. Gandy verpetzen würde.

»Wenn ich sie jetzt wegwerfe, wird es niemand erfahren, oder, Susan?«

»Sie erfahren es, wenn ich es ihnen erzähle.«

»Aber wenn du es ihnen erzählst, und ich sage, dass das gar nicht stimmt, dass ich das gar nicht getan habe, denken sie, dass du lügst.«

Susan dachte eine Weile darüber nach, schob ihr grünes Bonbon von einer Seite zur anderen.

»Aber das wäre doch nicht gelogen«, stieß sie hervor und achtete darauf, dass sie ihr Bonbon nicht verlor.

Lottie nahm ihres heraus, um nachzusehen, ob es schon eine andere Farbe hatte. Da sich die Farbe nicht verändert hatte, schob sie es wieder in den Mund, nachdem sie es noch liebevoll mit ihrer grünen Zunge abgeschleckt hatte. »Nein, das wär nicht gelogen, aber jeder würde *denken*, du lügst.«

»Mhm. Aber dann müsstest du die Figur wegwerfen, stimmt's?«

»Suchen wir uns ein hübsches Fleckchen, wo wir sie hinlegen können«, lenkte Lottie ein. Gemeinsam hielten sie Ausschau nach einem Ort für den Knetklumpen.

Er hatte keine Beine, aber zwei deutlich erkennbare Arme, und in sein Gesicht waren zwei Löcher gedrückt, die Augen darstellen sollten, und ein spitzes Stück ragte heraus, das wohl die Nase darstellen sollte. Für die Haare hatte Lottie schwarze Wollfäden benutzt, die sie mit einer Häkelnadel festgedrückt hatte. Die Haare sahen richtig realistisch aus, von Mrs. Gandy hätte sie dafür vielleicht sogar einen Stern bekommen.

»Irgendwohin, wo die Figur nicht nass wird«, meinte Susan mit einem Seitenblick auf die tropfenden Zweige.

»Irgendwohin, wo niemand auf sie drauftritt.«

»Da, schau mal! Wir könnten sie da drin einwickeln.« Susan hielt den klatschnassen, fingerlosen Handschuh hoch, den sie gefunden hatte. »Da ist in der Mitte ein Loch. Das könnte ihr Schlafsack sein.«

»Sie campt im Freien«, sagte Lottie und stopfte die Puppe in einen wollenen Schlafsack, wickelte sie fest darin ein, sodass nur noch der Kopf herauslugte. »Jetzt hat sie's schön warm«, meinte sie und fuhr sich in ihrer Konzentration mit der Zungenspitze – das Bonbon war fertig gelutscht – über die Oberlippe.

Sie bauten der Puppe ein Bett aus Fichtennadeln, legten sie hinein und bedeckten sie mit Nadeln. So würden die Jungs die Figur nicht finden können ... eine Befürchtung, die sie nicht aussprachen, die aber beide beschäftigte.

»Wir werden jeden Tag nachsehen, ob alles mit ihr in Ordnung ist«, erklärte Lottie.

»Wir könnten ihr auch was zu essen bringen ... Bonbons.«

Auf diese Idee, die Lottie lächerlich fand, antwortete sie

nicht. Sie war sich sicher, dass sie die Puppe bis Freitag vergessen haben würden. Ihr war auch klar, dass Susan inzwischen zu sehr in der Sache mit drin steckte, um sie noch verraten zu können. Ja, Lottie war ein raffiniertes Mädchen. Wie Mrs. Gandy am Ende des Jahres in ihr Zeugnis schreiben würde: *»Lottie ist eine vielversprechende Schülerin … sie wird es weit bringen, wenn sie ihre Fähigkeiten nutzt.«*

Den Kommentar in Billy Binns' Zeugnis würde Mrs. Gandy zurückhaltender formulieren. Dicht neben dem Heizstrahler in dem leeren Klassenzimmer sitzend würde sie mit dem Füllfederhalter an ihre Zähne klopfen und sich ihn wie ein Dia vor ihr geistiges Auge rufen, diesen Schüler, der so strahlende Augen und einen so dumpfen Verstand hatte. Sie würde die Stirn runzeln, während ihr Blick von seinem fehlenden Vorderzahn zu seinen zerrissenen Hosentaschen glitt … seiner unordentlichen Hausaufgabe und seinem schielenden Auge. Sie sah ihn so deutlich vor sich, als stünde er hier.

Am Ende würde sie schreiben, ohne mit ihren Formulierungen ganz zufrieden zu sein: *»Mir ist bekannt, dass Sie in letzter Zeit familiäre Probleme hatten, dennoch halte ich ein Gespräch für angebracht. Wir müssen Billys gegenwärtige Schwierigkeiten besprechen und entscheiden, wie wir diese am besten angehen – zu Hause wie in der Schule.«*

Müde und abgespannt würde sie, bevor sie das Licht löschte, das Zeugnis unterschreiben, *Sheila F. Gandy*, und es sorgfältig in den Umschlag stecken und diesen zukleben, damit Billy nicht in Versuchung geriete, es auf dem Nachhauseweg zu öffnen.

Und dieser Billy Binns war es nun, der, als er alleine über den Friedhof nach Hause trödelte, anhielt und das Kinn auf die Schulter eines Friedhofsengels stützte, um Susan und Lottie dabei zu beobachten, wie sie ihr Baby zum Schlafen betteten.

Als sie weg waren, schlich er zu dem Ort und sah, was sie getan hatten. Er fand die Figur in ihrem Fichtennadelbettchen. Er hob sie auf, drehte den Kopf in alle Richtungen, als wolle er verstehen, wozu diese Knetfigur da sein sollte.

Billy Binns überlegte nicht lange. Er öffnete seine Jacke, holte ein Holzstäbchen heraus, an dem ein kandierter Apfel gesteckt hatte, und stieß ihn durch die Puppe. Er legte sie zurück in ihr Bett, steckte sie in der Erde fest und bedeckte sie wieder mit Fichtennadeln. Dann ging er, die Hände in den Hosentaschen, nach Hause, und pfiff schadenfroh vor sich hin.

ZWÖLFTES KAPITEL

Vielleicht war sie doch die Tochter ihrer Mutter, denn Janey Tandy ging es nicht so schlecht, wie man hätte vermuten können. Sie blieb seltsam ruhig, als die Nachbarskatze Lottie Marsdens Plastilingebilde durch das Fenster brachte.

Eigenartig war nur, dass in dieser ganzen Zeit der Ungewissheit Marian ihre Nachbarin derart abweisend behandelte. Und nur Marian selbst wusste, warum.

Seit kurzem konnte man Sonias Auto ständig auf dem Dorfplatz parken sehen. Sonia und Marian verbrachten Stunden zusammen in *Dunoon* – gingen ihre Rollen durch, wie sie erklärten.

Janey hingegen hielt sich oft in Melanies Zimmer auf, um die Tochter kennen zu lernen, die sie schon lange, bevor sie von zu Hause ausgerissen war, verloren zu haben schien. Bisher hatte sie noch nie das Bedürfnis verspürt, mehr über sie zu erfahren, doch nun war dieses Bedürfnis ungeheuer stark, ja unstillbar geworden. Nichts durfte Janey übersehen, kein Dekorationsstück, kein Gegenstand war zu klein oder unbedeutend, um nicht in die Hand genommen, befühlt und untersucht zu werden.

Janey war nie bewusst gewesen, dass Melanie ihr so viel bedeutete. War sie auf eine unerklärliche Weise von ihrer ewig mürrischen pubertierenden Tochter abhängig? Man hätte es meinen können, denn mit ihrem Verschwinden waren große Teile von Janeys Gefühlen ausgelöscht worden. Janey fühlte sich merkwürdig leer, misstrauisch und hatte Angst, wusste aber nicht genau, wovor.

Ihre Suche nach Melanie machte es ihr unmöglich, sich weiter intensiv um David zu kümmern. Plötzlich hatte sie erkannt, dass sie in all den Jahren mit ihm unglücklich gewesen war.

Wie Marian sie behandelte, verletzte Janey, doch sie veränderte sich, langsam, aber stetig mit jedem Tag. Und dadurch traf sie Marians Zurückweisung nicht so tief, wie das früher der Fall gewesen wäre. Ihre Gefühle schienen mit jeder Stunde, die sie auf dem Fußboden in Melanies Zimmer verbrachte, ihre Musik hörte und ihre Bücher las, abzunehmen. Famous Five und Judy Blume und das zuletzt gelesene Buch, das noch aufgeschlagen auf dem Nachtkästchen lag ... *Hexenjagd.* Sie begann zu weinen.

Warum schreibst du uns nicht, Melanie, und sagst uns, dass es dir gut geht?

Ob es an Janey lag, oder ob es einfach wieder an der Zeit dafür war – es ging wieder einmal bergab mit David.

»Daddy aufzuwecken wird immer schwieriger. Heute Morgen war ich zwei Mal bei ihm, als ich mir die Zähne geputzt habe, und er lag *noch immer* im Bett und hatte sich die Decke über den Kopf gezogen.«

»Aber jetzt ist er aufgestanden, oder, Justin?«

Schniefend nickte der Junge. Janey zog ein Tempo aus der Packung. Gerade konnte sie sich noch zurückhalten, ihm die Nase zu wischen. Immerhin war er mit zehn Jahren alt genug. »Beeil dich, iss deine Krispies. Sonst kommst du zu spät.«

Hatten ihre Kinder diese morgendlichen Rituale eigentlich genauso satt wie sie? Manchmal würde sie am liebsten im Bett liegen bleiben und in der Küche einfach eine Kassette einschieben. Alles lief mechanisch ab. Es reichte ihr nicht mehr so wie früher, dass die Küche dank ihres Rayburns morgens warm und gemütlich war. Justin und Daniel schienen für sie nicht mehr zu existieren. Inzwischen mussten sie nach sauberen Hemden fragen.

Heute früh, als sie am Spülbecken stand, waren ihre Gedanken vierzehn Jahre zurückgewandert, zu der Zeit, als Melanie geboren wurde. Und in den zitronenartigen Geruch des Abspülwassers hatte sich ein anderer Geruch gemischt, der süßliche Geruch von Blut und Milch, den sie damals gar nicht bewusst wahrgenommen hatte. Sie hatte sich nicht groß um das Baby in dem Kinderbettchen gekümmert. Damals beschäftigte sie nur ein Gedanke, möglichst schnell nach Hause zu kommen, um wieder David umsorgen zu können. Und so war es weitergegangen ... sie hatte alles falsch gemacht.

Nun versuchte sie, die Erinnerung an dieses Baby heraufzubeschwören. Sie schloss fest die Augen und versuchte die Farbe von Melanies Neugeborenenaugen vor sich zu sehen. Es gelang ihr nicht, und das Gefühl des Versagens wurde so übermächtig, dass der Schmerz sie ganz unglücklich machte. Wirklich vor Augen rufen konnte sie sich nur die von lila Adern durchzogenen Augenlider. Das Baby, das sie vor sich sah, hatte die Augen geschlossen. *Schlag sie auf, Melanie, damit ich sehe, welche Farbe deine Augen hatten, als du geboren wurdest!*

»Nur Kaffee bitte, Janey.«

Er war also doch noch heruntergekommen. David sah genau so mitgenommen aus, wie sie sich fühlte.

»Ich hab nicht geschlafen«, seufzte er.

Doch so groß war seine Niedergeschlagenheit nicht, dass er ohne Sex ausgekommen wäre. Sogar in der Nacht, als Melanie verschwand, hatte er auf seinen ehelichen Rechten bestanden. Sie war erleichtert gewesen, als er fertig war und seinen rasch erschlaffenden Penis in seine Pyjamahose zurückgeschoben hatte, wo sie ihn nicht mehr sehen konnte.

Wenn er früher in dieser Stimmung die Treppe heruntergekommen war, versuchte sie, ihn aufzubauen. An diesem Tag sagte sie nur: »Ich auch nicht. Ich schlafe seit Wochen nicht. Und wenn, dann träume ich ein fürchterliches Zeug.«

Diese Antwort, dieses Eingeständnis von Schwäche, und das zur Frühstückszeit, war so außergewöhnlich, dass für einen Augenblick jede Bewegung um den Küchentisch der Tandys einfror. Sechs Augen starrten auf Janeys Rücken. Sie war sich dieser Blicke unangenehm bewusst. Sie wusste, dass sie ihren Zustand erklären sollte. Aber dazu war sie nicht in der Lage, nicht an diesem Morgen.

Als sie David seinen Kaffee reichte, frisch gebrüht und schwarz, bemerkte sie, dass seine Hände zitterten. Doch so sehr sie sich auch bemühte, sie konnte sein Unglück nicht auf sich beziehen.

Sie wollte nicht mit ihnen an einem Tisch sitzen und sah nach der Wäsche, die zum Trocknen vor dem Ofen hing, hielt sie an ihre Wange. Der warme, frische Duft hatte etwas Tröstliches. Seit kurzem schien sie alles, was um sie herum geschah, so wahrzunehmen, als sähe sie es zum ersten Mal. Würde sie auch David zum ersten Mal an seinem Tiefpunkt erleben? Eine Vorahnung traf sie wie ein Schlag, sie wandte sich ab von ihm, um die Kleidungsstücke zusammenzulegen.

»Ich denke, ich schaue auf dem Heimweg beim Arzt vorbei, mal sehen, ob er mir noch ein paar von den Tabletten verschreibt.«

»Du hast eine ganze Packung neben deinem Bett liegen ... und das Wandschränkchen im Bad ist voll gestopft damit.« Schon immer hatte sie sich darüber gewundert, dass Davids Ärzte so großzügig Medikamente verschrieben. Schließlich war er in seinen depressiven Phasen manchmal selbstmordgefährdet gewesen.

»Man soll keine alten Tabletten nehmen. Wenn sie das Verfallsdatum überschritten haben, können sie gefährlich werden.«

»Sie sollten einfach das Verfallsdatum auf die Packung drucken. Und warum hebst du die Tabletten auf, wenn du denkst, dass die Haltbarkeit längst abgelaufen ist? Warum lässt du sie mich nicht einfach die Toilette hinunterspülen? Ich sag dir ständig, wie gefährlich es ist, so etwas im Haus zu haben.«

Niemals hätte sie es gewagt, sie ins Klo zu werfen. David sammelte Medikamente wie andere Männer Briefmarken oder Naziandenken – allerdings aus einem traurigen Trotz heraus. An seinen Waden und Oberschenkeln hatte er Krampfadern, sie traten hervor wie eine Hand voll Regenwürmer. Sein Rücken war übersät mit hellroten Flecken. Schon immer, seit sie ihn kannte. Warum fiel ihr das in diesem Moment auf? Am meisten litt Janey darunter, dass er die ganze Zeit, was Melanie betraf, so tat, als sei nichts geschehen. Er weigerte sich einfach, über Melanie zu sprechen. Und Janey verstand nicht, warum.

Es gab vieles, was sie regelmäßig erledigen musste, um nicht im Chaos zu versinken. Täglich das Kalenderblatt abzureißen zum Beispiel. Solange sie das Kalenderblatt abriss, hatte sie noch alles unter Kontrolle. Der einunddreißigste Oktober ... am nächsten Tag war der erste November. Justin, der kleine, strahlende, sanfte Justin würde zur Feier des ersten Tages des neuen Monats ein lustiges Liedchen trällernd rückwärts die Treppe hinabsteigen. Dann wäre Melanie genau zweiundvierzig Tage verschwunden.

Ihr kam es vor, als sei Melanie in einen Teich gefallen und die Familie habe diesen Teich mit Brettern zugenagelt. Die Jungs fragten ab und zu nach ihr, sie spitzten die Ohren, wenn Janey das Gespräch auf Melanie brachte. Doch abgesehen davon ... schien sich nichts geändert zu haben. Ein Zimmer stand leer, ein Stuhl am Tisch blieb unbenutzt. Das war alles.

Was Janey zu schaffen machte, war ihre Unwissenheit.

Immer wieder malte sie sich den Moment aus, in dem Melanie nach Hause kommt. In der einen Minute zog Janey sie voller Tränen in ihre Arme ... rannte ins Pub, um mit Champagner zu feiern, feierte ihre Heimkehr, wie die des verlorenen Sohnes in der Bibel gefeiert wurde. Im nächsten Augenblick drehte sie ihr den Rücken zu und ging weg, gekränkt und verletzt. Die meiste Zeit stellte sie sich eine Reaktion irgendwo in der Mitte vor. Sie kam nicht darüber hinweg, dass sie sie geschlagen hatte, ihrer Tochter eine Ohrfeige verpasst hatte, bevor sie sie verlassen hatte. Insgeheim dachte sie, das sei der eigentliche Grund gewesen, warum Melanie davongelaufen war. Nie zuvor hatte sie eines ihrer Kinder geschlagen ... vermutlich waren sie ihr nie wichtig genug gewesen ...

»Geht es dir gut genug, um zur Arbeit zu gehen?« Janey wollte nicht, dass David heute zu Hause herumlungerte.

»Ich muss arbeiten«, entgegnete er. »Irgendjemand muss das Geld ja ranschaffen.«

Das Thema Geld sprach er immer dann an, wenn es ihm schlechter zu gehen begann. Manchmal hatte sie ihn nachts mit einem Pulli über seinem Flanellpyjama vorgefunden, den Kopf in die Hände gestützt, über dem letzten Kontoauszug brütend. Nächtelang waren sie wach geblieben, um zu diskutieren, wo sie sparen könnten. Panikartig hatte er Bilder von seelenlosen Fabrikstädten heraufbeschworen, von tristen Straßen, heruntergekommenen Einzimmerwohnungen, die voller zum Trocknen aufgehängter Wäsche hingen, öffentlichen Suppenküchen und Bahngleisen. »Dort könnten wir landen«, wiederholte er immer wieder. »Nur Teer um uns, außer wir tun sofort etwas dagegen ... wir könnten ...« Am Ende lief es stets darauf hinaus, dass sie eine Frau war, die sich aushalten ließ ... eine finanzielle Belastung für die Familie.

Und nun war es wieder einmal soweit, das spürte sie deutlich.

Nachdem alle weg waren und sie Ruhe und Frieden hatte, trank Janey ihren Kaffee aus und schob den Augenblick so lange wie möglich hinaus, in dem sie in Melanies Zimmer hinaufging, die Vorhänge aufzog, es sich auf dem Teppich bequem machte und wieder in den Sachen ihrer Tochter wühlte. Sie war süchtig danach geworden … nach diesem Eintauchen in die Fantasiewelt ihrer Tochter. Dieses Rätsel musste Janey lösen, wenn sie nicht den Verstand verlieren wollte.

In den Schulaufsätzen ihrer Tochter, ihren Tagebucheinträgen und nicht abgeschickten Briefen an ihre Freundinnen las Janey wenig Gutes über sich selbst. Doch nach dem ersten Schock akzeptierte sie das, hatte sogar Verständnis dafür. Sie hatte begonnen, sich mit den Augen Melanies zu betrachten.

Mit den obszönen Zeichnungen hatte sie größere Schwierigkeiten. Janey musste gegen ihr Verlangen ankämpfen, sie nicht zusammenzuknüllen und wegzuwerfen. Vulgär waren sie und überließen nichts der Fantasie.

Sie war dabei, eine weit hinten unter Melanies Bett versteckte Schachtel mit Zetteln durchzusehen, als sie auf die Bleistift- und Federzeichnungen gestoßen war. Im Hintergrund hämmerte Heavy Metal, und Janeys Kaffee war kalt geworden, die Milch hatte bereits eine Haut gebildet. Überrascht stellte Janey fest, dass ihre Tochter ein gewisses Talent hatte, denn die Karikaturen waren von Leuten aus dem Dorf, und sie erkannte sie auf Anhieb alle wieder. Melanie hatte sie genauso gezeichnet, wie Janey sie an dem ersten Probenabend wahrgenommen hatte, an dem

Abend, an dem sie früher gegangen war, an dem sie so entsetzliche Angst gehabt hatte.

Hier war Mrs. Brierly, die Frau vom Dorfladen, wie sie sich splitternackt mit Jeffrey, dem Vikar, auf dem Friedhof vergnügte. Ihre Geschlechtsteile waren maßlos übertrieben dargestellt, nichts war der Fantasie des Betrachters überlassen worden, doch was Janey verblüffte, waren Jeffreys Augen, nicht seine Michelinmännchenbeulen und -ringe. Diese Augen waren schmale, düstere Schlitze, die Augen eines Außerirdischen.

Allein beim Durchblättern dieser Bilder fühlte Janey sich schmutzig wie ein Voyeur. Sie hatten etwas ausgesprochen Intimes, diese Handlungen, bei denen diese Leute gezeigt wurden. Ein wenig hatte sie das Gefühl, als würde sie da in etwas hineingezogen … nur, indem sie sich diese Zeichnungen ansah. Sie vergaß, dass sie von Melanie waren … ein boshaftes Spiel, um sich die Zeit zu vertreiben. Sie wurden zu einer Bedrohung, einer überlebensgroßen Bedrohung, und hatten nichts Humorvolles an sich.

Und hier war eine alte Hexe, knochig und zusammengeschrumpft zu kaum mehr als einem Skelett mit einer Warze auf der Nasenspitze und einem Buckel. Sie war Mrs. Henley so ähnlich, als wäre es ein Foto von ihr … andererseits, und das war eigenartig, glich ihr das Bild auch wieder überhaupt nicht. Doch Melanie hatte ihren Namen an das Blattende geschrieben, und Janey hatte diese schreckliche Hexengestalt sofort erkannt. Sie trieb es auf eine Weise, die Janey schon immer entsetzlich gefunden hatte, mit einem Ziegenbock … nein … es war kein Ziegenbock … es war Paul … oder jemand, der ihm sehr ähnlich sah. Er sah wesentlich älter aus. Ein grauhaariger Paul mit riesigen Ohren, Hörnern und einem Bart. Und diesen glückseligen Ausdruck auf seinem Gesicht hatte Janey oft bei ihm gesehen, wenn er es sich mit einem Bier im Pub gemütlich gemacht hatte, die Füße auf dem Gitter vor dem falschen Kaminfeuer aufgestützt.

Marian sah, abgesehen vom Gesicht, eher wie ein knorriger alter Baum aus als wie eine Frau. Das Gesicht war groß und rund wie ein Mond und hing bedrohlich strahlend über dem knochigen Skelett ihres Sohnes Lloyd. Janey musste den Blick abwenden, weil Marian unaussprechliche Dinge mit ihrem Sohn machte.

David war in einen Morgenmantel gehüllt, den er wie ein Schauspieler über dem Arm trug, während er mit seinen großen Füßen auf Zehenspitzen von Grab zu Grab stieg. Sein Penis war lang und dünn und reichte bis zu seinen Knien, wo er spitz wie eine Karotte auslief. Überhaupt war alles an ihm spitz. Er war ein Speer, ein zerstörerischer Speer, selbst die Tränen, die ihm über das ausgemergelte Gesicht strömten, sahen aus wie kleine Speerspitzen. Janey presste die Lippen aufeinander, um nicht laut aufzulachen. Melanie hatte ihn wunderbar getroffen!

Eine Karikatur von sich selbst fand Janey jedoch nicht. Sie wusste nicht, ob sie erleichtert oder traurig sein sollte. Nicht dass sie sich selbst so dargestellt sehen wollte, aber warum hatte Melanie sie verschont? Hatte Melanie Hemmungen, sich ihre Mutter in solchen Situationen vorzustellen? Warum war sie aus diesem satanischen Reigen ausgeschlossen? Diesem teuflischen Ritual auf dem Friedhof von Meadcombe? Und wo, so fragte sie sich, war Sonia?

Die Vorhänge bewegten sich und Janey fuhr hoch. Sie bemerkte, dass sie eine Gänsehaut bekommen hatte. Zeit, die Fenster zu schließen, sich anzuziehen und spazieren zu gehen. Ihre morgendlichen Spaziergänge brauchte sie wie ihre Stunden mit Melanie ... oder Melanies Geist. Es tat ihr gut, aus Meadcombe hinauszukommen, von den umliegenden Hügeln auf das Dorf hinunterzublicken und es aus der Distanz zu betrachten.

Die Nachbarskatze war wieder auf die Mauer gesprungen und von der Mauer auf das sonnige Plätzchen, das Melanies Fensterbrett für eine kurze Weile darstellte. Janey sah, wie ihr Schwanz die Vorhänge bewegte. Ein langer, grau-schwarz gestreifter Schwanz. Sie musste das Fenster schließen, bevor die Katze hereinkam und es sich, wie sie es manchmal tat, auf Melanies Bett gemütlich machte und einschlief.

Janey stand auf und trat in dem Augenblick ans Fenster, als die Katze in Melanies Zimmer glitt.

»Hinaus! Hinaus mit dir! Mach schon, gschsch!«

Aus dem Augenwinkel sah sie Sonias Auto auf dem Dorfplatz. Sie steckten also wieder zusammen. Überrascht, jemanden im Zimmer vorzufinden, zog die Katze den Schwanz ein und ließ ihr Mitbringsel auf der Wölbung zurück, wo sich unter der Tagesdecke das Kopfkissen befand.

»Lieber Gott, nicht wieder ein Maulwurf.«

Janey bückte sich, um nach dem Schwanz zu suchen. Sie konnte ein totes Tier nur am Schwanz anfassen. Das tote Fell oder Blut an den Fingern ertrug sie nicht. Überrascht entdeckte sie, dass es gar kein Maulwurf, sondern Melanies Handschuh war. Mit einer Figur darin, einer Figur aus Knete mit Melanies Frisur. Und im Herz ihrer Tochter steckte ein Pfahl.

Es schnürte ihr die Kehle zusammen, sie glaubte ersticken zu müssen. Ihr wurde schwindlig, das Schwindelgefühl krabbelte ihre Beine hoch. Lieber Gott, hilf mir! Jesus, hilf mir! Jesus! Jesus! Sie schlang die Arme um die Knie und wiegte sich.

Wer steckte dahinter? Wer war darin verwickelt? Der Vikar? Die Polizei? Alle »Einheimischen« aus dem Dorf? Denn auf Melanies Bildern waren keine »Zugereisten« wie sie. Nur Leute, die zur Dorfgemeinschaft dazugehörten ... die eingeschworene Gemeinschaft, deren Familien einander seit Generationen kannten. Jesus, hilf mir. David?

Sie hob die Figur auf und legte sie vorsichtig zu Melanies Bildern in die Schachtel. An diesem Nachmittag sollte die Polizei kommen. Es ging darum, noch ein paar Dinge zu klären. Die Polizisten hatten sie gefragt, ob sie Melanies Zimmer sehen konnten. Wollten sie es durchsuchen? Was würden sie denken, wenn sie auf diese Bilder stießen? Mit schlechtem Gewissen stopfte Janey die Zeichnungen in die Schachtel zurück und drückte sie an ihre Brust, um sie in ihrem Zimmer in Sicherheit zu bringen. Sie brachte es nicht übers Herz, sie wegzuwerfen. Mein Gott, die Karikaturen durften ihnen auf keinen Fall in die Hände fallen. Hatte Melanie nicht nur Davids dunkle Haare geerbt, sondern auch seinen labilen Charakter? Anscheinend ... sich so etwas auch nur vorzustellen, geschweige denn, es für die Nachwelt auf Papier festzuhalten!

Der Gedanke an den Handschuh ... an die Figur ... war unerträglich ... Darf nicht daran denken, einfach die Bilder in Sicherheit bringen, irgendwo verstecken, wo die Polizei nicht sucht …

In dem Handschuh hingen staubige Fichtennadeln. Auf dem Friedhof gab es Fichten, die Bilder waren auf dem Friedhof gezeichnet worden. Auf dem Friedhof fand dieser Satansreigen statt … sie waren alle dort … David, die Henleys, Grant, Jeffrey, die Spenders, Paul, die Laws, die Brierlys, die Bloggs und all die anderen … sie waren alle hier, in Melanies Schachtel … der Beweis für das, was sie wusste … sie durfte nicht daran denken, durfte es nicht …

Janey lief durch den Regen, mit erhobenem Gesicht, um sich von den Tropfen kühlen zu lassen. Während sie lief, dachte sie nach.

Immer hatte sie etwas zu tun gehabt, sich mit Arbeit zugedeckt. Zum ersten Mal in ihrem Leben hielt sie nun inne, um nachzudenken … und wohin hatte sie das gebracht! Vielleicht war es gefährlich für Frauen, innezuhalten und nachzudenken, für Frauen wie Janey ohne mathematischen, ohne logischen Verstand, ohne Interesse für die »wirklich wichtigen« Dinge wie Politik oder Religion. Wäre Melanie nicht verschwunden, hätte sie sich nie diese Zeit genommen … sie wäre umringt gewesen von Menschen, die sie genau davor bewahrt hätten – dem gefährlichen Akt des Nachdenkens.

Keuchend blieb sie stehen, und erst jetzt bemerkte sie, wie schnell sie gelaufen war. Normalerweise machte ihr körperliche Ertüchtigung keinen Spaß. Ihr Sport erschöpfte sich gewöhnlich darin, die Küche zu wischen und die Treppe zu saugen. Nun wurde ihr klar, was ihr gefehlt hatte.

Hier, in den Hügeln um Meadcombe, war sie sie selbst, so sie selbst, wie sie es ihr ganzes Leben nicht gewesen war. Jede Entscheidung darüber, welchen Weg sie einschlug, war ihre eigene ... niemand sagte ihr, wo sie abbiegen, welchen Weg sie nehmen sollte, ob sie auf diesen Hügel steigen sollte oder *musste*. Doch was hatte ihr diese neugefundene Freiheit gebracht? Was ging in ihrem Kopf vor?

Sie dachte über schwarze Magie nach ... das war es! Diese Worte ließen ihr, als sie sie sagte, als sie endlich laut ausgesprochen waren, das Blut in den Adern gefrieren. Unten im Dorf hätte das keinen Sinn ergeben, aber hier oben, im Buchenwald, war das anders. Alles fügte sich zusammen, und ihr wurde klar, dass da unten Dinge vor sich gingen, die sie nicht verstand. Es war nicht nur das eigenartige Verhalten Marians, oder das Sonias, oder Davids Unaufgeregtheit, was das Verschwinden seiner Tochter betraf. Es waren nicht nur die Bleistift- und Federzeichnungen, oder, schlimmer noch, die Melaniepuppe mit dem Pfahl im Herzen. Es war die ganze teuflische Atmosphäre. Es roch übel, es roch nach Fäulnis, nach schwarzer Magie ...

Und erst auf dem Weg hinunter ins Dorf, erst als sie glaubte, einen grünlichen Nebel aus dem Dorfplatz aufsteigen zu sehen, einen sich um den Peststein drehenden Wirbel, fiel Janey ein, dass an diesem Abend Halloween gefeiert wurde.

DREIZEHNTES KAPITEL

Jetzt, da Sonia die Wahrheit kannte, kam sie sich töricht vor. Es gab keinen Grund, Stanley nicht zu glauben. Was er sagte, klang durchaus glaubhaft.

»Aber warum hast du mir das nicht erzählt, als du von Melanies Verschwinden erfahren hast?«, wollte sie wissen.

»Ich wollte das Mädchen nicht in Schwierigkeiten bringen. Sie war nicht lange in meinem Auto ... vielleicht eine Viertelstunde. Aufgelöst, wie sie war, habe ich ihr eine Zigarette gegeben und ... jetzt fällt es mir wieder ein ... sie hat diese komischen Handschuhe ausgezogen, um sie zu rauchen. Dabei muss ihr einer hinuntergefallen sein. Was soll das überhaupt? Was denkst du denn ... dass ich über sie hergefallen bin? Jesus im Himmel, Sonia, sie ist doch noch ein Kind. Nur weil du mir gefällst, bedeutet das noch lange nicht, dass ich mich an Kindern vergreife! Wie du nur auf so eine Idee kommen konntest!«

»Aber was hast du auf dem Dorfplatz gemacht?«

»Mich beruhigt! Eine Pause eingelegt. Ich musste noch nach Liverpool fahren, vergiss das nicht. Und nach der Sache mit dir war ich ganz schön fertig.«

Gott, er war so widerlich! Erinnerte sie ständig an das, was er »die Sache« nannte. Sonia wandte den Kopf ab, damit er nicht sehen konnte, wie sie errötete. Hätte sie ihn nur früher nach Melanie gefragt. Direktheit zahlte sich eben immer aus. Wochenlang hatte sie gelitten, weil sie sich nicht so geradeheraus verhalten hatte, wie es sonst ihre Art war. Ihre Schuldgefühle hatten sie wohl davon abgehalten. »Hat Melanie etwas gesagt? Hat sie davon geredet, wohin sie gehen wollte?«

»Nein, nichts in der Art. Sagte nur, dass sie weg müsse. Hielt es nicht mehr aus in Meadcombe. Und ich muss sagen, ich kann die Kleine verstehen. Hatte nicht den Eindruck, dass sie der Meadcombe-Typ ist, die ist ganz schön weit für ihr Alter. Sagte, sie möchte was erleben. Ich hab ihr erzählt, das sei nicht alles. Na ja, nachdem jetzt klar ist, dass wir beide über dasselbe reden, können wir reinen Tisch machen. Es ist ja auch kein Geheimnis ... eine Nachbarin hat uns gesehen, die vom übernächsten Haus. Marian Law. Es wundert mich, dass sie dir nichts davon gesagt hat. Wie ein Geist hat sie hinter dem Vorhang gestanden und aus ihrem Schlafzimmerfenster gestarrt. Ich habe sie ganz deutlich im Rückspiegel gesehen.« Konnte er die Zigarette beim Reden nicht aus dem Mund nehmen? War es ihm denn völlig gleichgültig, wie er auf andere wirkte?

»Nein.« Sonia klopfte mit einem langen roten Fingernagel gegen ihre Nasenspitze. Sie musterte sich in dem Spiegel über dem marmornen Kaminsims. Ihr grünes Seidenkleid lag eng an. Wenn sie sprach, raschelte es und verlieh allem, was sie sagte, eine aufgeregte Note. »Nein, ich denke, es bringt nichts, etwas darüber zu sagen ... nicht zu diesem Zeitpunkt ...«

Marian hatte also Melanie gesehen. Marian hatte alles

gesehen und nichts gesagt. Was ihr eigenartiges Verhalten zum Teil erklärte. Doch was hatte sie um zwei Uhr morgens in Constances Schlafzimmer gemacht? Da müsste Constance bereits tot gewesen sein …

»Aber falls diese Information doch hilft …« Stanley verengte wegen des Rauchs die Augen zu schmalen Schlitzen.

»Nein! Das würde ihnen nicht weiterhelfen. Außerdem möchte ich nicht, dass Paul von unserem Gespräch an Dolans See erfährt … es könnte herauskommen, wenn du was sagst … er würde sich fragen, warum wir dort hingefahren sind.«

»Du bist spät nach Hause gekommen. Wo, glaubst du, denkt er, dass du warst? Im Weary Ploughman?«

»Ja. Die halten sich öfter nicht an die Sperrstunde. Am besten ist es, wenn er denkt, wir wären im Weary Ploughman geblieben, um zu reden.« Sonia wurde nur ungern an ihr Verhalten in jener Nacht mit Stanley erinnert … aber es hatte sich zum Guten gewendet. Das Geschäft lief wieder, und sie hatten eine wichtige Lektion gelernt. Sie liebte Paul. Liebte ihn wirklich. Doch sie war sich nicht sicher, wie es um ihre Gefühle bestellt wäre, wenn er Pleite gegangen wäre. Sie musste zu einem Mann aufblicken können … Versager fand sie abstoßend.

Lange weiße Haare wurden sichtbar, als seine diamantenbesetzte Krawattennadel verrutschte. Stanley war zwar widerlich, aber mit Sicherheit kein Versager. Wenn er aufstand, würde er Schweißabdrücke auf dem schweren braunen Ledersofa zurücklassen. Er war so ekelhaft und vulgär … und etwas an Stanleys Vulgarität machte sie an … sie verbot es sich weiterzudenken.

»Hast du noch Scotch?«

»Ach es tut mir Leid, Stanley, dein leeres Glas habe ich gar nicht bemerkt.« Als sie sich über ihn beugte, um sein Glas zu holen und seiner Aufforderung nachzukommen, roch sie es wieder, den Geruch von Seetang. Es war der Geruch eines alten Mannes.

»Ich hätte dir das Geld so oder so gegeben, weißt du.« Er hob den fleischigen Arm und legte ihn auf die Rücklehne des Sofas. Sie konnte die gelblichen Haarkringel in seiner Achselhöhle sehen.

Ihr Geheimnis, die gemeinsam verbrachte Zeit an Dolans See, genoss er in vollen Zügen. Jetzt, da er sich sicher wähnte, würde er Gebrauch davon machen. Daran hegte sie keinen Zweifel. Stanley war gerissen ... sie hätte wissen müssen, dass er ihr das Geld ohnehin gegeben hätte. Das lag in seinem Interesse. Manchmal setzt er *Hanaford Galleries* steuerlich für Verlustabschreibungen ein. Aber er war nicht der Einzige, der von diesem Geheimnis Gebrauch machte. Auch Sonia benutzte es in ihren sexuellen Fantasien, wenn sie mit Paul schlief. So sehr sie diese Vulgarität abstieß, so sehr zog sie sie auch an ...

»Ach Paul! Gut siehst du aus!« Vorhang auf für den sauberen, anständigen Paul. Im Smoking entsprach er dem Traum jedes Werbemenschen, mit diesem kantigen Kinn, den hellen blauen Augen und der Restbräune aus Griechenland, die ihm diesen sportlichen Touch gab. Andererseits konnte er, selbst in dieser Aufmachung, seine gewöhnliche Herkunft nicht verbergen. Irgendetwas, das sie nicht benennen konnte, verriet, aus welchem Stall er kam. War es die Art, wie er dastand, dieser spürbare Mangel an

Selbstvertrauen? Wie er sich bewegte … er war immer so langsam? Er war ein Mensch, der lange nachdenken musste, bevor er sprach. Stanley war genauso, bis zu einem bestimmten Grad. Alle hier waren so, die »Eingeborenen«, alle hatten diese düstere Meadcombenote. Paul würde sich wahrscheinlich sofort von ihr scheiden lassen, erführe er, auf welchen Abwegen sie war.

»Todschick«, sagte Stanley zu Paul. »Ich werde mich umziehen müssen, wenn wir diese hübsche junge Dame heute Abend ausführen wollen.«

»Wie schade, dass Beryl nicht kommen konnte.« Nachdem sie ihren Verdacht los war, entspannte sich Sonia. Wie verrückt sie sich gemacht hatte … wenn sie jemand mit diesem Handschuh gesehen hätte … wie eine Figur aus einer der Geschichten in den alten *Girls own*, den Mädchenzeitschriften, die sie früher gesammelt hatte!

»Beryl konnte mit Opern noch nie etwas anfangen«, meinte Stanley, während er in die Jacke schlüpfte und sie zuknöpfte, wobei er die verstreute Asche wegwischte, als handle es sich um Beryl.

»Mich wundert, dass du …«, setzte Sonia an.

»Du würdest dich wundern, was mir alles gefällt«, fiel er ihr ins Wort, während er die Ärmel seiner Jacke nach unten zog. Der Samtkragen war, wie Sonia angewidert feststellte, von Schuppen übersät. Aber im Anzug sah er mit seinen silbergrauen Haaren und dem Schnurrbart einigermaßen passabel aus … für einen Cowboy zumindest. Oper fürs Volk, aus der Großstadt importiert, subventioniert, für die neue Stadt. Aber es gingen immer dieselben wenigen Leute hin. Und als er sie am Arm nahm, um sie hinauszubegleiten – denn Paul war vorausgegangen, um das Auto zu holen – spürte sie wieder diesen angenehmen Schauder, der sie so irritierte. Nach all diesen Jahren ständigen Kampfes war etwas zwischen ihnen entstanden, gab es da einen Hunger, der gestillt werden wollte …

Ihre Freundin Janey benahm sich in letzter Zeit extrem merkwürdig. Marian grübelte darüber nach, während sie in ihrem Hochschrank nach der Tüte mit den Süßigkeiten suchte. An diesem Abend kamen die Kinder aus dem Dorf … da musste sie etwas da haben … schließlich war Halloween. Früher hatten sie nie Halloween gefeiert, als ihre Kinder klein waren. Da hatte man sich darauf beschränkt, ein großes Herbstfeuer anzuzünden. Halloween, überlegte Marian, war eine amerikanische Tradition, die von den Geschäftsleuten nach Großbritannien gebracht worden war, um den Konsum zu steigern. Inzwischen stieß man in jedem Geschäft auf Halloween-Zubehör … spitze Zaubererhüte, Gummispinnen, Skelette und Lakritze … wieso ausgerechnet Lakritze, fragte sie sich. Und beantwortete sich die Frage selbst: Weil Lakritze schwarz war. In diesem Augenblick fühlte sie die Tüte, die sie gesucht hatte. Ihr Arm war schon ganz steif, als sie ihn wieder herauszog. Es war ihr erstes Halloween ohne Roger.

Marian hatte es satt, Janey einzuladen. Seit wann war das so? Sie konnte es nicht mehr genau sagen. Früher hatte sie Janey nie einladen müssen. Vor Melanies Verschwinden hatte Janey sich einfach selbst eingeladen … war ständig vorbeigekommen, ob es Marian gerade passte oder nicht.

Sie hatte auch keine Lust mehr, sie anzurufen. Ans Telefon ging Janey ohnehin nie, selbst wenn sie zu Hause war. Dabei berücksichtigte Marian allerdings nicht, dass sie es immer nur so kurz läuten ließ, dass niemand so schnell abheben konnte. Janey hätte schon daneben stehen müssen, um das Telefonat entgegenzunehmen. Marian versuchte sich damit zu beruhigen, dass irgendwann jede Beziehung zu Ende ging. Doch sie fühlte sich dabei nicht wohl. Janey musste inzwischen verzweifelt sein, nachdem Melanie schon so lange spurlos verschwunden war. Erst diesen Nachmittag hatte Marian die Polizei in Janeys Haus gehen sehen. Sie war über eine Stunde geblieben. Sicher wurde auch die Polizei langsam nervös. Schließlich war Melanie erst vierzehn.

Aber Marian sah sich in einer schwierigen Lage ... bei dem, was sie wusste und nicht sagen durfte.

Erst vorgestern waren sie sich im Dorfladen über den Weg gelaufen. Es war eine sehr unangenehme Situation gewesen, keine von ihnen hatte gewusst, was sie sagen sollte. Janey hatte ganz angespannt gewirkt.

»Du warst gestern Abend nicht bei der Probe!«

Janey hatte tief in der Gefriertruhe herumgewühlt und zu Mrs. Brierlys Verärgerung alles durcheinander gebracht.

»Ich kann meinen Text«, sagte sie. »Und ich weiß, wann ich dran bin.«

»Aber du hast eine große Rolle.«

Mit krebsrotem Gesicht und in allen Richtungen wegstehenden Haaren, als käme sie gerade aus der Sauna, tauchte Janey wieder aus der Gefriertruhe auf. Marian dachte, dass Janey bestimmt ein paar ihrer Haarspangen in der Tiefkühltruhe verloren hatte.

»Ja, aber ich muss nicht ständig proben.«

Marian blieb hartnäckig. »Warum kommst du nicht zu mir rein auf eine Tasse Kaffee?«

»Du hast bestimmt zu tun, musst mit Sonia proben.«

Marian hatte gelacht. »Wir müssen ja nicht proben. Komm schon … es ist eine Ewigkeit her, seit wir uns das letzte Mal unterhalten haben. Ich ruf dich ständig an, doch du bist nie zu Haus.«

»Ach? Ich habe es nicht läuten hören!«

»Dann muss etwas mit deinem Telefon nicht stimmen, denn ich habe jeden Tag angerufen.« Aber es hatte nur vier Mal geläutet.

»Du bist nie vorbeigekommen.«

»Ich komm nicht gerne einfach so vorbei … ohne zuvor angerufen zu haben.« Anders als du, doch das behielt Marian für sich. Sie merkte, dass Janey immer gereizter wurde. Was war los mit ihr? Warum war sie so aufgebracht? Irgendetwas hielt sie davon ab, sie zu besuchen. Und Janey schien der Meinung zu sein, Marian kenne den Grund. Aber was um Himmels willen war das?

Ohne es zu bemerken, war Marian entspannter geworden, hatte ihre Schuldgefühle wegen Constance abgelegt. Schließlich hatte sie keinen Mord begangen, das war Euthanasie gewesen. Viele würden verstehen und gutheißen, was sie getan hatte. Ihre Schuldgefühle, hatte sie erkannt, hingen damit zusammen, dass sie Constance nie gemocht hatte, ihr nie den friedlichen Lebensabend hatte bieten können, den sie ihr hatte bieten wollen. Sie hatte sich schuldig gefühlt, weil sie ihr im Leben nicht gerecht geworden war, und nicht, weil sie sie sterben hatte lassen.

Und Melanie? Marian versuchte nicht an Melanie zu denken.

In letzter Zeit war sie wirklich etwas abweisend gewesen. Schließlich hatte sie gerade einen Todesfall in der Familie zu beklagen gehabt.

Nein. Janey war eifersüchtig auf ihre Freundschaft mit Sonia, und das war etwas, was Janey überwinden musste. Zumindest heulte Sonia nicht ständig herum und zerfloss vor Selbstmitleid. Sie brachte sie sogar zum Lachen. Und Marian arbeitete gern mit Sonia an ihrer Rolle. Das war unterhaltsam, lenkte sie ab von ihren Problemen und half ihr, wenigstens für kurze Zeit nicht an Roger zu denken. Sie hatten Janey nicht absichtlich ausgeschlossen. Und wenn Janey dies glaubte, dann war das allein ihr Problem.

Das zufällige Aufeinandertreffen im Dorfladen hatte bei beiden einen bitteren Nachgeschmack hinterlassen.

»Du weißt ja, wo du mich finden kannst, Janey. Schau vorbei ... jederzeit.«

»Ich hab im Augenblick viel zu tun, Marian, danke.« Und ohne etwas zu kaufen, war Janey aus dem Laden marschiert und hatte eine gekränkte Marian zurückgelassen. Selbst Mrs. Brierly war dies nicht entgangen.

Seitdem hatte Marian sie nicht mehr gesehen, geschweige denn, mit ihr gesprochen. Hätte sie es nicht besser gewusst, hätte sie vielleicht den Verdacht geschöpft, Janey gehe ihr absichtlich aus dem Weg.

»Was Süßes, sonst gibt's Saures!«

Überall war dieses Jahr vor Halloween gewarnt worden. Priester, Leute aus der Kirche, die sich mit solchen Dingen auskannten, hatten vor dem Okkulten gewarnt. Der Satanismus hatte Zulauf, das war eine Tatsache. Kinder wurden geopfert … das Böse lauerte da draußen.

Kinder im Dunkel am Straßenrand. Das Licht ihrer Taschenlampen drang durch die Windschutzscheiben der Hanafords, und Sonia zuckte zusammen. Das Auto hatte gerade die Ausfahrt verlassen und bog nun langsam um die Kurve, bevor es beschleunigte. Sonia war meilenweit weg, tief in ihrem Rücksitz und in ihre Gedanken versunken. Wenn Marian in der Nacht gewusst hatte, dass Constance tot war, warum hatte sie nicht sofort die Polizei oder den Arzt verständigt? Und warum behielt sie für sich, dass sie Melanie gesehen hatte? Das war so untypisch für sie.

»Was meint ihr damit, Süßes, sonst gibt's Saures?«

Diese Frage verblüffte die Kinder. Paul ließ das Seitenfenster heruntergleiten und steckte den Kopf hinaus.

»Süßes, sonst gibt's Saures«, nahm sich der Mutigste von ihnen ein Herz und zupfte seinen Pythonschal und seine Monstermaske zurecht, »das bedeutet, dass Sie uns entweder etwas geben oder wir sehr unangenehm werden …«

»Natürlich weiß ich, was das bedeutet«, entgegnete Paul lächelnd und kramte in seiner Jackeninnentasche. »Aber ist es eigentlich nicht unfair, Autos aufzuhalten? Es ist doch eher unwahrscheinlich, dass wir hier Süßigkeiten dabei haben?«

»Aber Sie haben Geld, Mister Hanaford.«

»Da habt ihr was.« Er reichte ihnen ein paar Pfundnoten. »Und haltet euch fern von der Straße. Sonst passiert noch ein Unfall. Bleibt im Dorf und treibt euch nicht außerhalb herum.«

Und Sonia, die gar nicht daran gedacht hatte, dass heute Halloween war, wünschte sich plötzlich, ihre eigenen Kinder wären hier, liefen mit dieser frechen Bande herum, statt hundert Meilen entfernt im Internat zu sein und zu büffeln oder im Chor zu singen. Entging ihnen nicht etwas Wichtiges dadurch, dass sie neun Zehntel des Jahres von zu Hause weg waren? Darüber hatte sie bisher nie wirklich nachgedacht.

»Süßes, sonst gibt's Saures!«

Marian erwartete die Kinder bereits, stand in Socken an der Tür, und das Licht aus der Küche fiel auf die Kinder vor ihr. Überrascht merkte sie, dass das Licht sie störte. Ihre Füße fühlten sich so breit an und ihr Gesicht grau. Sie hielt ihnen die große Tüte voller Bonbons und Lutscher entgegen, als handle es sich dabei um einen Köder. Sie behandelten sie mit dem Respekt, den sie sich für die Mütter älterer Kinder aufhoben ... für Leute, die sie nicht so gut kannten ... für alte Frauen ...

»Ich hoffe, sie schmecken euch«, sagte sie.

Hilflos versuchte sie, mit ihnen zu scherzen, sich daran zu erinnern, wie sie mit Sally und Lloyd gesprochen hatte, als sie in diesem Alter waren. Doch sie hatte es vergessen.

Ein kleines, langbeiniges Mädchen hatte einen Walkman auf, und seine leeren Augen schienen nichts wahrzunehmen außer dem Lärm in seinem Kopf. Ein anderes, das Kaugummi kaute, wirkte konzentriert und nachdenklich. Marian fragte sich, ob die Kinder den Schnee noch so liebten, wie sie es einst getan hatte. Nachdem sie die Tür geschlossen hatte, blieb sie noch eine Weile stehen und lauschte, wie die Kinder ihre Beute auf ihre Tescotaschen verteilten.

»Eins für dich und eins für mich …«

Die kleinen Jungs waren heutzutage immer so ordentlich frisiert, schoss es Marian Law durch den Kopf, als sie zurück zu ihrem Fernsehgerät ging.

»Süßes, sonst gibt's Saures!« Janey glaubte den Warnungen.

Janey hätte die Tür nicht aufgemacht, doch Daniel, erpicht darauf zu demonstrieren, dass er für so kindisches Zeug schon zu alt war, schlurfte, Hände in den Taschen, zur Tür.

Justin war bereits früher losgezogen und nun bestimmt bei einem Freund, um sich über die Beute herzumachen. Justin hatte viele Freunde, er war nicht so schwierig wie Melanie.

David war noch nicht zurück. Es fiel Janey kaum auf, wenn er fort war. Er kam häufig spät nach Hause, und heute war sein Akupressurabend bei Mrs. Mason. Vielleicht sah er auch noch bei seinem Psychologen vorbei.

»Mum! Mum!« Janey reagierte auf diese universale Aufforderung, wo immer sie war, stellte sich bedingungslos zur Verfügung … ob sie nun die Straße hinunterlief … im Supermarkt war … beim Friseur hatte sie den heißen Kopf schon einmal aus der Trockenhaube hervorgestreckt, weil sie sich versehentlich davon angesprochen fühlte.

»Mum! Haben wir etwas für die Meute da?«

Janey holte tief Luft und antwortete ruhig: »Ich glaub, ich finde was, Daniel.«

Sie schob ihren Stuhl vom Tisch zurück und stakste wie eine Marionette zum Kühlschrank. Es schauderte sie, als sie die Schüssel herausnahm und auf das Sideboard stellte. Die Leber rutschte halb aus dem Papier heraus, dunkelrot wie Blut. Merkwürdig, dass sie nach Veilchen roch. Janey holte eine fröhlich-bunt bedruckte Papiertüte und warf die Leber hinein. Die Tüte war in Sekundenschnelle durchgeweicht.

»Mum! Komm schon!«, rief Daniel ungeduldig.

»Süßes, sonst gibt's Saures«, wiederholte der Mutigste der Kindergruppe, als er die Hausherrin erspähte. Zwei heliumgefüllte Luftballons mit dem Aufdruck eines Teufelsantlitzes schwebten über ihren Köpfen und schienen sich einen knappen Meter über diesem seltsamen Szenario zu unterhalten.

»Das ist für euch«, sagte Janey feierlich und drückte dem Anführer die bluttriefende Tasche in die Hand. Sie schloss die Tür und überließ die kleine Gruppe dem gelben Schein der Haustürlampe.

VIERZEHNTES KAPITEL

Etwas geschieht, wir schlagen die Augen auf und stellen fest, dass wir uns selbst eigentlich kaum kennen. Man könnte glauben, ich hätte eine Vorliebe für Braun.

Ich bin ein belesener Mann und lebe allein in einer schönen Wohnung auf dem Universitätscampus. Vor kurzer Zeit, da trat ich einen Schritt zurück und sah plötzlich, dass ich mich unbewusst im Laufe der Jahre mit Braun umgeben hatte. Bequeme braune Ledersessel … die mittlerweile Freunde geworden sind mit ihren Falten und Rissen in den vertrauten Gesichtern. Ein Mahagonischreibtisch mit dem Schreibutensilienhalter aus Messing und Elfenbein. Und reihenweise Bücher mit braunen Rücken, auf dem Boden braune Teppiche. Ich zog den braunen Samtvorhang zu, während ich dastand in meinem braunen Morgenrock. Und wenn ich mit meinen Freunden zusammensitze und wir uns einen schönen Abend machen, rauchen wir braune Zigarren und trinken goldbraunen Brandy.

Verhalten. Weil ich alleine lebe, kann ich mich ganz meinen Gedanken hingeben, manchmal erwische ich mich dabei, wie ich merkwürdige Dinge tue … den Topf mit dem Braten in den Kühlschrank stelle … an die Tür gehe, um die Milch zu holen, und ohne sie zurückkomme. Andere würden sagen, ich sei geistesabwesend. Sie irren sich. Ich bin nicht abwesend von meinem Geist, ich bin in meinem Geist.

Sie hatte angefangen, merkwürdige Dinge zu tun. Es befriedigte sie nicht mehr, dem schmutzigen Wasser dabei zuzusehen, wie es in der Waschmaschine zwischen der Buntwäsche herumgeschlagen wurde. Mürrisch verfolgte Janey das Geschehen durch das runde Fenster und fühlte sich dabei wie eine Gefangene im eigenen Haus. Es juckte sie am Kopf. Sie saß da, sah der Waschmaschine zu und kratzte sich. In letzter Zeit machte sie sich nicht mehr die Mühe, sich anzuziehen. Sie hatte aufgehört, spazieren zu gehen. Aus Angst. Alle waren gegen sie. Sie hatten einen Pakt mit dem Teufel geschlossen, und sie war allein.

Was hatten sie mit Melanie gemacht?

Für Janey war jetzt nur noch wichtig, früh aufzustehen. Warum, wusste sie nicht. Doch die Zeit zwischen Schlaf und Wachsein war voller bedrohlicher Albträume. Es war kalt draußen. Sie saß in ihrer Küche und sah der Waschmaschine zu. Durch den Türspalt zog es so stark, dass die Blätter des Wandkalenders in einem fort raschelten. Janey konnte die Krähen auf den Ulmen des Friedhofs hören.

Einmal hatte Janey Isobelle zu der noch exzentrischeren Constance mitgenommen. Sie waren gut miteinander zurechtgekommen, diese beiden Frauen, die sich beide, jede auf ihre Art, aus dem Leben zurückgezogen hatten. Keine von ihnen war auch nur im Geringsten auf die andere eingegangen, und doch hatten sie einander verstanden. Irgendwie beneidete Janey sie darum.

Offenbar hatte die Chemie zwischen den beiden alten Frauen gestimmt, weil die beiden füreinander keine Bedrohung dargestellt hatten, dachte Janey. Constance mit ihrem wirren weißen Haar hatte sich bei der Begegnung mit Isobelle normaler verhalten als sonst. Und Isobelle hatte die kranke Frau überraschend liebevoll behandelt. Janey hingegen fühlte sich von allen bedroht ... selbst vor ihren Kindern hatte sie manchmal Angst. Daher zog sie sich immer mehr zurück.

Nur von einem Ort wie Meadcombe konnte diese Wirkung ausgehen.

Im Sommer kamen Touristen, um zu fotografieren. Selbst Postkarten gab es von Meadcombe. Idyllisch, hieß es in den Reiseführern. Ein unberührtes Stück Old England.

In Meadcombe gab es unzählige dieser hohen Steinmauern, die zwar später betoniert worden, also nicht mehr im Original erhalten, aber dieselben hohen Mauern mit den dekorativen dreieckigen Steinen in der oberen Reihe geblieben waren. Von wuchernden, blühenden Pflanzen überzogen, ragten die Mauern aus kleinen grünen Garteninseln heraus, versteckten und schützten sie, verbargen sie vor fremden Blicken. Vielleicht bestand der Grund für die Mauern darin, dass man in einem Dorf so wenig geheim halten konnte. Jeder wusste über den anderen Bescheid und interessierte sich brennend für dessen Angelegenheiten. Wahrscheinlich lag das daran, dass es früher weder Radio noch Fernseher gegeben hatte. Ohne diese modernen Zerstreuungsmöglichkeiten brauchten die Leute etwas, um ihre entsetzliche Langeweile zu lindern. Wenn diese

Theorie zuträfe, hätten die Einwohner von Meadcombe inzwischen ihre Neugierde auf die anderen Dorfbewohner verloren haben müssen. Hatten sie aber nicht. Ganz im Gegenteil: Sie teilten eine morbide Freude am Unglück der anderen … anders als Stadtmenschen, die Besseres zu tun hatten, als sich am Leid ihrer Mitmenschen zu ergötzen.

Die Bewohner der Cottages am Dorfplatz waren den neugierigen Blicken wie auf einem Tablett ausgeliefert. Jeder konnte sehen, wann sie aufstanden, welche Wäsche sie zum Trocknen raushängten, wer sie besuchte und – an dem blauen Flimmern des Fernsehapparats – welches Programm sie sich gerade ansahen. Und es gab Leute in Meadcombe, die sich für all das interessierten.

Aus dem kleinsten Detail konnten sich die Meadcomber alles zusammenreimen. Eine hingeworfene Bemerkung im Weary Ploughman reichte aus, um Gerüchte in Umlauf zu setzen und über Nacht einen guten Ruf zu ruinieren. Kein Wunder, dass Sonia nervös, kein Wunder, dass Marian gereizt war. Es fiel einem nicht schwer, sich vorzustellen, dass die Wände und Decken in Meadcombe Augen und Ohren hatten. Jeden, der hier lebte, plagte die leise Furcht, eines seiner Geheimnisse könnte eines Tages ans Licht gezerrt und im Dorf verbreitet werden. Weshalb die Leute hier verschwiegen und argwöhnisch waren. Janey, die sich eingeschüchtert fühlte wegen der vielen neugierigen Blicke, zog es inzwischen vor, bei Morgengrauen aufzustehen, wenn die anderen noch schliefen.

Am vorangegangenen Abend hatte David völlig unvermittelt erklärt: »Anscheinend bin ich unfähig, über eine gewisse Zeit hinweg konstant glücklich zu sein.«

Aufgerichtet in seinem Bett saß er und redete, während er darauf wartete, dass seine Pillen ihre Wirkung zeigten, endlos über sich selbst, blind für die seelische Verfassung seiner Frau, ungerührt vom Verschwinden seiner Tochter. Doch dieses Mal sprach Janey ihm keinen Mut zu. Sie wünschte, Melanies Karikaturen nie gefunden zu haben, denn sie sah ihn ständig so, wie sie ihn gezeichnet hatte – mit riesigen Glubschaugen, wild zu Berge stehenden Haaren, als Teufel …

Müde hörte sie zu, wie er zu Selbstangriffen überzugehen begann. Spätestens an der Stelle hätte sie ihm widersprechen müssen. Aber sie schwieg. Auf seinem Morgenrock entdeckte sie Grasflecken, er war nachts wieder unterwegs gewesen. Das hatte er schon immer gerne gemacht. Auf dem klatschnassen Gras draußen im Garten wie ein Verrückter zwischen den Johannisbeerbüschen hin- und herzurennen und dabei über das Leben nachzugrübeln. War er überhaupt im Garten gewesen? Hätte er nicht genauso gut auf dem Friedhof gewesen sein können? Was hatte er noch alles getrieben? Mit wem hatte er sich getroffen?

Zaghaft begann sie, das heikle Thema anzusprechen. »David, wo, glaubst du, ist sie jetzt?«

Er veränderte seine Position, wobei er sie mit seinem rechten kalten Fuß stieß. Ihr war nicht entgangen, dass er sie beinahe gefragt hätte: »Wer?« und sich gerade noch rechtzeitig zurückgehalten hatte.

»Woher soll ich das wissen? Wie ich Melanie kenne, ist sie nach London gefahren. Bestimmt geht es ihr gut ... sie hat sicher einen Platz zum Schlafen gefunden, hat Geld, einen Job in einem Café in der Küche ... Sie kommt gut allein zurecht, anders als ...«

Schnell unterbrach sie ihn, bevor er das Gespräch wieder auf sich lenkte. »Du glaubst also nicht, dass sie tot ist?« Mit den Fingern die ordentlichen Nähte der Patchworkdecke nachfahrend, wartete Janey angespannt auf seine Antwort. David wusste, was mit Melanie los war. Er würde nicht behaupten, sie sei noch am Leben, wenn dies nicht zutraf.

»Tot? Nein! Warum sollte sie tot sein? Die kommt zurück, wenn sie genug erlebt hat.« Als er diese Vorstellung äußerte, klang seine Stimme so, als freue er sich nicht gerade darüber. Andererseits machte ihm zur Zeit kaum etwas Freude. »Du machst dir zu viel Sorgen wegen ihr. Das hast du schon immer getan.«

Das stimmt, dachte Janey. David hatte sich durch die Kinder immer nur gestört gefühlt. Aber wie konnte er bloß so ruhig sein? Er musste irgendetwas wissen ...

»Immer nimmst du gleich das Schlimmste an«, bemerkte er gereizt. »Das ist doch sonst nicht deine Art.«

»Und warum ruft sie dann nicht an?«

»Wann hat Melanie denn jemals Rücksicht auf die Gefühle anderer genommen?« In einem Anflug von Wut wandte sich David zu ihr um. »Du vergisst, wie sie wirklich war! Weil sie verschwunden ist, fantasierst du dir sie zurecht ... als ob sie tot wäre! Du musst damit aufhören, Janey! Du bringst dich an den Rand des Wahnsinns, wenn du dich wegen Melanie so fertig machst!«

Ausgerechnet er wollte ihr mit Wahnsinn drohen!

»Mir ist das alles zu viel.« Er rieb sich über sein stoppeliges Kinn. »Ich halt es nicht mehr aus, Janey, ich halte es einfach nicht mehr aus!« Er fing an zu schluchzen und warf sich an ihre Brust. Sie schubste ihn weg und stand auf.

»Wohin gehst du?«

»Ich schlafe in Melanies Zimmer.«

»Janey, du hast dich so verändert …« Seine jammernde Stimme verlor sich hinter ihr auf dem Gang. Was für eine Angst er haben musste, allein, ohne sie, die ihm immer Beistand leistete. Er musste Angst haben. Und sie machte sich selbst Angst mit dem, was sie dachte. War der depressive David Teil eines geheimen und finsteren Kults? War er ein Mann, der seine eigene Tochter für diesen Kult opfern würde? David … David, den sie beinahe zwanzig Jahre kannte. Aber er war so entsetzlich labil und schwach. Und welchen Menschen kannte man schon so gut, um so etwas ausschließen zu können?

Das letzte Mal, als sie ihn weggebracht hatten, war er ein Fremder für sie gewesen. Alles an ihm, sogar sein Geruch, war ihr inzwischen fremd geworden. Er war dazu übergegangen, sich in glänzende schwarze Anzüge zu kleiden, die er schamhaft in Billigläden kaufte. Er ernährte sich ausschließlich von Dosentomaten mit Pfeffer und trank in Flaschen abgefülltes Wasser. Seine Mahlzeiten bereitete er sich selbst zu. Er weigerte sich, sie Janey zu rufen … er nannte sie »Heather«, denn er glaubte, das sei ihr wirklicher Name. »Und das solltest auch du inzwischen begriffen haben«, hatte er sie angebrüllt. Wenn ein Mann sich plötzlich so verhielt, dann war er zu allem fähig.

Damals hatte es Momente gegeben, da hatte sie sich vor ihm gefürchtet. Und sie hatte auch Angst um die Kinder gehabt. Doch bestand damals ein gewisser Trost darin, dass sie jederzeit bei Marian vorbeischauen konnte. Das hatte Janey sehr geholfen. Sie hatte Stunden bei ihrer Nachbarin verbracht und sich über das Unglück, das Davids bevorstehender Zusammenbruch bedeutete, ausgelassen … nein, die Ärzte meinten, bisher habe er noch keinen richtigen Zusammenbruch gehabt. David hatte versagt, selbst hierin hatte er versagt.

Marian hatte ihr geholfen, ihn ins Krankenhaus zu bringen. Sogar Janey hatte sich, wenn auch widerstrebend, eingestehen müssen, dass er nun zu krank war, um zu Hause zu bleiben. Er war zu weit gegangen. Sie war wütend auf ihn. Sie hatte gedacht, es gäbe ein stillschweigendes Übereinkommen zwischen ihnen, wie weit er gehen durfte, wie manisch er werden durfte.

Sie vertraute sich Marian an. Sie vertraute sich Sonia an. Sie vertraute sich Nancy Blogg und Grant Fitch an. Sie vertraute sich jedem Menschen an, der sich die Zeit nahm, sich nach David zu erkundigen, bis die Leute aus dem Dorf am Ende genug von Janeys Klagen hatten und ihr aus dem Weg gingen, wenn sie sie im Laden oder auf dem Dorfplatz erblickten. Die Sache wurde unbefriedigend. Nichts daran war mehr geheim. Nichts spannend. Alle wussten Bescheid.

Doch Janey begriff es nicht. Im Nachhinein begann sie das Desinteresse der Dorfbewohner, das beinahe an Grobheit gegrenzt hatte, ganz anders zu interpretieren.

Ja, sie hatten sich schon damals alle gegen sie verschworen … genau wie im Moment. Niemand interessierte sich ernsthaft für Melanies Verschwinden. Noch immer wichen ihr die Menschen aus, wenn sie sie sahen, da war sie sich sicher. Nur wenige fragten sie noch, ob es etwas Neues gäbe … warum sollten sie auch? *Sie wussten ja alle, wo Melanie war.*

Doch einen Menschen gab es, zu dem sie gehen konnte, schoss es ihr an diesem frostigen Novembermorgen durch den Kopf, während sie vor der laufenden Waschmaschine saß und darauf wartete, dass der Tag anbrach. Einen Menschen gab es, dem sie vertraute und der nicht in Meadcombe lebte, von dem kein Bild in Melanies entsetzlicher Mappe auftauchte und bei dem man sicher sein konnte, dass er ehrlich war – ehrlich bis zur Grausamkeit. Das war Isobelle.

Eine ungeheure Erregung erfasste Janey. Das Gesicht ihrer Mutter schwebte vor ihr wie ein Ballon. Sie drückte die Spülmittelflasche so fest, dass sie zersprang. Ohne hinzusehen, knüllte sie sie zusammen und warf sie in den Abfall. Janey beschloss, noch an diesem Tag in die Neustadt zu fahren. Sie würde zu dem braunen Häuschen ihrer Mutter gehen, das genauso aussah wie die anderen Häuser in den anderen Straßen dort, und ihr von ihrem Verdacht erzählen. Und von Sonia und Marian, wie abweisend sie waren … über Davids unnatürliche Reaktion, das düstere Theaterstück, Melanies Karikaturen und die entsetzliche Puppe. Sie würde sie fragen: »Sag mir, dass ich mir das bloß einbilde! Reiß mich aus diesem Albtraum, bitte, bevor ich verrückt werde.« Und Isobelle würde, schonungslos offen, wie sie nun mal war, ihre Tochter von ihren Gedanken befreien. Würde es ihr möglich machen, wieder zu Marian zu gehen, sodass sie mit Melanies Verschwinden leben konnte. Würde ihr helfen wie eine richtige Mutter.

Später an diesem Vormittag wartete sie darauf, dass der Bus vorfuhr, bevor sie das Haus verließ, denn sie war sich sicher, wieder beobachtet zu werden. Wie eine Katze huschte sie aus ihrem Versteck hervor, eilte zur Haltestelle und kletterte die Stufen in den Bus hinauf. Auf ihrem Weg kam sie an einem Büschel welken Grases vorbei, das einsam zwischen zwei Pflastersteinen hervorlugte und sie derart aus der Fassung brachte, dass sie beinahe stehen geblieben wäre und es ausgezupft hätte. Doch sie zwang sich, weiterzulaufen. Sie zuckte zusammen, als sich hinter ihr die Türen pfeifend schlossen. Sie fühlte sich gefangen und fremd.

Mehrere Bekannte nickten ihr höflich zu, bevor sie den Vorhang herunterließen und sich abwandten. Janey hielt den Kopf gesenkt und versuchte, sie zu ignorieren. Um alle zu irritieren, hatte sie sich eine Fahrkarte ins Stadtzentrum gekauft, was einen relativ langen Marsch zurück nach Hunters' Close bedeutete, wo ihre Mutter lebte. Niemand sollte herausfinden, wohin sie wollte! Sie hatte eine riesige Einkaufstasche bei sich, um den Eindruck zu erwecken, sie wolle in den Supermarkt.

Es brannte ihr im Nacken, als Meadcombe hinter ihr zurückblieb, als bohrten sich feindselige Augen aus dem Dorf in ihre Haut. Sie sagte sich, dass sie ja nicht zurückgehen musste. Wenn sie sich bedroht fühlte, konnte sie dem Ort fernbleiben … konnte bei ihrer Mutter bleiben und brauchte nie mehr nach Meadcombe zurückzukehren. Immerhin hatte sie niemand zurückgehalten. Beim Husten löste sich dicker, grünlicher Schleim aus ihrer Lunge, den sie merkwürdig behutsam in ein Papiertaschentuch wickelte. Sie war sich sicher, es war eine Infektion, etwas aus Meadcombe, das man ihr auf den Hals geschickt hatte. Ein Niesen kündigte sich an, heiße Tränen stiegen ihr in die Augen. Den Kopf hinter dem Vordersitz versteckt, versuchte sie sie verzweifelt wegzuwischen. Was immer man ihr antat, es war erfolgreich. Aber sie wollte sich nicht von ihrem Weg abhalten lassen, nichts konnte sie zur Umkehr bewegen. Und wenn sie bewusstlos zum Haus ihrer Mutter getragen werden musste.

Heftige Magenkrämpfe durchfuhren sie. Sie krümmte sich vor Schmerzen, spürte, wie ihre Augen aus den Höhlen traten, griff nach dem kühlen Metallgriff am Sitz vor ihr und kämpfte mit aller Kraft gegen sie an. Sie hielt die Augen starr auf die am Boden liegenden Fahrkarten gerichtet. »Entspann dich«, sagte sie sich, die Zeilen aus dem Schwangerschaftsbuch waren ihr wieder eingefallen. Diese Schmerzen ähnelten tatsächlich den Presswehen bei der Geburt. Sie versuchte, sich auf das Brummen des Motors zu konzentrieren, auf die monotonen Kopfbewegungen des Fahrers nach links oder rechts, während er das Lenkrad drehte.

Gesichter wandten sich nach ihr um. Janey wälzte sich und stöhnte, als sie versuchte, ihren Blicken standzuhalten, während eine Schmerzwelle nach der anderen ihr den Verstand zu rauben drohte. Meadcombeaugen … Meadcombeköpfe. Sie musste furchtbar aussehen. Noch dazu hatte sie vergessen, sich die Haare zu frisieren, und sie mussten einem wüsten Gestrüpp gleichen. Seit Tagen hatte sie sich nicht mehr gewaschen, sie dachte daran, wie fettig und schmutzig ihr Gesicht sein musste. Plötzlich ging ihr auf, dass sie sich nicht einmal angezogen hatte. Sie war besessen davon gewesen wegzukommen, hatte sich nur darauf konzentriert, welche Fahrkarte sie lösen musste und ja nicht die Einkaufstasche zu vergessen, und nun saß sie hier in ihrem gesteppten Morgenmantel und ihren Pantoffeln. Ohne Slip. Wie sie schon als Kind weichen Stoff zwischen den Fingern gerieben hatte, rieb sie nun den Stoff ihres Morgenmantels. Und wünschte sich dabei, sie könnte auch noch am Daumen lutschen.

»Janey! Verdammt noch mal, was treibst du hier?«

Janey hatte vorgehabt, auszusteigen und bei Dolans See eine Pause einzulegen. Die Kälte spürte sie nicht mehr. Sie wollte sich ein paar Minuten verstecken, hinter den Trauerweiden am Straßenrand. Der flache See würde ihren schmerzenden Augen nach dieser Albtraumfahrt Trost spenden, nachdem sie in dem belebten Stadtzentrum die Straße überquert und in ihrem lächerlichen Aufzug auf den Bus zurück nach Meadcombe gewartet hatte.

Sie hatte versucht, möglichst cool zu wirken, so zu tun, als sei es vollkommen natürlich, im Morgenmantel herumzustehen, und als habe sie gute Gründe dafür. Ein grauverwaschenes Nylonnachthemd, das einmal himmelblau gewesen war, lugte unter dem Saum des Mantels hervor. Dennoch war es ihr nicht gelungen, das aufgeregte Tuscheln und Fingergedeute der Vorübergehenden zu ignorieren.

Auf keinen Fall wollte sie am Dorfplatz aussteigen, wo jeder sie sehen konnte, und hatte deshalb gebeten, eine Haltestelle früher aussteigen zu können, wobei sie sich gegenüber dem verdutzten Fahrer äußerst lässig gab. Von hier aus konnte sie schnell die hundert Meter auf der Landstraße zu ihrem Garten laufen und unbemerkt durch die Hintertür in ihr Haus gelangen.

Der Mercedes stand versteckt in einem Feldweg. Nur ein Spaziergänger, der sich verlaufen hatte, konnte darauf stoßen. Doch nun hatte Janey ihn entdeckt, nicht schnell genug reagiert, um sich zurückzuziehen, bevor man sie entdeckte.

»Was um Himmels willen machst du hier? Im Morgenmantel?«

Sonia nestelte hektisch an ihrer aufgeknöpften Bluse herum. Ein teurer Slip der Kollektion Janet Reger war zu sehen. Der verschmierte Lippenstift ließ Sonia wie ein Clown aussehen. Und das verwischte Mascara erweckte den Eindruck, jemand habe ihr ein blaues Auge geschlagen. Sie zitterte, und ihr klapperten die Zähne. Janey wünschte sich, es ginge ihr genauso. Vielleicht hätte das ihren Nerven Linderung verschafft. Doch sie verspürte lediglich Übelkeit.

Sonia kletterte auf der anderen Seite aus der hinteren Wagentür. Zuerst tauchten die langen Beine auf, gespreizt und nicht besonders elegant. Später vermutete Janey, dass sie sie auf frischer Tat ertappt hatte. Typisch Sonia, auf Konfrontationskurs zu gehen, statt sich zu verstecken und so zu tun, als habe man sie nicht erkannt.

»Was machst du hier?«, rief Sonia noch einmal, während sie noch immer ungeschickt an den Knöpfen herumfingerte und Janey argwöhnische Blicke zuwarf.

Diese, in ihrer wirren Aufmachung hielt ihre Einkaufstasche hoch, als wäre damit alles erklärt. »Ich wollte etwas Reisig sammeln«, mehr fiel ihr nicht ein.

»Aber du bist nicht angezogen!«

Der Anstand verbot Janey, die sich aufdrängende Bemerkung über Sonias Bekleidung zu machen. Es war zu offensichtlich, was Sonia gemacht hatte ... und noch dazu mit Stanley! Janey schüttelte mechanisch den Kopf.

Sonia näherte sich und versuchte gleichzeitig, ihre Ärmel herunter- und den Rock glatt zu ziehen. Als sie sich mit ihren hochhackigen Schuhen auf dem weichen Boden wiederfand, taumelte sie leicht. »Ähm, Janey«, schnaubte sie verlegen, »Janey, ich wäre dir dankbar, wenn du niemandem davon erzählen würdest. Ich wäre dir dankbar, wenn du einfach vergessen würdest, dass du mich gesehen hast.« Und mit unnatürlich hoher Stimme setzte sie hinzu: »Stanley und ich hatten etwas zu besprechen ... es gibt im Moment ein paar geschäftliche Probleme, und da sind ein paar Sachen ...« Sie brach ab, weil sie merkte, wie unglaubwürdig sie klang. Und kehrte zurück zu: »Und ich wäre dir wirklich dankbar, Janey, wenn ...«

Janey wandte sich ab und ging zurück. Sie sehnte sich danach, wieder an ihrem Küchentisch zu stehen und Marmelade einzukochen. Wo waren die Tage geblieben, an denen sie klare Gedanken fassen konnte? Wo war die Frau geblieben, die voller Enthusiasmus Gläser beschriftete ... die Etiketten, Brombeeren, Himbeeren, Stachelbeeren und Schwarze Johannisbeeren.

Melanie war schuld! Melanie hatte ihre Welt auf den Kopf gestellt! Nichts war mehr wie zuvor. Auch dass sie heute Morgen das Haus im Morgenrock verlassen hatte, war kein Zufall. Dahinter steckte etwas Böses, das sie davon abhalten wollte, mit ihrer Mutter zu sprechen. Und Sonia, die es im Auto mit einem alten Mann trieb, den sie zu verachten vorgab ... welche gewaltigen Mächte waren hier am Werk?

Hexerei, Teufelsanbeter. Sie alle waren darin verstrickt. Falls sie bislang noch daran gezweifelt hatte, nun war Janey sich ganz sicher. Es gab keine andere Erklärung für diesen außergewöhnlichen Vorfall. Sie brauchte mit niemandem mehr zu sprechen, weder mit Isobelle noch mit sonst jemandem. Sie wusste bereits alles, was sie wissen musste, und falls sie ihre Tochter unversehrt zurückwollte, musste sie mit äußerster Umsicht und Intelligenz handeln.

Janey schlüpfte durch die Hintertür in ihr Haus und ging nach oben, um Melanies Zeichnungen zu Rate zu ziehen. Ja, es war genauso, wie Janey vermutet hatte: Der Bock, der auf dem Friedhof so obszön zugange war, war keineswegs Paul. Es war Stanley, die weißen Haare, der Bart, die Hörner – alles passte.

Melanie hatte es herausgefunden. Irgendwo hielten sie Melanie gefangen und bestraften sie dafür.

FÜNFZEHNTES KAPITEL

Wegen eines dummen Fehlers, erkannte Sonia, lief sie nun Gefahr, alles zu verlieren, was ihr etwas bedeutete. Ihr Wohlergehen hing nun von Janey ab ... von Janey, über die man tuschelte, sie führe sich auf wie eine Verrückte.

Sonia gab sich an Janeys Zustand eine gewisse Mitschuld. Ihr war bewusst, dass sie Marian vereinnahmt und dabei nicht an Janey gedacht hatte. Ganz im Gegenteil, sie hatte es genossen, Janeys besorgtes Gesicht am Fenster zu entdecken, wenn sie auf dem Dorfplatz einbog.

Die Leute durften auf keinen Fall erfahren, dass sie mit ihrem eigenen Schwiegervater wie ein liebeshungriger Teenager auf der Rückbank eines Autos herumgefummelt hatte. Und Klatsch diesen Kalibers würde sich wie ein Lauffeuer verbreiten; das wusste sie genau. Und am allerwenigsten durfte Paul davon Wind bekommen.

Sonia war eine von diesen vielen »Zugezogenen«, die sich über die »Einheimischen« lustig machten, weil die ihrer Meinung nach nichts auf die Beine stellten. Den »Einheimischen« begann erst jetzt langsam zu dämmern, dass diese Komitees, denen auch Sonia angehörte, sich mit Geld, Macht und Planungen befassten. Vor allem mit Planungen ... Den Leuten in den herrschaftlichen Häusern ging es vor allem darum, ihre Aussicht und den Wert ihrer Immobilie zu wahren. Die »Einheimischen« erhofften sich Arbeitsplätze und billige Wohnungen. Als Mitglied des Pfarrgemeinderats von Meadcombe saß Sonia auch im Schulbeirat von Meadcombe.

Dass es intensive Frauenbeziehungen auch nach der Schulzeit gab, hatte sie erst in Meadcombe erlebt, wo die eine Hälfte des Dorfes im Dauerclinch mit der anderen lag.

Sonia eilte in ihrem Trenchcoat, den sie gerne offen flattern ließ, zu Janeys Haus.

»Hallo, Janey.«

»Hallo, Sonia. Du… kommst wohl besser rein.« Aha, dachte Janey, »sie« schickten also doch jemanden zu ihr. Sie hatte gewusst, dass es irgendwann passierte. Die Angst schnürte ihr die Kehle zu. Über Sonias Schulter sah Janey, als sie die Tür zuzog, den Wetterhahn hoch oben auf dem Kirchturm golden glitzern, einem Feuervogel gleich.

Kaum war die Tür geschlossen, schlug Sonia der Gestank nach faulen Eiern entgegen. Sonia und Janey rochen es beide. Wie seltsam passend für die Situation. Schuldbewusst suchte Sonia Janeys ausdruckslosen Blick.

Sonia war sich ihrer harten Gesichtszüge bewusst. Sie verbrachte Stunden vor dem Spiegel mit Gesichtsübungen, um sie weicher zu machen. Auch jetzt versuchte sie, sanfter zu wirken, doch heraus kam dabei nur ein recht sarkastischer, bösartiger Ausdruck, den Janey als höhnisches Grinsen wahrnahm, weil Sonias Augen sich dabei nicht veränderten. Und die kühlen Farben ihrer Kleidung, die Sonia bevorzugte, trugen nicht dazu bei, freundlicher zu erscheinen. Schwungvoll schob sie nun ihre Ärmel über die

Ellbogen hoch, sodass das scharlachrote Futter zu sehen war.

Doch Janey zwang sich ruhig zu bleiben. Was immer ihrer Tochter im Augenblick widerfuhr, ihre Rettung hing einzig von Janey ab. Möglicherweise war dieses Gespräch alles entscheidend. Sie musste sehr vorsichtig sein.

Ihre Hand zitterte, als sie den Wasserkessel füllte. Sonia musste eine wichtige Position in der Gruppe einnehmen, wenn man sie als Botin schickte. Und welche Rolle spielte Stanley?, fragte sie sich.

»Ich war ja eine Ewigkeit nicht mehr hier«, säuselte Sonia fröhlich. Sie ließ sich am Tisch nieder und blickte sich mit einem schiefen Lächeln in der Küche um. Janeys Vertrauen zurückzugewinnen würde nicht einfach werden. Wenn es da nur nicht diese Zeit des Misstrauens zwischen ihnen gegeben hätte. Hätte sie sich doch von Marian fern gehalten und die Balance und Harmonie ihrer Dreierfreundschaft nicht so nachhaltig gestört. Doch nun musste Sonia alles dafür tun, dass dieser Riss zwischen Marian und Janey nie mehr geheilt wurde.

Man brauchte sich Janey nur anzusehen! Sie verwahrloste zusehends. Sie war nicht einmal angezogen, sondern steckte noch immer in ihrem fleckenübersäten Morgenmantel. Sogar abgenommen hatte sie.

»Ich dachte, wir könnten vielleicht essen gehen.« Janey sah sie an, als hätte sie eine Expedition zum Nordpol vorgeschlagen. »Nicht hier ... in der Neustadt. Ein Freund von mir hat dort ein Restaurant eröffnet ...«

Ihre Tasse umklammernd, nahm Janey am gegenüberliegenden Tischende Platz. »Warum, Sonia?«, fragte sie.

»Weil ich dich lange nicht gesehen habe. Du wirst langsam zur Einsiedlerin, weißt du. Alle machen sich Sorgen wegen dir.«

Alle? Vertrittst du alle? »Letzte Woche war ich bei der Theaterprobe«, widersprach Janey.

»Ich weiß.« Sonia entspannte sich etwas und drehte die Tasse, damit sie sie nicht an der abgeschlagenen Stelle an die Lippen setzen musste. »Aber du hast dich nicht zu uns gesetzt. Wir haben kaum ein Wort miteinander gesprochen.« Der aus der Tasse aufsteigende Dampf ließ Sonias Gesicht weicher wirken, aber Janey konnte noch immer ihre kalten Augen durchfunkeln sehen.

Sonia hatte ihre knochigen Hände flach auf dem Tisch liegen. Sie ließ sich Zeit. Das Gespräch auf die bewusste »Sache« zu bringen, erforderte den richtigen Zeitpunkt. Heute Vormittag war Janey keine Hilfe, sondern ausgesprochen reserviert.

Doch Sonia war nicht dumm. Sie hatte Geschenke mitgebracht. Die Einladung zum Mittagessen war das erste Geschenk gewesen, und das hatte Janey zurückgewiesen. Das zweite klatschte Sonia nun auf den Tisch. Es sollte sie milde stimmen, die Süßigkeit vor der bitteren Medizin. Nämlich die Tatsache, dass sie und Marian nicht wirklich das Traumteam waren, wie es nach außen hin den Anschein erweckte. Die Tatsache, dass Sonia Marian nicht vertraute und ihr auch nie vertraut hatte. Sie begann behutsam. »Du fehlst Marian, weißt du. Sie spricht viel von dir. Sie fragt sich, wie es dir wohl geht.«

»Und warum kommt Marian dann nicht vorbei und fragt mich einfach?«

»Sie glaubt, das könnte dir nicht recht sein.«

»Jetzt mach dich nicht lächerlich. Warum sollte sie das denken?«

»Weil du in letzter Zeit so merkwürdig bist. Sie möchte sich nicht aufdrängen.«

Geschickt bot sich Sonia als Vermittlerin an, wo bisher keine benötigt worden war, und leitete damit die Entfremdung ihrer Freundinnen ein. Eine Vermittlerin, und doch auch wieder nicht, denn mit Sonia zwischen ihnen war zweifelhaft, ob die beiden je wieder zueinander finden würden. Schon allein die Tatsache, dass sie über sie gesprochen hatten, würde Janey den Boden unter den Füßen wegziehen. Es gehörte zu Sonias Plan … vertraue mir … vertraue nicht Marian. Sonia musste verhindern, dass die beiden einander wieder näher kamen. Wurde ihre Freundschaft wieder so eng wie früher, würde Janey, da war sie sich sicher, Marian von der Sache mit Stanley erzählen.

»Ich finde, Marian sollte selbst kommen und mit mir sprechen.«

»Du kennst Marian doch …«, ein Vorwurf, der unausgesprochen in der Luft hing, sich anbot, über ihn nachzugrübeln und ihn auf jede erwünschte Weise zu interpretieren. »Anscheinend denkt sie, du verhältst dich so, um auf dich aufmerksam zu machen … natürlich habe ich ihr gesagt, sie soll nicht so albern sein. Aber so ist sie nun mal.«

Es gab eine Zeit, da wäre Janey verletzt gewesen, verletzt, dass Marian so etwas ausgerechnet zu Sonia sagte, dass sie so über sie dachte. Doch jetzt war sie lediglich wie betäubt und fragte sich, was Sonia mit diesen Enthüllungen bezweckte.

»Sie hat Melanie gesehen, weißt du … in der Nacht, als sie verschwand. O ja, Marian hat Melanie gesehen, wie sie auf dem Dorfplatz mit Stanley gesprochen hat, aber sie hat dir gegenüber nie ein Wort darüber verloren, stimmt's?«

Janey war leichenblass geworden. »Die Fußabdrücke?«

»Ja. Sie muss am Fenster gestanden und hinausgesehen haben. Normalerweise hätte sie dir das sofort erzählen müssen … angesichts dieser Umstände. Und der Polizei hätte sie es auch sagen müssen. Wer weiß? Zusammengenommen können diese kleinen Informationshäppchen wichtig werden.«

»Aber aus welchem Grund hätte sie es vor mir verheimlichen sollen?«

Sonia zuckte die Achseln und taxierte Janey. Endlich schien sie es geschafft zu haben, Janey zu treffen. Aber es hatte sie ihren größten Trumpf gekostet.

Nicht der Riss in ihrer Freundschaft beunruhigte Janey. Marian war ihr nicht mehr wichtig. Was sie entsetzte, was ihr Übelkeit verursachte war die Vorstellung von Melanie, wie sie mit Stanley redete. Denn Stanley, vermutete sie, spielte eine bedeutende Rolle bei den satanischen Umtrieben in Meadcombe. Sie stellte sich ihn als eine Art Teufelspriester vor. Melanies Federzeichnung von ihm hatte den stärksten Eindruck bei ihr hinterlassen. Aber warum erzählte Sonia das alles? Wollte sie ihr damit etwas Bestimmtes sagen? Sie verstand nicht, was und war völlig verwirrt.

»Marian kann schon ziemlich merkwürdig sein«, fuhr Sonia fort. Sie war sich ziemlich sicher, ihr Ziel erreicht und Janey auf ihre Seite gezogen zu haben … »Auf alle Fälle hat sie ein paar eigenartige Vorstellungen, was dich anbelangt.«

Umständlich berichtete Sonia nun von den unzähligen kritischen Anmerkungen, die Marian über Janey hatte fallen lassen. »Sie kritisiert ungemein viel daran herum, wie du mit deinen Kindern umgehst. Einmal, wenn ich mich recht erinnere, hat sie sogar gesagt, sie glaube, ihnen fehle es an Liebe.«

Janeys Gedanken wirbelten durcheinander. Was hat das zu bedeuten? Was wollen sie von mir? Wie bekomme ich Melanie zurück? Beinahe hätte sie gefragt … ganz direkt … in mancher Hinsicht wäre es einfacher gewesen, die Sache auf diese Weise hinter sich zu bringen. Doch sie hielt sich zurück. Sie musste doch vorsichtig sein, sonst würde sie alles verderben. Es hatte keinen Sinn, in Panik zu verfallen.

Als sie das Gefühl hatte, Janeys Nervenkostüm ausreichend strapaziert zu haben, beugte sich Sonia über den Tisch und sagte: »Ich wollte mit dir wegen gestern reden.«

»Oh?« Janey hörte sie kaum.

»Wegen gestern, als du uns in Dolans See gesehen hast.«

Was hatte sie gesehen? Hatte sie gestern etwas gesehen? Es juckte sie wieder am Kopf. Und an den Beinen.

»Das war nicht so, wie es auf den ersten Blick schien, verstehst du. Zwischen mir und Stanley läuft nichts.«

»Nein?«

»Nein.« Sonia schüttelte den Kopf. Als sie fortfuhr, senkte sie die Stimme, um das Gesagte noch bedeutsamer wirken zu lassen. »Nein, es war nicht so, wie es aussah. Es war ein entsetzlicher Fehler. Dieses Sexmonster wollte gerade über mich herfallen. Noch nie in meinem Leben war ich so froh wie in dem Moment, als ich dich dort stehen sah. Gott weiß, wie weit er gegangen wäre, wenn du nicht aufgetaucht wärst. Es war wie ein grässlicher Albtraum, Janey. Als er einmal damit angefangen hatte, konnte ich ihn nicht mehr aufhalten. Aber sollte Paul jemals davon erfahren … er würde es nicht verstehen … und es würde heißen, er müsste sich von seinem Vater lossagen. Verstehst du? Das wäre furchtbar! Und ich hätte das Gefühl, alles sei meine Schuld.«

Janey sah teilnahmslos zu, wie Sonia ihre Handtasche öffnete und ein Papiertaschentuch herausholte. Ihre Augen waren feucht, als sie sie abtupfte. Sie schüttelte wild den Kopf, als gelte es, eine schreckliche innere Qual abzustreifen. So hatte Janey Sonia noch nie erlebt. »Ich könnte es nicht ertragen, wenn Paul davon erführe.« Sie stieß die Worte abgehackt hervor. »Und ich wollte sichergehen, dass du dir über die Folgen klar bist … falls du jemals irgendjemandem gegenüber ein Wort verlierst, wäre unsere Ehe … unser Geschäft … es wäre alles zu Ende … aus und vorbei … einfach so.« Sie legte beide Hände auf den Tisch. »Einfach so«, wiederholte sie, zufrieden mit ihrer Vorstellung und auf eine Reaktion wartend.

Janey hatte das Gefühl, ihr sei die Kehle zugeschnürt. Sie wand die Beine um den Küchenstuhl, als könne sie sich damit an der Realität festklammern. Schüttelte den unfrisierten Kopf und merkte gleichzeitig, dass diese Geste allmählich zur Gewohnheit wurde. Diese Frau war böse. Diese Frau war abgrundtief schlecht. Sogar ihre Worte sprudelten wie schleimiger Schaum aus ihrem Mund, sodass Janey sie in klebrigen Klümpchen auf dem Tisch landen zu sehen glaubte. Sie verspürte das Bedürfnis, ein Tuch zu holen und sie wegzuwischen.

»Was willst du von mir, Sonia?«

Bei dieser tonlos hervorgebrachten Frage fuhr Sonias Kopf hoch. Mit dieser Reaktion hatte sie nicht gerechnet. Sie hatte einen Ausbruch von Mitgefühl, von spontanem Verständnis und die Versicherung erwartet, dass das Geheimnis bei Janey sicher sei. Stattdessen sah sie sich einem leer vor sich hin stierenden, verzweifelten Wrack von einer Frau gegenüber, das genauso autistisch wirkte wie Constance, als sie noch gelebt hatte. Was zum Teufel war bloß mit dieser Frau los? Brauchte sie nun ebenso psychiatrischen Beistand wie ihr kranker Mann?

Während Sonia sie mit kaum verhohlenem Schrecken musterte, begann Janey allmählich zu begreifen. Es ging also um Erpressung. Nach ihrer gestrigen Begegnung hatten »sie« Angst, sie würde etwas ausplaudern. Sie bekam Melanie zurück, wenn sie nichts von dem verriet, das sie gesehen hatte oder vermutete. Aber wem sollte sie es überhaupt erzählen? Wen gab es denn noch, der nicht mit drin steckte? Sie hatte ohnehin kein Wort von dem geglaubt, was Sonia ihr erzählt hatte, und darum ging es auch gar nicht. Aus dem, was Janey in dem kurzen Moment an Dolans See gesehen hatte, ergab sich für sie ganz offensichtlich, dass Sonia ihre Liebelei mit Stanley sehr genossen hatte. Paul steckte also genauso mit in der Sache wie alle anderen ... er wusste davon ... jeder wusste davon. Nein, der Grund für Sonias Besuch war einzig und allein, ihr zu verstehen zu geben, dass sie schweigen musste, wenn sie Melanie unversehrt zurück wollte.

»Du kannst ihnen sagen, dass ich niemandem etwas erzähle. Ich schwöre es bei dem Leben meiner Tochter.«

Sonia war sich nicht sicher, ob sie richtig verstanden hatte. Janey hatte so leise gesprochen. »Du wirst es nicht weitererzählen? Du erzählst niemandem ein Wort davon?«

»Ich werde kein Wort davon erzählen. Darauf kannst du dich verlassen.«

»Ich kann dir gar nicht sagen, wie erleichtert ich bin. Wie ich dir bereits erklärte, ich konnte nichts dafür. Der Mistkerl gehört kastriert. Schon ewig hatte er ein Auge auf mich geworfen, aber er ist noch nie so weit gegangen ...«

»Wie lange werde ich noch warten müssen?«

»Bitte?« Sonia legte den Kopf schief wie ein Vogel. Unruhig rutschte sie auf ihrem Stuhl herum.

»Bis sie zurückkommt? Wie lange muss ich warten?«

»Sprichst du von Melanie?«

»Selbstverständlich.«

»Du armes Ding! Da quassele ich in einem fort von meinen eigenen Problemchen, und du bist halb verrückt vor Sorge. Wo mag sie nur sein, das fragen sich alle hier. Das ungezogene Ding ...«

»Sie ist noch Jungfrau, weißt du.«

Sonia war vollkommen verwirrt. »Das ist sie bestimmt noch, meine Liebe ... aber das ist doch völlig unwichtig. Und wenn sie eine wilde Nymphomanin wäre, wäre es genauso schlimm.«

Janey senkte den Kopf. »Ich dachte ... Ich habe gelesen, das ist wichtig. Ich dachte, das sei der Grund, warum ihr sie wolltet ...«

Sonia sprang auf. Janey war ganz offensichtlich geistig verwirrt. »Und du bist sicher, dass ich dich nicht zu einem Mittagessen im Restaurant überreden kann?«

Janey blieb regungslos sitzen, weshalb Sonia alleine zur Tür ging und sie öffnete. »Ich bin froh, dass wir darüber geredet haben. Kommst du am Freitag zur Probe?«

Janey sah sie irritiert an. Es fröstelte sie auf einmal. »Was? Ach ja, die Probe. Ja, ich komme zur Probe. Und vergiss nicht, ihnen zu sagen, dass kein Wort über meine Lippen kommt … sie können sich darauf verlassen … wenn ich mein Wort gebe …«

»Ich mach die Tür hinter mir zu … dass die Kälte nicht rein kommt. Danke für den Kaffee, Janey. Vielleicht schaue ich morgen noch mal vorbei. Und wenn du irgendetwas brauchst … egal was … du weißt, wo du mich finden kannst.« Hinterher wurde ihr bewusst, dass sie mit ihr in dem etwas herablassenden Ton gesprochen hatte, den »Gesunde« gegenüber »Kranken« häufig benutzen. Sie hatte mit Janey genauso gesprochen wie damals mit ihrem Vater in *Moorview*, kurz vor dem Ende …

Sonia klapperte mit ihren hochhackigen Stiefeletten über den Dorfplatz und eilte hinüber zu Marians Haus.

SECHZEHNTES KAPITEL

Das Schrecklichste an meinen unerbittlichen Ermittlungen lag für mich in dieser albtraumhaften Unvermeidlichkeit.

Freitag folgt auf Freitag folgt auf Freitag. Und das Leben geht weiter ... muss weitergehen. Das Leben, mit seiner ganzen Dringlichkeit, seiner Banalität und seiner Zerstörungskraft. Das wahre Wunder, und dieses Wunder ist so umwerfend wie jeder Sonnenaufgang, ist, dass alle morgens aufstehen, und manche sogar mit Schwung und Elan wie Grant, wie der Vikar – und sei es, um gleich darauf auf die Knie zu sinken und zu beten – wie der kleine Justin, wie Lloyd Law und wie Janey Tandey damals, vor langer Zeit. Aber vielleicht ist das eine zu zynische Sichtweise.

Es ist bedauerlich, dass Janey Tandey keinen so engen Kontakt mehr hatte zu ihrer Mutter, Isobelle, denn was sie in diesem Augenblick gebraucht hätte, war eine feste, warme Umarmung, waren Fürsorge und Herzlichkeit, wozu Isobelle jedoch, wäre der Kontakt nicht abgerissen gewesen, ohnehin nicht in der Lage gewesen wäre.

»Aber warum weigern sich die Leute vom WVS, uns die Urne zu leihen? Die glauben doch nicht etwa, dass einer von uns sie mitgehen lassen will?«

Grant hatte an diesem Abend bereits mehrmals versucht, die Anwesenden zu beruhigen. Nun lehnte er sich erschöpft auf seinem Stuhl zurück. Sollten sich doch Jeffrey und Mrs. Henley einmal etwas einfallen lassen. Wegen der Kostüme hatten sich alle aufgeregt. Mrs. Henley hatte kaum zugehört. Allen drohte, in schäbigen Kostümen aus dem Fundus auftreten zu müssen, die billig von der Pantomimeabteilung des technischen College besorgt werden konnten, alle außer Janey, für die man ein Alter-Brite-Zottelfell eingeplant hatte, das in Mrs. Henleys Augen am besten zu dem Dorfmenschen passte, den sie verkörpern sollte.

»Sie soll doch keinen Einsiedler spielen«, krächzte Nancy Blogg und stieß eine Rauchwolke aus. Sie hatte ein paar Skizzen mitgebracht, wie sie sich die Kostüme vorstellte.

»Niemand wird sie für einen Einsiedler halten. Zum einen ist sie eine Frau ... und von einem weiblichen Einsiedler habe ich noch nie gehört, obwohl es sie eigentlich gegeben haben müsste. Nein ... um diese zeitlose Wirkung zu erzielen, wird sie nicht in Lumpen daherkommen ... aber Felle haben eine ganz eigene Aussage. Sie haben so etwas Primitives und Magisches.«

Eine kurze Pause entstand, in der Mrs. Henley über das Gesagte nachdachte.

»Die Hexe, Pessima, muss auf alle Fälle schwarz angezogen sein und gebückt gehen, damit sie auch aussieht wie eine verdammte Hexe! Niemand in Meadcombe versteht, was im Stück passiert, wenn die Darsteller nicht eindeutig kostümiert sind!«, meldete sich Sonia zu Wort, weil sie befürchtete, das Ganze könne als modernistischer Versuch enden, bei dem jeder in seiner Alltagskleidung auftritt.

»Und was ist mit dir, Sonia? Was soll Phoebe deiner Meinung nach tragen?« Grant, der erst vor kurzem ein Seminar zur Menschenführung besucht hatte, setzte seine Ansichten nur ungern direkt durch. Er zog es vor, die Leute zuerst zu fragen, bevor er sie dazu brachte, sich seiner Denkweise anzuschließen.

»Phoebe ist die Tochter eines adligen Jakobiten, sie sollte also in zeitgenössischem Kostüm auftreten ...«

»Aus der Pantomimeabteilung ... hervorragend!«, rief Jeffrey.

»Nein«, widersprach Sonia. »Das würde nicht zu ihrem Charakter passen. Sie muss einfach gekleidet sein. Ihre Kleidung muss ihren Charakter widerspiegeln. Schließlich ist sie eine ernsthafte Frau, die es nicht leicht im Leben hat. Der Hexerei wendet sie sich unter dem Einfluss Pessimas zu. Sie wird auf dem Scheiterhaufen verbrannt. Wir haben keinen Platz, um uns umzuziehen, und ich werde mich nicht in der Aufmachung einer Disney-Prinzessin verbrennen lassen!«

»Der Junge, Nog, kann die Sachen anziehen, die er letztes Jahr bei der *Oliver-Twist*-Aufführung in der Schule anhatte ...«

Sonia seufzte. Mit welchen Pfennigfuchsern, Kleingeistern und Landeiern sie es hier zu tun hatte, die einfach nicht verstehen wollten, wie wichtig es war, dass die Kostüme schlüssig waren. Mrs. Henley war schon zufrieden, wenn sie altmodisch waren ... und Grant ebenso, der es hätte besser wissen müssen.

Henry, Lord Grey, würde wie ein mottenzerfressener Straßenräuber aussehen, vor allem wenn sie ihm diesen Spitzbart und den Federhut aufsetzten, den Mrs. Henley so ungemein stolz hochhielt. »*Robin Hood*«, kreischte sie. »Neunzehnhundertzweiundachtzig. Einer von den Leuten des Sheriffs!«

»Wir werden gleich erleben, wie Pessima aussieht. Marian ist nach hinten gegangen, um ihr Kostüm auszuprobieren. Falls du etwas Besonderes willst, Sonia, solltest du dir bis nächste Woche etwas besorgen und es uns zeigen.«

»Das werde ich auch machen«, meinte Mrs. Blogg. »Sally Law hat mir versprochen, für jeden ein Kostüm zu schneidern. Sie will nicht viel dafür.« Und damit war das Thema Kostüme erledigt.

»Wunderbar!«, murmelte Mrs. Brierly zwischendurch. »Wunderbar!«

Marian Law saß auf dem geschlossenen Toilettensitz in der ungeheizten Damentoilette und ließ sich von der Besitzerin des Dorfladens ihr Gesicht auf alt schminken.

»Es ist besser, wenn es reißt«, meinte Mrs. Brierly. »Sieht dramatischer aus.«

Sie roch nach einer Mischung aus Schweiß und Limonen, und diese Duftwolken versprühte sie so unvermittelt und so verschwenderisch wie ihre ständig wechselnden Gesichtsausdrücke. Sie liebte diesen Job. Sie war gut darin. Was sie allerdings erst spät in ihrem Leben entdeckt hatte. Häufig sagte sie: »Ich kann mich ja nicht aus Jux und Dollerei selbst schminken … würde ja wie eine Nutte aussehen … aber wenn es darum geht, Leute jung oder alt oder primitiv oder verrückt aussehen zu lassen ... na ja, dafür scheine ich ein Händchen zu haben. Schade nur, dass ich mein Talent bloß einmal im Jahr anbringen kann ... schade, dass ich damit kein Geld verdienen kann ...« Sie plauderte beim Arbeiten vor sich hin und legte nur eine Pause ein, wenn sie eine so entsetzliche Grimasse schnitt, dass Worte keinen Platz mehr fanden in ihrem verzerrten Mund.

Das Make-up selbst war kühl. Es wurde mit riesigen feuchten Baumwollbauschen aufgetragen. Vom Kasten über der Toilettenspülung hinter ihr, der gerade geleert worden war, tropfte es monoton auf den Zementboden. Marian bewegte sich nur dann, wenn ihre Maskenbildnerin sie dazu aufforderte. »Bleiben Sie so«, sagte Mrs. Brierly. »Lassen Sie sie auf, genau so. Nicht bewegen ...«

Marian genoss es, wieder berührt zu werden, auch wenn die Berührung etwas grob ausfiel. Nicht mehr berührt zu werden war etwas, das Marian sehr vermisste, und es fiel ihr schwer, sich daran zu gewöhnen. Mrs. Brierly war so fingerfertig, dass man unter ihren Händen leicht in einen Zustand der Trance geraten konnte.

»Igitt!«, rief Mrs. Brierly ungemein befriedigt. »Sie werden scheußlich aussehen!«

Marian fiel es nicht leicht, sich darüber zu freuen, dass aus ihr ein hässlicher Mensch gemacht wurde, zumal sie ihr ganzes Leben gegen Hässlichkeit in der einen oder anderen Form angekämpft hatte. Viel lieber hätte sie die Rolle der Phoebe gespielt. Doch sie vermutete, Grant hatte sie wegen ihres breiten Gesichts für die Rolle der Pessima ausgesucht, da eine solche große Fläche ganz andere Möglichkeiten des Schminkens eröffnete.

»Ich habe Ihnen Ihre Weihnachtsausgabe von der Fernsehzeitschrift besorgt«, sagte Mrs. Brierly fröhlich. Aus einem für Marian nicht nachvollziehbaren Grund mussten diese Zeitschriften im Dorfladen einen Monat im Voraus bestellt werden. »Ich dachte, Sie vergessen es sonst vielleicht.«

Marian Law hatte keine Ahnung, was sie in den zurückliegenden Monaten ohne das Dorf getan hätte. Die Leute waren freundlich ... mitfühlend ... und lief irgendetwas schief, fingen sie einen auf. Wenn die Leute einen von Geburt an kannten, so wie sie zuvor die Eltern und Großeltern gekannt hatten, konnte man ihnen einfach nichts vormachen ... man war, wie man war, und jedermann wusste das und respektierte einen. Manchmal stellte Marian sich vor, wie schwer es Zugezogenen fallen musste, sich in diese enge Dorfgemeinschaft einzugliedern ... für Leute, die in den letzten dreißig Jahren hierher gekommen waren. Sonia zum Beispiel ... und Janey. Sie waren beide Außenseiter, obwohl ihre Männer aus dem Dorf stammten. Marian war froh, dass ihre Kinder hier aufgewachsen waren. Was immer ihnen im Leben zustoßen mochte und wohin sie auch gingen, sie konnten immer nach Meadcombe zurückkommen, wo die Leute wussten, wer sie wirklich waren. Wurzeln – ja – Wurzeln waren ungemein wichtig.

Dabei machten weder Sally noch Lloyd Anstalten, weggehen zu wollen. Marian seufzte, und sofort entschuldigte sich Mrs. Brierly.

»Nein, das war nicht wegen Ihnen. Ich hab nur nachgedacht.«

»Sie wissen ja, was Gedanken auslösen können«, sagte

Mrs. Brierly, während sie Marian Falten modellierte. Das sollte sich als Untertreibung des Jahres erweisen.

Alle kannten die Geschichte mit der Leber, man hatte von dem Ausflug im Morgenmantel gehört und jeder reagierte auf seine Weise darauf. Nancy Blogg, eine energische, derbe Frau, behandelte alle Menschen, die ihr auch nur im Entferntesten merkwürdig erschienen, nach demselben Motto: »Lasset die Kindlein zu mir kommen ...« Jedes Mal, wenn Janey sich nervös herumschlich, ging sie zu ihr und begrüßte sie von Mal zu Mal herzlicher.

Wogegen Gerald Hope, ein verkniffenes Männchen, das in der Computerbranche arbeitete, wegen dieser Gerüchte ernstlich beunruhigt war und die arme Janey aus den Augenwinkeln verstohlen musterte.

Um zu diesen Freitagsproben zu erscheinen, bedurfte es einer inneren Stärke, von der Janey gar nicht gewusst hatte, dass sie sie besaß.

Nachdem sie sich selbst immer eher als schwach eingeschätzt hatte, war sie nun überrascht, wie weit sie über sich hinauswachsen konnte.

Bevor sie sich auf den Weg zur Theaterprobe machte, badete sie in einem Schaumbad aus dem Body Shop, das sie letztes Jahr zu Weihnachten bekommen hatte. Sie wusch sich die Haare und föhnte sie ... ließ sie nicht einfach an der Luft trocknen ... sodass sie einigermaßen ordentlich aussahen. Lediglich am Hinterkopf waren sie noch immer etwas zerzaust.

David, der seiner Frau beim Frisieren aus dem Sessel vor dem Fernsehapparat zusah, bemerkte sarkastisch: »Das ist ja was ganz Neues! Vor ein paar Tagen noch hast du verkündet, du willst nicht mehr leben! Und jetzt takelst du dich auf wie eine alte Fregatte ...«

»Das mache ich, damit ich mich besser fühle«, erklärte sie und funkelte ihn im Spiegel an. »Das mache ich, weil ich weitermachen muss. Ich habe nicht so viel Glück wie du und kann mich einfach hängen lassen. Und ich hoffe, du schaffst es, heute noch einmal aufzustehen und die Jungs ins Bett zu bringen.«

Umständlich klopfte er seine Kissen zurecht. Sie ließ ihn nicht aus den Augen, während sie ihre getönte Tagescreme auftrug ... die war so alt, dass ihr zunächst ein harter getrockneter Klumpen auf die Wange sprang, als sie die Tube drückte. David Tandy hatte keinen Nervenzusammenbruch bekommen, wie er angekündigt hatte. Merkwürdig, dachte Janey, wie schnell er auf die Beine gekommen war, als ihre Mitleidsbekundungen ausgeblieben waren. Sie dachte daran, wie sie ihm früher gestattet hatte, sich gehen zu lassen. Sie verstand ebenfalls, dass sie damit auch ein eigenes Bedürfnis befriedigt hatte. Dieses Bedürfnis hatte sie nun nicht mehr. Die Zeiten für diese Spielchen waren vorüber. Er war ein schlechter Ehemann, er widerte sie an.

Als Sonia am Dienstagvormittag gegangen war, nachdem sie ihre Warnung ausgesprochen hatte, war Janey durch das Zimmer geschlurft, um sich im Spiegel zu betrachten. Sie war zurückgeschreckt vor dem, was sie darin sah. Diese alte Frau, diese alte, graugesichtige Frau, die sie selbst war, hatte sich so vollkommen aufgegeben, als wüsste sie, dass ihre Tochter tot war und nie zurückkam. Doch seit Sonias Besuch glaubte sie fest daran, dass Melanie am Ende heimkommen würde … wenn Janey alles richtig machte und ihr Wort hielt. Sie konnte entweder aufgeben und verrückt werden, ihre Niederlage akzeptieren, oder sie konnte ihre Chance nutzen und alle Kräfte aufbieten, um »sie« doch noch zu besiegen. Entweder oder. Sie stand an einer Kreuzung und musste sich für einen Weg entscheiden. Sie wählte den Weg, der ihr als der vernünftigere erschien, auch wenn er länger und beschwerlicher wirkte …

Janey war in der Lage zu handeln. Also würde sie handeln. Jetzt, da sie wusste, was zu tun war.

Kreidebleich trotz des Make-ups bemühte sie sich, natürlich und freundlich zu sein. Marian, die ebenfalls von Sonia mit Anspielungen überhäuft worden und die entsetzt darüber war, was Janey über sie zu denken schien, fiel es schwer, diese Freundlichkeit zu erwidern. Aber sie versuchte die Dinge zu vergessen, die Janey angeblich über sie gesagt hatte … schließlich war Janey nicht sie selbst, wenn an den Gerüchten etwas dran war, die ihr zu Ohren gekommen waren. Und Janey brauchte sie nötiger als umgekehrt.

Sonia lächelte und tat so, als freue sie sich, die beiden zusammen zu sehen. Aber ihr war ebenso wie den beiden klar, wie schwer ihnen der Austausch von Nettigkeiten fiel. Sie redeten viel von den alten Zeiten, wobei Janeys Blick verschleiert war, die Hände eng am Körper zu Fäusten geballt. Marian hingegen war zu locker, lachte zu schnell, sie war nervös.

Da sie die Einzige war, die bereits ein fertiges Kostüm hatte, wurde sie überredet, es anzuprobieren und sich von Mrs. Brierly schminken zu lassen. »Das ist gut für die Moral«, flüsterte ihnen Mrs. Henley zu, als sie an ihr vorbeigingen. »Nach all dieser ungerechtfertigten Kritik wird das den Leuten Auftrieb geben, wenn sie jemand so wunderbar dramatisch kostümiert und geschminkt sehen.«

»Wo kriege ich mein Fell her?« Janey schlenderte hinüber zu Grant und versuchte, die Gedanken unter Kontrolle zu bekommen, die auf sie einstürzten.

Die Ölöfen in der Gemeindehalle kämpften tapfer gegen die Kälte an, gaben mit zunehmendem Erfolg aber etwas an den seelenlosen Raum ab, etwas, das zuvor nicht da gewesen war … eine Hitze, die Mund und Augen allmählich austrocknete. Doch das war es nicht, was ihr zu schaffen machte, dachte Janey. Das war etwas anderes, eine unangenehme Atmosphäre, bei der sie das Bedürfnis hatte, schwer zu schlucken, eine Kälte jenseits von Kälte, die man nicht auf der Haut spürte, sondern im Körper.

All diese schrecklichen Menschen … all diese schrecklichen Menschen hier … und sie hatten Melanie … irgendwo … und zu welchem Zweck, wusste sie nicht.

Mrs. Henley stürzte sich auf sie. »Der Wolf«, stieß sie hervor. »*Rotkäppchen*, neunzehnhundertneunundsiebzig. Aus dem Wolfsfell können wir was basteln, es so schneiden, dass man es wie eine Toga anziehen kann. Das sieht sicher wunderbar aus.«

»Soll ich einen Barbaren darstellen?«

»Nein, deine Rolle ist zeitlos.«

Und Grant versuchte erst gar nicht, ihr die Rolle näher zu erläutern, weil er so kurz vor der Premiere wie immer ein Nervenbündel war.

»Tara!«, rief Mrs. Brierly mit erhobenen Armen, während sie Marian nach vorne geleitete.

»Auftritt der Hexe!« Mit diesen Worten trat Mrs. Brierly zurück und blickte sich um.

Bucklig, den Kopf unter einer großen schwarzen Kapuze herauslugend, betrat Pessima, die Hexe, die Halle.

»Fantastisch!«, murmelte Grant und runzelte die Stirn. »Unglaublich! Sogar die Augen sind überzogen!«

Marian beschloss, eine Show abzuziehen. Sie wusste, wie gut sie aussah. Als Mrs. Brierly endlich den schäbigen kleinen Handspiegel hochgehoben hatte, den sie in ihrem Schminkkasten trug, war sogar Marian ein Schauer über den Rücken gelaufen.

»Mein Gott! Bin das wirklich ich?«

»Glauben Sie, ich habe es hingekriegt?«, fragte Mrs. Brierly in dem schmeichelnden Tonfall desjenigen, der genau weiß, dass er sich selbst übertroffen hat.

»Ja«, hatte Marian überwältigt erwidert, »ja, das haben Sie.«

Zischend ging sie durch die Reihen, wobei sie wie eine Hexe die Hände krallenartig vor die Brust hielt. *»Ja, komm nun herein«*, zitierte sie ein paar Zeilen ihres Textes, die ihr spontan einfielen. *»Ich werde mich um dich kümmern, mein Kind, bis es an der Zeit ist zu gehen!«*

Sie ging auf Janey zu, und weil sie ihre überempfindliche Freundin nicht ausschließen wollte, streckte sie den Kopf vor und zischte besonders laut, bevor sie ihren Kopf wieder unter ihrer Kapuze verbarg.

Janey hielt sich an dem Ölofen fest. Das heiße Blech versengte ihre Hand, doch sie zog sie nicht weg. Erst als sie kurz davor war, ohnmächtig zu werden, nahm sie die Hand weg und wandte sich von der Schreckensgestalt ab.

Abscheulich ... böse ... die Verkörperung der Bosheit. Roch denn niemand den Gestank, den die schwarzgewandete Kreatur ausströmte, während sie durch den Raum ging? Automatisch legte Janey schützend die Hand an die Brust. Die Verbrennung war heftig, die rote Schwellung reichte vom Handgelenk bis zu den Fingerspitzen. Aber sie spürte keine Schmerzen. Das alles war nichts verglichen mit dem, was sie wusste.

Sie sollten es lassen, solche Stücke aufzuführen ... sie sollten es einfach lassen.

SIEBZEHNTES KAPITEL

Wir haben wohl alle schon einmal die Hölle gesehen. Wir können uns also alle wenigstens ein klein wenig vorstellen, wie es dort ist.

Zu laufen.

Das Gelächter zu riechen.

Ein Tier, das sich im Dunkeln versteckte.

Zweige, die an ein Fenster klopfen, vor dem keine Bäume stehen.

Getuschel, das Janey daran erinnerte, wie sich die raffinierten Mädchen in der Schule gegen sie verschworen hatten, weil sie eine zusätzliche Flasche Milch hatte mitgehen lassen, und sie gleich beim Lehrer verpetzt hatten. Dasselbe Gefühl von Überraschung und Verwirrtheit ... schließlich hatte sie sie bisher für ihre Freundinnen gehalten.

Janey war in Melanies Zimmer gezogen, sie ertrug David nicht mehr, hütete sich jedoch, ihm das zu sagen. Sie durfte sich schließlich nicht verraten. Musste aufpassen ... den anderen ständig einen Schritt voraus sein ... sie ahnten nicht, wie viel sie wusste ... und welche Bilder Melanie gemalt hatte.

»Blasenentzündung«, erklärte sie ihm. »Ich muss nachts oft aufstehen. Besser, ich schlafe allein.«

Wenn sie nachts wach lag und lauschte, wurde ihre Haut klamm und eisig. Sie deckte ihre Füße mit Wärmflaschen zu, auch das half nicht.

Manchmal lauschte sie angestrengt und suchte nach einem Sinn in den Geräuschen. Ab und zu gab sie auch ihrer Angst nach und zog sich die Decke über den Kopf, wie sie es als Kind getan hatte. Am liebsten hätte sie sich aufgesetzt und das Licht angemacht, doch sie wagte es nicht, sich zu bewegen, aus Angst, ihre Bewegung könnte etwas Unvorhergesehenes auslösen.

Wo war Melanie und was taten sie ihr gerade an? Sie zermarterte sich den Kopf, dachte an alles, was sie über Hexerei wusste, doch es war zu wenig, um ihr weiter zu helfen. Sie wusste, dass vor langer Zeit die Hexerei in Meadcombe einmal weit verbreitet war, hatte aber nie wirklich daran geglaubt ... merkwürdige alte Frauen, die es vorzogen, alleine zu leben ... verfolgt von fanatischen Männern ...

Und die ganze Zeit die Frage: »Bin ich das? Jage ich mir selbst diese Angst ein? Ist es so, wenn man verrückt wird?« Und sie versuchte erneut, Schlaf zu finden.

Auch Sonia hatte Angst.

Wie kann man über etwas reden, das einem selbst noch unklar ist, das man nur fühlt? Sonia versuchte es, als sie Marian besuchte.

»Wenn ich an meine Kindheit zurückdenke, kann ich mich vor allem an unglaublich viel Angst erinnern.«

Marian beobachtete, wie ihre Freundin mit dem goldenen Schlangenarmband spielte, das sie an ihrem schmalen Handgelenk trug.

»Jeder hat Angst ...« Marian schenkte den Kaffee ein und blickte in die Tasse.

»Nein! Nicht so wie ich!« Sonia blinzelte nervös mit ihren langen Wimpern. »Ich bin nachts aufgewacht und habe keine Luft mehr bekommen, musst du wissen. Vielleicht war ich so ängstlich geworden, weil wir ständig von einer Krise in die nächste geraten sind. Da waren zum einen die Ängste der Erwachsenen, die ich kannte ... die Angst vor dem Vermieter, das Grauen davor, der Strom könnte uns wieder abgeschaltet werden, die Ängste, bei denen ich so tat, als hätte ich sie auch ... und dann waren da meine eigenen Ängste, die geheime Angst, dass niemand sich um mich kümmert. Die Angst vor der Dunkelheit, vor dem Tod, den Großen in der Schule, den Lehrern, den Mathematikarbeiten, Zahnärzten, nicht eingeladen, nicht gemocht zu werden, eines Tages erwachsen zu sein und von zu Hause weg zu müssen. Ich kann mich sogar noch daran erinnern, davor Angst gehabt zu haben, meinen Slip nicht hochziehen zu können. Du siehst, wie klein ich noch gewesen sein muss.«

Marian sah ihre Freundin verwundert an. Von dieser Seite hatte sie sie noch nie erlebt. »Jeder fürchtet sich mal ...«

»Nein! Nicht so wie ich! Und ich fürchte mich noch immer und noch immer weiß niemand von meinen entsetzlichen Ängsten ...«

»Zumindest wirkst du nicht so. Zum Beispiel in der Theatergruppe. Du scheinst niemals unter Lampenfieber zu leiden wie die anderen.«

Stirnrunzelnd zog Sonia an ihrer Zigarette. »Ich zeige meine Ängste nicht, das ist der Unterschied. Ich habe einen riesigen Bammel davor, etwas zu verlieren ... Paul ... oder Geld ... die Zwillinge ... das Gesicht ...«

»Aber das geht uns allen so!«

»Und ich hatte immer das Gefühl, nicht ganz so gut zu sein wie die anderen, nicht so intelligent, nicht so hübsch, nicht so elegant, irgendwie nicht so begabt.«

»Aber du weißt doch, dass das alles nicht stimmt ...«

»Nein, Marian. Nein, das weiß ich nicht. Ich denke, für dich ist das anders. Du hast dein ganzes Leben im selben Dorf gelebt. Du hast niemals jemandem etwas beweisen müssen. Du warst immer umgeben von deiner Familie und deinen Freunden ...«

»Freunde? Es gibt nicht viele Menschen in Meadcombe, die ich als meine Freunde bezeichnen würde.«

»Also dann Bekannte. Menschen, denen es nicht egal ist, was mit dir passiert, weil du zu ihrem Leben gehörst wie die Kirche oder der Peststein, wie der Dorfladen ... du gehörst dazu. Dieses Gefühl kenne ich nicht. Ich fühle mich allein. Ich habe Angst. Und ich kann die Angst in anderen sehen. Ich weiß, dass Janey im Augenblick vor irgendetwas entsetzliche Angst hat. Wir sollten etwas unternehmen, um ihr zu helfen. Sie dreht langsam durch. Vor Angst.«

»Wovor denn?«

»Vor dir. Vor mir. Vor David. Vor allen. Marian, warum sagst du ihr nicht endlich, dass du Melanie gesehen hast?«

Marian hatte sich überraschend schnell wieder unter Kontrolle. »Von wem hast du das?«

»Von Stanley. Sie hat in der Nacht, in der sie verschwand, in seinem Auto gesessen. Er hat dich gesehen, wie du sie vom Fenster aus beobachtet hast.«

»Ja, ich weiß. Und ich habe es Janey nicht gesagt, weil ich es nicht für wichtig gehalten habe.«

Sonia lehnte sich zurück und strich den weichen Jersey über ihrem Knie glatt, zupfte ein paar unsichtbare Flusen weg. Sie hatte gesagt, was sie hatte sagen wollen und weshalb sie gekommen war. Und sie hatte eine Antwort bekommen … in gewisser Weise. Die Antwort gefiel ihr jedoch nicht. Auch der Geruch in Marians Haus behagte ihr nicht. Sie hatte immer geglaubt, er käme von Constances Inkontinenz, doch Constance war seit Wochen nicht mehr da. Ein feuchter Geruch, der Geruch von Desinfektionsmittel, wie in der Gemeindehalle, als habe jemand versucht, mal richtig sauber zu machen, ohne dabei Erfolg gehabt zu haben. Ihr eigenes Parfüm kam Sonia vor wie ein tröstlicher Duft.

»Ich glaube, das alles wird zu viel für Janey.«

Während sie sprach, beobachtete sie das Gesicht ihrer Freundin. Marians blaue Augen waren durchdringend, dieselben blauen Augen wie Lloyd, Sally und Roger sie hatten. Ihre Haare waren unvorteilhaft geschnitten. An den Füßen trug sie ihre uralten Schaffellstiefel. Die vernünftige Marian. Ihre Freundin. Janeys Freundin?

Marians Stimme klang ungewöhnlich schneidend, als sie zu einer Antwort ansetzte. »Janey ist eine sehr dumme Person. Das ist sie immer gewesen und das wird sie, fürchte ich, immer sein. Und das hat überhaupt nichts mit Angst zu tun. Das ist nur wieder einer ihrer Versuche, Aufmerksamkeit auf sich zu ziehen. In der Vergangenheit hat sie David benutzt, jetzt setzt sie Melanies Verschwinden dazu ein. Glaub mir, Janey kann ganz schön raffiniert sein. Ich habe wirklich genug von ihr und ihren ständigen Problemen, und dir ist nicht zu helfen, wenn du dir ihren letzten Auftritt so zu Herzen nimmst.«

Noch nie hatte Marian so unfreundlich über Janey gesprochen. Auch wenn sie darüber überrascht war, so war ihr auch klar, dass sie gar nicht so schwer an dem Zerwürfnis zwischen Marian und Janey hätte arbeiten müssen. Der Riss zwischen beiden war bereits größer, als sie gedacht hatte, lange bevor sie einen Keil zwischen die beiden zu treiben begann. Die Gefahr, dass Janey mit Marian über sie klatschte, war nun sehr gering.

Trotzdem glaubte Sonia, dass Marian sich täuschte. Janey ging es nicht um die Aufmerksamkeit der anderen, nicht dieses Mal. Es war Angst. Man konnte sie beinahe riechen. Und der Blick, den sie am vorangegangenen Abend in der Gemeindehalle in ihren Augen gesehen hatte, bevor sie sich abgewandt hatte, um ihn zu verbergen, war derselbe, den Sonia bei ihrem Vater damals in *Moorview* gesehen hatte.

Sonia, die ihr Auto an diesem sonnigen, aber kühlen Morgen zu Hause gelassen hatte, war gerade auf dem Heimweg, als sie begriff, warum sie sich die ganze Zeit so unwohl fühlte. Die Äste der Bäume hoben sich in einer filigranen Silhouette von einem strahlend blauen Himmel ab. Sie lief die Straße entlang, und es stank nach der Gülle, die die Bauern auf den abgeernteten Feldern ausgebracht hatten. Sie wollte sich ihre Stiefeletten nicht schmutzig machen und konzentrierte sich auf jeden ihrer Schritte auf der verschmutzten Straße.

Die Beerdigung hatte an einem Vormittag wie diesem stattgefunden. Einem Novembermorgen. Wie kalt ihr zu Mute gewesen war, als sie da allein mit ihrer Mutter und dem verschnupften Vikar am Grab gestanden hatte. Wie ungemütlich die dunkle Grube in der Erde gewirkt hatte. Wie sie sich gewünscht hatte, sie hätte Paul beim Frühstück nicht so voreilig abgewimmelt: »Nein, lass nur, Paul, du hast ihn ja schließlich kaum gekannt ... nicht wie er war, bevor er wegkam. Nein, du hast heute genug zu tun in der Galerie, tu dir die Beerdigung nicht auch noch an. Mum versteht das bestimmt.« Die Kinder aus der Schule zu holen, damit sie bei der Beerdigung dabei sein konnten, hatte nie zur Debatte gestanden. Die Tränen waren ihr in die Augen gestiegen, so wie sie es jetzt taten, in diesem scharfen Gegenwind, und ihre Nase war gelaufen.

Ihr Blick war auf die Hände ihrer Mutter gefallen, rau und rot und ohne Handschuhe. Wie dumm von ihr, hatte sie gedacht, zu einem solchen Zeitpunkt etwas so Wichtiges zu vergessen.

Sie hatte sich nach vorne gebeugt und geflüstert: »Da, Mum, nimm meine Handschuhe. Deine Hände sind ja schon ganz erfroren.«

Sonias Mutter ließ nicht erkennen, dass sie sie gehört hatte, sondern starrte unverwandt in das Loch in der Erde.

Sie sprach kein Wort, bis es vorüber war und sie den Weg zurück durch ein Gewirr alter Grabsteine zum Auto gefunden hatten. Erst da hatte sie sich zu Sonia umgedreht und gesagt: »Er war nicht verrückt, weißt du.«

»Ich weiß, dass er nicht verrückt war, Mum. Das ist ein so entsetzliches Wort. Dad war nur alt und müde.«

»Nein, Sonia«, widersprach ihre Mutter erregt. Sonia beugte sich hinunter zu ihr, damit ihre Mutter wusste, dass sie ihr zuhörte.

»Nein, Sonia. Dad hatte Angst. Das war alles.«

»Angst? Wovor?«

»Dad hatte Angst vor ... ach ... vor einfach allem.« Ihre Mutter suchte mit wässerigen Augen den Himmel nach einer Antwort ab. Dann sagte sie: »Er war alt. Er war müde. Sie sagten, er sei verwirrt. Aber ich weiß es besser. Ich weiß, dass er Angst hatte ... und wegen dieser Angst wurde er so, wie er war.«

»Du hast noch immer nicht meine Frage beantwortet, Mum. Wovor hatte er denn Angst?« Sie versuchte ihre Mutter am Arm zu fassen, um sie zum Auto hinzulenken. Aber die alte Dame schien festgewachsen zu sein, hoch oben auf dem Friedhof am Hügel, über den von allen Seiten Wind hinwegfegte.

»Angst davor, alt zu werden. Angst davor, anderen zur Last zu fallen. Angst davor, sich nicht mehr um mich kümmern zu können. Angst davor, dass du dich seinetwegen schämst ... o ja, Sonia, du brauchst gar nicht so zu gucken. Er wusste, was es dir bedeutet, im Leben etwas zu erreichen. Und er war stolz auf dich mit deinen Antiquitäten, deinem Haus und deinen klugen Kindern, die sich so gewählt ausdrücken können. Aber das alles machte ihm auch Angst. Ich wusste es, o ja, ich wusste Bescheid. Das kann die Angst den Leuten antun, verstehst du. Es kommt oft vor ... und sie schieben dann andere Gefühle vor, weil sie nicht gerne über Angst sprechen. Aber im Grunde geht es genau darum ... um Angst.«

»Du hättest ihm doch erklären können, dass alles gut läuft. Ihm gut zureden können … vielleicht helfen können, seine Angst zu überwinden …«

»Wie hätte ich das tun sollen, Sonia? Er hatte ja Recht! Seine Ängste waren alle gerechtfertigt.« Weil sie offenbar zufrieden damit war, dass sie alles richtig hatte erklären können, setzte Sonias Mutter sich plötzlich in Bewegung und eilte zum Auto.

Angst. Fast immer ging es um Angst. Angst davor, was die anderen über einen reden könnten. Angst davor, sich in der Öffentlichkeit zu blamieren. Angst davor, den eigenen Anforderungen oder denen anderer nicht gerecht zu werden – wie immer diese aussehen mögen. Angst davor durchzudrehen. Angst vor Verlust. Angst vor dem Tod. Und bei Janey steckte auch noch eine andere Angst dahinter. Aber was für eine Art von Angst?

Vielleicht hätte Sonia diese übertriebene Ängstlichkeit ihres Vaters verhindern können … indem sie ihm angeboten hätte, bei ihr zu wohnen … ihm Verantwortung abgenommen hätte … ihm gezeigt hätte, dass sie ihn liebte und schätzte. All das getan hätte, wozu ihre Mutter zu erschöpft war. Sonia hätte es tun können … wenn sie nur gewollt hätte … wenn sie begriffen hätte, worum es ging. Schließlich hatte sie offenbar als Einzige verstanden, was mit Janey los war.

Als sie die Straße entlang lief, meldete sich ihr Gewissen und das war neu für Sonia. Schlagartig wurde ihr bewusst, dass sie zu weit gegangen war. Falls es einen Gott gab, falls irgendwer da oben die Fäden in der Hand hielt, würde er ihr eine zweite Chance geben? An einem solchen Morgen fiel es leicht, an ein höheres Wesen zu glauben ... an einem so leuchtenden, herrlichen Morgen ... ein solcher Morgen drang auf staubweißen Sonnenstrahlen selbst in Sonias Seele, als sie auf der Straße entlang zu ihrem Haus ging, sich auf Zehenspitzen den Weg suchte, um die Schuhe nicht schmutzig zu machen.

Janey Tandy war dabei, sich in ihre eigene Welt zurückzuziehen, so wie Sonias Vater es getan hatte. Und sie, Sonia Hanaford, hatte durch ihre grausamen Intrigen Janeys Ängste wahrscheinlich noch geschürt. Sie hatte es bewusst darauf angelegt, ihr ihre Freundin, Marian, wegzunehmen. Obwohl Marian nach dem, was sie heute gehört hatte, von Janey schon lange genug gehabt haben musste. Sie selbst war Janey bis vor kurzem offensichtlich aus dem Weg gegangen, weil sie befürchtet hatte, Stanley könne etwas mit dem Verschwinden Melanies zu tun haben. Und erst diese Woche hatte sie Janey zu Hause besucht und, ohne Rücksicht auf ihren offensichtlich desolaten Zustand zu nehmen, darauf bestanden, sie solle nichts über die Geschichte mit Stanley erzählen.

Wie eine Freundin hatte sie sich nun wirklich nicht verhalten. Niemand schien sich Janey gegenüber wie ein Freund verhalten zu haben, als sie am nötigsten einen gebraucht hätte. Und, da war Sonia sich sicher, die Frau hatte vor irgendetwas entsetzliche Angst. Jemand musste sich um sie kümmern ... Marian kam dafür nicht in Frage. Vielleicht sollte sie mit David über Janey reden? Aber er hatte genug mit sich zu tun. Was konnte er schon ausrichten? Und Jeffrey, der Vikar, konnte der helfen? Ja, das war vielleicht die beste Idee.

Vor allem aber wollte sie morgen wieder bei Janey vorbeischauen und darauf bestehen, dass sie mit ihr irgendwo zu Mittag aß.

Damit war ihr schlechtes Gewissen beruhigt, und sie schenkte sich ein Glas Bristol Cream ein, als sie wieder zu Hause war.

ACHTZEHNTES KAPITEL

Die Geschichte setzte ich aus Fragmenten zusammen – aus gut erhaltenen oder angeschlagenen Teilen, alte Vasen aus Ausgrabungsstätten, wie ein Mosaik. Wir setzten die Geschichte zusammen für die Nachwelt und verlassen uns dabei auf unsere eigene Erfahrung und Vorstellung, um die Lücken zu füllen.

Verdammte Amateurtheateraufführungen! Stuart Hubbard-Granger, der Chefreporter vom *South Starford Citizen*, war ärgerlich, weil er über das Theaterstück in Meadcombe berichten musste. Normalerweise wählte er die Veranstaltungen so aus, dass er rechtzeitig zu Jilly und ihrem neugeborenen Baby, Charles, nach Hause kommen konnte. Jilly war gereizt in letzter Zeit, kam nur schlecht damit zurecht, stundenlang allein mit dem Baby zu Hause zu sitzen, isoliert und ohne Freunde in der Nähe, seit sie in das neue Stadthaus gezogen waren, wo selbst die Bäume ordentlich in Reihen wuchsen. Sie wartete geradezu verzweifelt darauf, dass ihr Mann nach Hause kam.

Keiner der Journalisten riss sich darum, nach Meadcombe zu fahren, denn es war ein Dorf unter vielen, eins dieser Dörfer, die durch große Flächen Ackerland voneinander getrennt waren. Außerdem würde Stuart aufpassen müssen, dass sie ihn nicht dazu überreden würden, bis zum Ende des Abends zu bleiben. Wahrscheinlich würde er sich die gesamte Probe anschauen und dabei ein interessiertes Gesicht aufsetzen müssen, da der Name des Stücks – der Grund für diesen ganzen Aufwand – erst am Schluss gezogen wurde. Doch er konnte es nicht mehr ändern. Seine Kollegen waren alle mit Arbeit eingedeckt, und Chris Earl, der Chefredakteur, bestand nun einmal auf diesem Bericht.

»Wir könnten doch einfach am nächsten Morgen anrufen, Chris«, hatte er versucht, den Abend für Jill frei zu bekommen.

Chris hatte den Kopf geschüttelt. Vor seinem Gesicht schwebten dicke Rauchschwaden. »Interessiert die Leute hier«, führte er aus. »Sie müssen das Gefühl haben, dass wir sie ernst nehmen. Außerdem weiß man nie, wann etwas wirklich Großes passiert in diesen kleinen Nestern ... da ist es immer gut, auch über solche Dinge zu berichten ...«

Etwas wirklich Großes in Meadcombe? Der Mann konnte ja nicht ganz bei Trost sein. Stuart dachte an Jill, wie sie den ganzen Abend allein am Kinderbett saß, und die Angst stieg in ihm hoch. In letzter Zeit lief er häufig mit sorgenvoller Miene durch die Gegend. Niemand hatte ihnen gesagt, wie es wirklich war mit so einem hilflosen Geschöpf, einem neugeborenen Baby zu Hause ...

Er verließ also an diesem dunklen Dezemberabend um halb sieben sein Büro und ging ins Garden House, ein seelenloses rotes Ziegelgebäude neben dem Wettbüro in der Neustadt, um dort eine Kleinigkeit zu essen. Er entschied sich für eine Pastete. Keinesfalls wollte er zuerst nach Hause fahren. Es gäbe nur Tränen, wenn er wieder aufbrechen müsste.

Der Weihnachtstrailer kündigte unzählige Spielfilme, glitzernde Shows und Weihnachtsgeschichten für Jung und Alt an. In den Werbungen dazwischen sah man fröhliche Kunden mit rosigen Gesichtern, die sich zu den Festtagen etwas Besonderes leisteten. In Pelzstiefeln und mit hochgestelltem Kragen schwangen sie ihre vollen Einkaufstüten und lachten fröhlich, während sie sich ihren Weg durch die Menge bahnten. Auf dem Bildschirm herrschte eine Atmosphäre verzweifelter Heiterkeit, die Janey mit offenem Mund zurückließ.

Doch es gab kein Entkommen. Genauso wenig bestand die Möglichkeit, mit jemandem Kontakt aufzunehmen, sogar wenn sie sich dazu sicher genug gefühlt hätte. Weihnachten ließ sie kalt. An Daniel oder Justin dachte sie nicht. Weihnachten ging die anderen Familien an, nicht die Tandys.

Zwischendurch schleppte sie sich schwerfällig wie eine alte Frau ans Telefon. Sie machte sich nicht einmal die Mühe, David zu fragen, warum kein Freizeichen zu hören war. Er hätte es ihr erklären können: »Sie haben uns wieder einmal das Telefon gesperrt … und wenn du dich mal mehr um unsere Finanzlage kümmern würdest, statt dich wegen Melanie verrückt zu machen, wüsstest du, warum und bräuchtest nicht zu fragen.«

Geld! Geld! Janey empfand Davids Phrasendrescherei als Zeitverschwendung. Sie wusste genau, warum das Telefon nicht funktionierte.

Ihr kurzer Ausflug über den Dorfplatz war auch nur eine Pflichtübung gewesen. Mit jedem Schritt hatten ihre Beine stärker gezittert, bis sie schließlich fürchtete, sie würden sie nicht weiter tragen. In ihrem Kopf dröhnte es. Sie hielt sich an dem Metallgehäuse des Telefonhäuschens fest, um nicht zu stürzen, und kämpfte gegen ihre wirren Gedanken an. Ihre geweiteten Augen blieben an dem sauber durchtrennten Kabel hängen, es fiel ihr schwer, sich daran zu erinnern, warum sie hierher gekommen war.

»Sie« erlaubten ihr, in den Dorfladen zu gehen. Auch konnte sie die Gemeindehalle erreichen, ohne dass ihr schwindelig wurde. Und der Weg dorthin war zweimal so weit wie zu der Telefonzelle. »Sie« hielten sie gefangen. Und wo immer sie hinging, folgten ihr diese Meadcombeknopfaugen, die in leeren Meadcombegesichtern steckten. Und sie fragte sich, ob sie die Einzige war, die nichts mit dieser üblen Verschwörung zu tun hatte.

Inzwischen war sie sich nicht einmal mehr sicher, ob nicht auch Melanie mit drin steckte – oder Justin – oder Daniel –, denn die Jungs beobachteten sie auffällig häufig in letzter Zeit.

Die Polizei? Welche? Wie konnte sie sicher sein? Und falls sie einen Fehler machte, was würde dann mit ihrer Tochter geschehen?

»Was wollte Sonia?«

Davids Frage kam unerwartet, denn woher konnte er wissen, dass Sonia sie an diesem Morgen besucht hatte? Wer hatte ihm davon erzählt und warum? »Ich weiß nicht, was sie wollte«, lautete, der Wahrheit entsprechend, die Antwort. »Sie kam nur auf eine Tasse Kaffee vorbei.« Janey hatte immer das Gefühl gehabt, die Frauen hier seien schlimmer als die Männer, als seien sie durch ihre finanzielle Abhängigkeit innerlich so klein und verschrumpelt, dass sie nur dann zusammenhielten und sich gegenseitig unterstützten, wenn es darum ging, gemeinsam über eine ihresgleichen herzufallen. Jemand herabsetzen zu können, schien ihnen Kraft zum Leben zu geben. Ihr war klar, dass Sonia nur angerufen hatte, um sie auszukundschaften und den Leuten, die sie geschickt hatten, Bericht zu erstatten, wer immer das sein mochte.

»Melanie geht's gut«, lautete die Standardantwort, die sie erhielt, wenn sie versuchte, mit jemandem über ihre verschwundene Tochter zu sprechen. »Melanie geht's gut … ach, mach dir keine Sorgen, ich bin mir sicher, dass es Melanie gut geht.«

Sie wussten alle Bescheid … sie wussten alle, wo sie steckte … und Sonia hatte heute Vormittag dieselben Worte gebraucht, in demselben beruhigenden Tonfall.

Im Gespräch war es um die Kinder gegangen, was selten vorkam, da Sonia nicht häufig über ihre Kinder sprach. Ihre Zwillinge, Phineus und Flora, waren den meisten Menschen in Meadcombe ein Rätsel. Sonia beschränkte sich auf die Schilderung ihrer Erfolge … ihre musikalischen Leistungen … Schulreisen ins Ausland, während andere, die ihren Kindern näher standen, über persönlichere Ereignisse berichteten wie Kinderkrankheiten.

In den Ferien, wenn sie zu Hause waren, spielten die Zwillinge nicht mit den Dorfkindern. Sie schienen einander genug zu sein. Nicht dass sie hochnäsig gewesen wären. Sie glitten auf ihren Mountainbikes durch das Dorf, zwei freundliche und durchaus sympathische Kinder. Aber sie blieben unter sich.

»Ich freue mich schon auf die Ferien.« Sonia schien dieses für sie untypische Geständnis fast peinlich zu sein. »Die beiden haben mir seit den letzten Ferien richtig gefehlt. Liegt vielleicht daran, dass sie jetzt ein schönes Alter haben ... elf ist doch ein schönes Alter, oder? Sie werden vernünftiger ... du verstehst schon ... man kann sich mit ihnen richtig unterhalten, und sie haben plötzlich eigene Ideen. Ja, sie fehlen mir.«

Aber wenigstens weißt du, wo sie sind, wollte Janey ausrufen. Kannst du dir vorstellen, wie ich mich fühle? Natürlich konnte sie das nicht sagen, weil Sonia ja genau auf einen solchen Ausbruch wartete. Vielleicht hatte sie gerade deshalb das Gespräch auf Kinder gebracht.

Sonia hatte immer weiter geredet, während Janey an der Spüle stand und Karotten schälte. Sie wusste, wie wichtig diese kleinen Verrichtungen für ihre geistige Gesundheit waren. »Ich wollte sie dieses Jahr konfirmieren lassen. Aber sie hatten kein Interesse ... und Paul war dagegen.«

»Ach?«

»Sicher, ich gehe nicht in die Kirche, aber man möchte doch, dass alles seine Ordnung hat. Schließlich lässt sich nie sagen, wann man es mal brauchen kann ...«

Janey konnte sich keine Situation vorstellen, bei der man eine Konfirmation brauchen konnte, es sei denn, weil man religiös war.

»Es hat mir schon nicht gefallen, dass ich bei ihrer Taufe nicht dabei sein konnte. Es ist schlimm für mich, wenn ich einen ihrer großen Tage verpasse ...«

Janey rutschte das Messer ab. Sie hielt den Atem an und hielt die Schnittwunde unter den Wasserhahn. Sie spürte keinen Schmerz. »Warum warst du denn bei der Taufe nicht dabei?«

»Ich war krank«, Sonias Stimme driftete ab, sie dachte bereits an etwas anderes. »Hatte wohl Grippe oder so was …«

Auch Janeys drei Kinder waren getauft worden, ohne dass sie dabei gewesen war. Sie hörte auf, die Karotten zu schälen, und sah zu, wie das Wasser ihr Blut verdünnte und, kaum dass es Zeit gehabt hatte, aus der Wunde auszutreten, in den Ausguss hinuntergespült wurde.

Melanie war mit drei Monaten getauft worden. Janey hatte mit Mumps im Bett gelegen. Jeder hatte damals betont, wie gut es sei, dass Melanie kein Junge war, weil sie sich hätte anstecken und sich damit in Gefahr hätte bringen können. Die Vorbereitungen waren bereits getroffen gewesen. Sie konnte die Taufe nicht mehr absagen. Also war sie im Bett geblieben und hatte sich deshalb keine Vorwürfe gemacht.

Am Tag vor Daniels Taufe hatte Melanie über 39 Grad Fieber bekommen. Die ganze Nacht über hatte Janey versucht, es mit Zäpfchen und kalten Wickeln unter Kontrolle zu bekommen. Am Morgen war es dann gefallen, doch David hatte darauf bestanden, dass sie mit Melanie daheim blieb. »Du musst bei der Taufe nicht dabei sein«, hatte er erklärt. »Melanie braucht dich heute viel nötiger als Daniel.« Sie hatte, da sie ohnehin erschöpft war, nachgegeben, und war zu Hause geblieben.

Ein Jahr später, als Justin getauft werden sollte, fand sie

nichts mehr dabei, nicht mit zur Taufe zu gehen. Als sie daher im letzten Augenblick schreckliche Migräne bekam, machte sie sich gar nicht mehr die Mühe, diese zu bekämpfen. »Ich bleibe daheim«, erklärte sie David.

»Wenn du meinst.«

»Ja, das meine ich.« Sie hatte die Perlmuttknöpfe des Taufkleids zugeknöpft, die Augen vor dem Schmerz in ihrem Kopf verschlossen, und das Zimmer hatte aufgehört, sich zu drehen. Wieder hatte es ihr nichts bedeutet, nicht dabei gewesen zu sein.

Doch mittlerweile bedeutete es ihr etwas. Es bedeutete ihr inzwischen sogar sehr viel. Sie dachte an Menschenopfer, an unschuldige Kinder, die dem Satan geweiht wurden.

Sonia jedoch war gerade bei dem großen Weihnachtsereignis angekommen. »Ich habe mich bereit erklärt, den Kakao zu kaufen«, meinte sie, während sie zusah, wie Janey in der Keksdose wühlte, in der sie ihre Pflaster aufbewahrte. »Wir können es uns leisten, und unsere Theaterkasse scheint nicht für einen großen Kessel zu reichen. Es wäre einfach schade, wenn man ihn nicht richtig zubereitet. Sie wollen das Wasser in einem Haus in der Nähe heiß machen und dann den Kessel auf einem Wagen zum Platz bringen. Es soll eine Stunde dauern, bis es richtig heiß ist.«

»Man könnte es hier machen«, schlug Janey vorsichtig vor, während sie ein Pflaster auf ihre Finger klebte. »Man muss den Kessel nur über die Stufe rollen und den Tauchsieder hier einstecken. Das wäre doch praktisch.«

Sonia freute sich über Janeys Hilfsbereitschaft. Im Augenblick wollte sie um jeden Preis ihr – wie sie es nun sah – entsetzlich schlechtes Verhalten wieder gutmachen. Janey würde niemandem von Stanley erzählen. Wahrscheinlich hatte sie es bereits vergessen. Janey war am Ende … wirklich am Ende. Und dafür fühlte sich Sonia mitverantwortlich. »Ich bringe also den Kakao hierher. Wir können ihn ganz zum Schluss einrühren … kurz vor Mitternacht. Die Leute werden froh sein … bis dahin sind sie wahrscheinlich schon ganz durchgefroren.«

»Ja«, meinte Janey nachdenklich, »das denke ich auch.«

Dieser Abend war wichtig. Stuart Hubbard-Granger war gekommen, und der Name des Stückes sollte gewählt werden.

Manche nahmen das sehr ernst. Alan Faraday hatte sein dickes Zitatebuch und sein Kompendium der Literatur von vorne bis hinten durchgeackert, um einen originellen Titel zu finden. Nach einigem Stöbern und Sinnieren war der Bankdirektor, der einen Soldaten spielte und dafür unbequeme Teile aus einer alten Rüstung tragen musste, mit einer Zeile aus einem Gedicht R. S. Thomas' aufgetaucht, das das Leben und eher vergebliche Wirken Landgeistlicher »Unter den Trotteln und Trampeln« zum Gegenstand hatte, sowie einem zweiten Titel, den er für besser hielt, aber nicht in den Hut stecken durfte, – *Der Sog der Zeit.*

»Was ist, wenn der junge Mann vom *Citizen* einen unmöglichen Titel zieht?«, sorgte sich Mrs. Blogg. »Ich war immer der Meinung, eine Jury sollte den Namen auswählen. Manche Leute hier haben doch keine Ahnung von guten Titeln.«

Mrs. Henley blickte sie stirnrunzelnd an und klopfte mit dem Ende ihrer Brille gegen ihre Aktentasche. »Wenn Sie die Wahrheit wissen wollen, Nancy, im Grunde genommen ist es völlig egal, wie das Stück heißt. Doch so hat jeder das Gefühl, gleichberechtigt am Entscheidungsprozess teilzunehmen.«

Mrs. Blogg hatte sich schon immer an Mrs. Henleys eher gleichgültigen Einstellung gegenüber bestimmten Dingen gestört. Zumindest war es ihr gelungen, die Autorin davon abzuhalten, die Dorfkinder am Stück mitwirken zu lassen. Das wäre denn doch zu albern geworden. Sie fürchtete ohnehin, dass das Ergebnis ihrer Bemühungen recht albern wirken würde.

»Das ist unsere erste richtige Kostümprobe«, erklärte Grant dem Reporter. »Das ist der Abend, an dem, wie ich fürchte, alles schief laufen wird. Nun heißt es, Ruhe zu bewahren.«

Stuart fand nicht im Geringsten, dass Grant ruhig aussah. Grants Augenlider zuckten, und die Stirnlocke, die normalerweise glatt nach hinten gekämmt war, fiel ständig nach vorne über seine breite Stirn.

»Wäre es nicht möglich, schon jetzt mit der Ziehung zu beginnen und die Probe daran anzuschließen?« Stuart warf einen Blick auf seine Uhr. »Ich bin heute Abend etwas unter Zeitdruck.«

Grant wirkte noch aufgeregter. »Wir hatten aber nicht geplant ...«

»Ich würde Sie nicht bitten, wenn sich da nicht zu Hause dieses Problem ergeben hätte.« Stuart warf erneut einen Blick auf die Uhr und ließ dann die Augen über die Halle schweifen. Es herrschte das reinste Chaos. Die Leute hatten ihre Kostüme teils aus-, teils angezogen ... Mrs. Brierly huschte herum und tupfte hier und dort noch an Make-ups herum … Perücken saßen schief, und halb leere Kaffeetassen standen an Orten herum, wo sie Gefahr liefen, jeden Augenblick umgestoßen zu werden. Es würde noch eine Weile dauern, bevor man überhaupt daran denken konnte anzufangen. »Ich wäre Ihnen wirklich sehr dankbar.«

Es fiel Grant schwer zu verstehen, wie jemand es ertragen konnte, eine Vorstellung seines Stücks zu versäumen … und wenn es sich nur um eine Kostümprobe handelte. Doch er sah, dass es Stuart ernst war, und daher klatschte er in die Hände, um die Leute auf sich aufmerksam zu machen. Alle Zettel befanden sich bereits im Hut. Die Mitwirkenden hatten ihre Wahl bereits abgegeben, als sie durch die Tür eingetreten waren.

»Aufgepasst!«, rief Grant über den Lärm hinweg. »Wir ziehen den Namen schon jetzt anstatt wie geplant nach der Kostümprobe. Könntet ihr bitte einen Moment still sein, während ich Stuart Hubbard-Granger vom *South Stanford Citizen* bitte, auf die Bühne zu kommen?«

Die Leute unten vor der Bühne traten vor zum Bühnenrand. Auf seinem Weg über die erhöhte Plattform kämpfte Stuart mit dem Vorhang. Grant reichte ihm den Hut von unten hinauf. Stuart sah hinunter in die wartenden Gesichter und setzte sein charmantestes Lächeln auf.

»Es ist mir eine große Ehre«, begann er seine Rede, »den Namen dieses traditionellen Dorffestes ziehen zu dürfen … den Namen des jährlichen Weihnachtsspiels. Wie ich gehört habe, waren alle Mitwirkenden dazu aufgerufen, einen Titel auszuwählen«, er fasste tief in den grauen Zylinder, »und hoffentlich wird der Titel, den ich hier ziehe, allen gefallen!« Hoffen wir, dass das hier schnell vorbei ist und ich nach Hause komme!, dachte er.

Stuart Hubbard-Granger zog einen Zettel aus dem Zylinder, reichte Grant den Hut und faltete langsam das Blatt Papier auseinander, um die Spannung zu steigern, denn deshalb war er schließlich hier. Ich könnte nie in einem Dorf leben, dachte er insgeheim, während er das Ergebnis ins Licht hielt. Ich könnte in keiner so engen Gemeinschaft wie dieser leben. Es triebe mich binnen einer Woche in den Wahnsinn. Die Atmosphäre im Raum war erstickend, oder lag es an dem, was er gegessen hatte?

Stirnrunzelnd las er die schwarzen Druckbuchstaben. Und stirnrunzelnd blickte er in das Meer von Gesichtern. Er räusperte sich, zog seine Krawatte zurecht und überflog die Buchstaben ein zweites und ein drittes Mal. Schließlich lachte er kurz auf und reichte den Zettel hinunter zu Grant. »Ich kann das unmöglich vorlesen!«, flüsterte er.

»Ziehen Sie einen anderen Zettel«, raunte ihm Grant nervös zu. »Offensichtlich hat sich da jemand einen schlechten Scherz erlaubt.«

Grant reichte den Zylinder wieder nach oben. Erneut zog Stuart einen Zettel, nachdem er zuvor im Zylinder herumgestochert hatte. »Gut«, lächelte er in die Menge. »Wir wären soweit.«

Doch auf dem Zettel stand dieselbe Botschaft. Zum ersten Mal wurde es ganz still im Saal. Etwas ging vor, es lohnte sich also, das Geschehen auf der Bühne zu verfolgen.

»Es ist exakt dieselbe Botschaft.« Kopfschüttelnd kniete sich Stuart an den Bühnenrand, um mit Grant flüstern zu können. »Es steht überall dasselbe darauf… sehen Sie.«

Verärgert faltete er zum Beweis einen weiteren Zettel auseinander.

»Tun Sie einfach, als ob ...«, erwiderte Grant schnell. »Ziehen Sie einen und verlassen Sie sich auf Ihren gesunden Menschenverstand. Irgendeinen Titel ...«

»Mir fällt kein Titel ein! Ich weiß ja nicht einmal, um was es in dem verdammten Stück geht!«

»*Der Peststein* ist in Ordnung. Machen Sie schon! Bringen Sie es um Himmels willen hinter sich!«

Stuart erhob sich und zwang sich zu einem Lächeln. Er zog einen weiteren Zettel heraus und faltete ihn auseinander, bevor er laut und langsam rief: »*Der Peststein.* Hiermit taufe ich das Stück auf den Namen *Der Peststein.*«

Es folgte kurzer, gelangweilter Applaus, bevor der Saal wieder von geschäftigem Gemurmel erfüllt wurde. »Was für eine Zeitverschwendung«, schnaubte Jeffrey verärgert. »So hätten wir das Stück von Anfang an nennen können. Wie wenig Fantasie manche Menschen doch haben.«

»Sie haben da einen Verrückten in Ihrer Mitte«, erklärte Stuart, während er die Finger in die engen Lederhandschuhe zwängte, um endlich die Bühne verlassen zu können.

»Jemand hat sich an dem Hut zu schaffen gemacht«, erklärte Mrs. Henley erbost. »Dass es dazu kommen könnte, hätte ich mir nie im Leben träumen lassen.«

»Sind sicher Kinder gewesen«, warf Mrs. Blogg ein.

»Sieht aber gar nicht nach einer Kinderschrift aus«, widersprach der Reporter.

»Kinder oder irgendein Scherzkeks.«

»Nicht gerade ein besonders lustiger Scherz!« Stuart blickte lächelnd in die Runde.

»Ich bin mir sicher, da stecken Kinder dahinter«, versicherte ihm Grant, während er ihn aus der Halle hinaus begleitete. »Kein Grund, sich Gedanken zu machen. Solche Dinge passieren in einem Dorf...«

»Tatsächlich?« Stuart hatte das Gefühl, dass Grant und die anderen froh über sein frühes Verschwinden waren, und er hatte nichts dagegen einzuwenden. Je schneller er nach Hause kam, desto besser. Er fühlte sich nicht wohl, hatte sich den ganzen Abend nicht wohl gefühlt, und dann das ...

»Ich hoffe, jemand vom *Citizen* schreibt über die Aufführung«, sagte Grant zu Stuart, als dieser sich in den Fahrersitz zwängte. »Gewöhnlich tun sie das.«

»Der Weihnachtsabend ist immer schwierig, aber natürlich sehen wir, was wir tun können ...«

»Und ein Fotograf?«

Stuart ließ den Motor an und war glücklich, als er ihn aufheulen hörte. »Falls es geht. Ich kann es Ihnen unmöglich versprechen ...« Der Qualm aus dem Auspuff stieg in die kalte Nachtluft auf.

»Selbstverständlich werden Sie nichts über die unglückseligen Vorfälle dieser Nacht schreiben ...«

»Natürlich nicht.«

Mit einem leichten Schwindelgefühl fuhr Stuart davon. Als er im Rückspiegel einen Blick auf die Gemeindehalle warf, schimmerten die Lichter in den Fenstern unheimlich grün in der dunklen Nacht. Fröstelnd schaltete er die Heizung ein.

So sehr er sich auch wegen seiner Frau sorgte und so schnell er fuhr, um möglichst bald zu Hause zu sein, gelang es ihm nicht, diese Botschaften aus dem Kopf zu bekommen. Sie waren eindeutig an ihn gerichtet gewesen. In ihnen hatte eine Verzweiflung gesteckt, die an Wahnsinn grenzte. Stuart gab sich die größte Mühe und konnte dennoch diese Worte nicht aus seinem Gehirn verbannen, die mit solch ausdrücklicher Kraft niedergeschrieben worden waren. Sie tanzten auf der Windschutzscheibe vor ihm, und es war albern, doch am liebsten hätte er die Scheibenwischer eingeschaltet, um sie wegzuwischen.

»Sie haben mir mein Kind genommen, um es einer Sekte zuzuführen. Schauen Sie in ihre Augen, und Sie werden das Böse darin erkennen. Sie opfern ihre Neugeborenen dem Satan. Bitte helfen Sie mir und verschwinden Sie sofort von diesem teuflischen Ort.« Auf jedem Zettel hatte dieselbe Botschaft gestanden.

Merkwürdigerweise hatte niemand außer ihm den Vorfall unheimlich gefunden. Stuart Hubbard-Granger wischte sich den Schweiß von der Stirn, während er zu dem Schluss kam, dass er auf keinem Gesicht auch nur die geringste Spur von Beunruhigung entdeckt hatte. Wenn er in Meadcombe leben würde, wäre er krank vor Sorge, dass einer seiner Nachbarn so etwas geschrieben haben könnte … denn einer von ihnen war offensichtlich vollkommen durchgedreht … es sei denn … es sei denn …

Und er war so tief in Gedanken versunken, dass er die Kurve nicht sah … Der Baum war viel zu groß, um nachzugeben … daher war es das Auto, das nachgab …

NEUNZEHNTES KAPITEL

Janey Tandy hatte lange, bevor sie zur Tat schritt, gewusst, was sie zu tun hatte. Und wie. Und wann. Und warum. Sie musste handeln, nicht nur um Melanies willen. Sie brachten Menschen um ... dieser arme junge Mann, der eine Frau und ein kleines Kind zu Hause hatte ... Gehirnschaden ... und das alles wegen ihrer Botschaft.

»Melanie, möge Gott dich verdammen!« Der Schrei, den sie zwischen gefletschten Zähnen hervorstieß, hinterließ in ihrem Mund den Geschmack von alten Spinnweben. »Melanie, möge Gott dich verdammen, warum nur bist du nicht gestorben?«

Doch Janey Tandy war sensibel, übersensibel, würden manche sagen. Die Schande brächte sie um! Sie gehörte zu den Frauen, denen es peinlich war, wenn ihr Name in der Liste der Preisträger der Sarford Blumenshow auftauchte. Ein gedankenloser Verkäufer konnte Janey Tandy durch eine schroffe Bemerkung den ganzen Tag verderben.

Aber das war die alte Janey Tandy gewesen. Die Frau, die an diesem Dezembertag auf dem Boden im Zimmer ihrer Tochter saß, war eine völlig andere. Sie hatte den Punkt erreicht, an dem es keine Konsequenzen zu fürchten gab. Da diese für sie nicht existierten.

Und die Jungs? Sie war noch immer ihre Mutter. Die beiden brauchten sie noch, vor allem wegen ihres Vaters, der so mit sich selbst beschäftigt war, dass er sie kaum wahrnahm. Es war zu spät für die Jungs. Was ungerecht ihnen gegenüber war, denn sie hatten nichts getan, was einen derartig brutalen Entzug von Mutterliebe rechtfertigte. Ungerecht! Ungerecht! Doch so war das Leben nun einmal. Janey hatte Angst, dass, wenn sie die Jungs zu gern hatte, sie sie auch noch verlieren würde. Und David? David gab sie die Schuld für Melanies Verschwinden, was sie ihm jedoch nicht sagen konnte.

Wenn sie daran dachte, was sie Melanie womöglich antaten … vielleicht in diesem Augenblick!

Janey hatte sich folgende Version zurechtgelegt … Am Abend des neunzehnten Septembers hatte David Tandy seine Tochter absichtlich aus dem Haus getrieben. So, wie Janey Melanie kannte, so, wie David Melanie kannte, musste sie davonlaufen, wenn man sie derart in die Enge trieb.

Er hatte sie aus dem Haus getrieben … aus einem bestimmten Grund, und Janey hatte ihm dabei wie eine Närrin geholfen.

Jemand hatte auf dem Dorfplatz gewartet, hatte draußen in der Dunkelheit auf der Lauer gelegen.

Janey ertrug es nicht mehr, ihren Mann weiterhin um sich zu haben. Er war böse. Sie waren alle böse … doch nach ihrer Warnung an den Reporter vom *Citizen*, die eine solche Katastrophe nach sich gezogen hatte, gab es nichts mehr, was sie hätte tun, niemanden, dem sie davon hätte erzählen können. Sie konnte nirgendwo hin. Ihr fehlte jede

Energie. Sie war erschöpft, nahm das Leben nur noch durch rotverschwollene Augen wahr. Sie wollte Melanie zurückhaben. Und hatte schreckliche Angst.

Allerdings leuchtete ihr ein helles Licht in all diesem Dunkel ... Rache. Janey würde alle Kräfte aufbieten, die ihr zur Verfügung standen, um gebührend Rache zu üben. »Sie« würden jedenfalls nicht damit durchkommen. Dafür wollte Janey sorgen, was immer auch geschehen mochte.

Denn wenn David seine Tochter in jener Nacht wirklich aus dem Haus getrieben hatte, gab es zwei Möglichkeiten. Entweder hatte er sie schon als Baby bei ihrer Taufe dem Satan geweiht, und nun war die Zeit ihrer Konfirmation gekommen. Konfirmation, Initiation ... Die andere Möglichkeit war, dass Melanie etwas wusste, was sie nicht wissen durfte, und zum Schweigen gebracht werden musste.

Janey, die inzwischen keinen klaren Gedanken mehr fassen konnte, wandte sich wieder den Zeichnungen zu.

Dass ihre Tochter mit Stanley gesprochen hatte, überraschte Janey nicht. Dass er bis zum Hals in der Sache steckte, war sonnenklar. Das bewiesen auch die Bilder ... und sie glaubte alles, was sie dort gezeichnet sah. Es würde jetzt ja nicht mehr lange dauern, bis sie ihren satanischen Spielchen ein Ende bereiten würde ...

Sie blickte nervös aus dem Fenster und sah nur den Peststein, bedrohlich und unnachgiebig denen trotzend, die an ihm vorbeihuschten. Sie sah Sonia über den Platz in Richtung Pfarrhaus eilen. Sonia tauchte in Melanies Zeichnungen nicht auf. Was noch lange nicht hieß, dass sie nicht eine von den Verschwörern war. Wie sie selbst, war sie keine Einheimische, und Janey dachte sich, dass nur Kinder, die im Dorf geboren worden waren, an dem Hexensabbat teilnahmen. Sonia arbeitete ihnen als Außenstehende zu. Man konnte es an ihrem Gesicht ablesen ... und warum sollte sie sich sonst mit jemandem wie Stanley zusammentun?

Um die Hexen davon abzuhalten, einem das Kind wegzunehmen, musste man laut dessen Namen rufen ... da draußen ... und dabei mit dem Rücken den Stein berühren. Genau das würde sie tun, wenn die Zeit gekommen war. Janey Tandy hatte ihren Plan, und den würde sie durchführen. Er war die letzte Hoffnung, die ihr geblieben war.

Sonia war auf dem Weg zum Vikar, um mit ihm über Janey zu reden.

Auf dem Weg zum Pfarrhaus stellte sich Sonia vor, wie Marian von Constances Zimmer aus in den frühen Morgenstunden auf den Dorfplatz hinuntergesehen hatte, während die alte Frau hinter ihr, im selben Zimmer, gestorben ... oder bereits tot war?

Marian hatte gesagt, sie habe beobachtet, wie Melanie mit Stanley gesprochen hätte. Allerdings hatte sie das erst eingestanden, nachdem Stanley erklärt hatte, er habe sie am Fenster gesehen. Bis dahin hatte sie darüber merkwürdigerweise kein Sterbenswörtchen verloren. Warum hatte Marian das nicht sofort erwähnt, als sie hörte, dass Melanie vermisst wurde? Warum diese ganze Geheimniskrämerei? War es möglich, dass Marian etwas mit dem Tod ihrer Schwiegermutter zu tun hatte? Bestimmt nicht! Nicht Marian!

Nein. Das konnte es nicht sein.

Mit ausladenden Schritten marschierte Sonia über den

Platz. Manchmal fuhr sie mit dem Auto ins Dorf, manchmal lief sie. Das hing vom Wetter ab. An diesem Tag war es kalt, aber sonnig, die Wolkendecke hoch oben, die auf Regen schließen ließ, war aufgerissen.

Im Augenblick passierte eine Menge, und Sonia begriff die Zusammenhänge nicht. Das gefiel ihr ganz und gar nicht. Sie musste doch wissen, was in ihrer nächsten Umgebung los war, um manipulieren zu können. Marian wurde immer distanzierter, und Janey zusehends verrückter … und niemand, dachte Sonia, interessierte sich dafür!

Sie hatte bemerkt, dass Janey bei der Probe beinahe ohnmächtig geworden war, als Marian als Hexe verkleidet durch die Halle gegangen war. Sonia hatte sie vom anderen Ende der Halle aus genau beobachtet … Janey hatte sich am Ofen festhalten müssen und sich dabei die Hand verbrannt. Danach war sie hinausgestürzt, wahrscheinlich auf die Toilette, um sich zu übergeben. Vor Sonias Augen war Janey das Blut aus den Wangen gewichen, bis sie am Ende ganz grünlich war … Sicher hatte Marian als Hexe überzeugt, aber so abstoßend war sie nun auch wieder nicht gewesen!

Und diese Geschichte mit der Namenswahl für das Stück. Irgendetwas war daran seltsam gewesen, doch als sie Marian danach gefragt hatte, hatte diese ihr tatsächlich geantwortet, sie solle sich um ihren eigenen Kram kümmern, und sich wieder Jeffrey und Mrs. Henley zugewandt. Sonia, die sich als eine Art zentrale Figur der Theatergruppe begriff, ärgerte es ziemlich, derart ausgeschlossen zu werden …

Und dieser entsetzliche Autounfall, bei dem der junge Mann vom *Citizen* so schwer verletzt worden war, dass er, soweit sie informiert war, sich noch immer auf der Intensivstation befand …

Zitternd war Sonia stehen geblieben und hatte sich neben der Straße auf eine Bank gesetzt, die von einem gewissen Ron Blake für die Bevölkerung von Meadcombe gestiftet worden war. Alles schien irgendwie mit Melanies Verschwinden zusammenzuhängen … an demselben Abend hatte sie sich mit Stanley getroffen … in dieser Nacht war Constance gestorben … und nur kurze Zeit später hatte Janey angefangen, so seltsam zu werden. Der Gedanke an Teufelsanbetung wäre Sonia nie in den Sinn gekommen … dafür stand sie mit beiden Beinen zu fest auf dem Boden. Sie konnte mit allem, was auch nur den Anflug des Übernatürlichen hatte, nichts anfangen – selbst die normalen religiösen Gebräuche belächelte sie. Nein … daran dachte sie keineswegs … aber an Intrigen und Skandale oder etwas Derartiges.

Ach, Ron Blake, seufzte sie, wer immer du bist, was verdammt noch mal ist hier los? Da Sonia es nicht ertrug, passiv zu bleiben, hatte sie dieses Treffen mit dem Vikar vereinbart.

»Ich schau kurz bei ihr vorbei – nein, machen Sie sich keine Sorgen. Ich werde nichts von Ihrem Besuch erzählen. Ich werde sie bitten, mir mit dem Blumenschmuck für die Kirche zu helfen und sie zum Gemeindekaffee bei meiner Frau einladen. Sie wird nicht erfahren, dass Sie bei mir waren und was Sie mir gesagt haben. Sie können sich auf mich verlassen.

Sonia behielt wie immer ihre Jacke an. In der Nähe einer

Kirche hatte sie sich noch nie besonders wohl gefühlt. Da wurde es nie richtig warm. Selbst an einem heißen Tag fiel der Schatten des Kirchturms auf die Treppe vor dem Haus, und weiter drang Sonia normalerweise nicht vor ... das reichte, um einen Blick auf eine Hochzeit zu erhaschen oder die Anschläge am schwarzen Brett zu lesen.

»Ich möchte keinen falschen Eindruck erwecken. Es geht mir nicht darum, mich einmischen zu wollen ...« An diesem Morgen wirkte sie besonders energiegeladen in ihrer kirschroten Jacke von Jaeger und den passenden Stiefeletten und Handschuhen dazu. Von der Kälte glühten ihre Wangen, ihre großen Augen strahlten und drückten Präsenz aus.

»Nein, diesen Eindruck habe ich keineswegs. Es war richtig, dass Sie vorbeigekommen sind. Dafür bin ich da, um in schlechten Zeiten zu helfen.«

»Oder dass ich überreagiere ...«

Der Vikar, der in seiner selbst gestrickten ärmellosen Weste vor dieser modisch gekleideten Dame stand, rieb seine bleichen Hände, bevor er sie vor sich auf den Tisch legte. »Meiner Meinung nach haben Sie sich eher zurückgehalten, Mrs. Hanaford. Mrs. Tandy benimmt sich wahrlich eigenartig.«

»Und dazu kommt noch, dass ihr Mann David ihr nicht gerade eine Hilfe ist.«

Der Vikar war nicht darauf vorbereitet, mit jemandem über ein Mitglied seiner Gemeinde zu sprechen, der sich offensichtlich selbst nicht dazurechnete. Die Tandys besuchten gelegentlich die Messe. Schon der Kinder wegen. Die Hanafords nicht. Und in Meadcombe war es durchaus üblich, dass sich die Leute aus dem Dorf gern gegenseitig halfen. Dies zogen sie jeder Hilfe von außen vor. Er hätte selbst erkennen müssen, wie schlecht es Janey ging und bereits früher bei ihr vorbeischauen sollen. Doch jeder wusste, wie Melanie war. Jeder rechnete damit, dass diese Göre am Ende wieder zu Hause auftauchen würde.

Nun war ihm klar, wer die Ziehung des Theaterstücknamens sabotiert hatte. Das beunruhigte ihn. Und als er weiter darüber nachdachte, stellte er fest, dass er Janey in letzter Zeit kaum noch gesehen hatte. Obwohl sie so gut wie keine Probe versäumt hatte ...

»Marian hat sie früher immer unterstützt«, hörte er Sonia sagen. »Aber jetzt scheint sie genug von Janey zu haben. Sie hat ihr die Freundschaft gekündigt, und das, fürchte ich, hat Janey endgültig fertiggemacht ...«

Jeffrey nickte bestätigend mit seinem fleischigen Kopf. »Solche Dinge passieren in dörflichen Gemeinschaften«, erklärte er ihr in einem Ton, als sei er der Moderator einer Talkshow. »Uns allen geht es mal gut und mal schlecht, und Mrs. Law hatte in letzter Zeit wirklich genug Probleme.« Er unterließ es hinzuzufügen, was er darüber hinaus wusste, – dass Mrs. Tandy einem zuweilen tüchtig auf die Nerven gehen konnte; dass es zuweilen unumgänglich war, vor anderen die Türe zu verschließen, auf Nächstenliebe zu verzichten, um der eigenen seelischen Gesundheit willen. Er seufzte.

Sonia konnte Jeffrey nicht ausstehen, und das wusste er. Sie hielt ihn für einen Schwächling, der nichts konnte, außer Monologe zu halten ... was sie verachtete. Sie hatte ihn nie predigen hören, hatte nie sonntags seine Verwandlung auf der Kanzel erlebt. Lediglich aus der Theatergruppe kannte sie ihn. Da zappelte er nur nervös herum. Seine Wangen erinnerten sie an einen frisch geölten Babyhintern, sein winziger Mund an eine bestimmte Körperöffnung – sie mochte ihn einfach nicht.

Nun jedoch hatte sie in gewisser Weise ihre Intrigen wieder gutgemacht. Sie war bei der Beichte gewesen, obwohl sie nicht gebeichtet hatte. Sie hatte ihre Seele gereinigt.

Mit beschwingten Schritten verließ sie das Pfarrhaus, wo das Laub aus irgendeinem Grund länger liegen blieb und den Weg wie einen Teppich säumte. Das kleine eiserne Tor war ein Friedhofstor. Der Garten roch nach Kirche, alt und modrig. Krähen stiegen auf und erfüllten die Luft mit ihrem Kreischen, als Sonia sich scheppernd an der eisernen Klinke zu schaffen machte. Hier könnte Sonia niemals wohnen … so nahe am Friedhof. Und dabei zählte sie sich gar nicht zu den abergläubischen Menschen.

Janey Tandy beobachtete sie durch mit roten Bändern zurückgebundene Vorhänge. Eine von Melanies Dekorationsideen. Sie hatte es gern, wenn ihr Zimmer hübsch aussah. Es wirkte sanft und mädchenhaft, das lag an ihren kreativen Einfällen. Jetzt waren Melanies Schränkchen übersät von Kaffeerändern, die Janeys Tassen hinterlassen hatten. Auf dem Bett und dem Fußboden waren Zettel verstreut. Überall lagen Bücher herum, und neben einem Weinglas wucherte weißer Schimmel aus einer lilafarbenen Lache.

Die Nachbarskatze war wieder unterwegs. Sie lebte in

dem Haus zwischen ihrem und Marians Haus, bei einem alten Rentnerpaar, das erst vor relativ kurzer Zeit eingezogen war, nachdem sie das Haus zuvor als Feriencottage benutzt hatten. Die Katze hatte sich die beiden ausgesucht, war ihnen zugelaufen und sie waren einverstanden gewesen. Niemand wusste, woher sie kam. Zuvor hatte das Tier versucht, sich bei den Tandys einzunisten. Janey hatte sie unter Melanies lautstarkem Protest hinausgeworfen. »Warum können wir nicht ein Haustier haben wie andere Leute auch? Warum können wir zur Abwechslung nicht einfach mal ganz normal sein? Was ist denn schon dabei, eine Katze zu haben? Man muss sich nicht großartig um sie kümmern! Sie muss nicht Gassi geführt werden! Warum können wir sie nicht behalten? Warum?«

Janey hatte mechanisch entgegnet: »Deinem Vater wäre es nicht recht. Du weißt doch, dass er keine Haustiere mag.«

Melanie war nach oben gestürmt und hatte sich in ihr Zimmer eingeschlossen. Und das Ehepaar nebenan hatte das Tier aufgenommen.

Janey beobachtete gebannt, wie die Katze sich mit aufgeworfenem Buckel und hoch erhobenem Schwanz Sonia näherte. Wie eine Schlange sah sie aus, als sie die rot gekleidete Frau erreichte, genau in dem Augenblick, als diese sich umwandte, um das Gartentor des Vikars zu schließen. Beinahe wäre sie über die Katze gestolpert.

Sonia blickte sich um, als fühlte sie sich beobachtet. Überzeugt, dass dem so war, versetzte sie der Katze keinen Fußstoß, sondern bückte sich und streichelte sie, bis sie ihr schnurrend um die Beine strich, in der Hoffnung auf einen

Leckerbissen. Doch Sonia dachte gar nicht daran, die Katze zu verwöhnen, sondern richtete sich auf, blickte hoch zu den Fenstern um den Dorfplatz, und ließ das Tier zurück, bevor sie zum Dorfladen schlenderte, wo sie ihre Wocheneinkäufe bestellen wollte, die ihr im Verlauf des Tages geliefert werden würden.

Sie würde ihre Rolle spielen. Würde Janey weiterhin aufzuheitern versuchen und sie ermutigen, ihr am Weihnachtsabend mit dem Kakao zu helfen. Janey brauchte Beschäftigung. Schließlich kommt man nur dann auf dumme Gedanken, wenn man nichts zu tun hat. Und Sonia hatte vor, dafür zu sorgen, dass Janey etwas zu tun bekam.

Der Vikar wurde noch am selben Nachmittag aktiv, denn Sonias Besuch hatte er als versteckte Kritik aufgefasst.

In einem für ihn typischen, längeren Monolog überredete er Janey dazu, ihn zur Teeeinladung der Bloggs zu begleiten, deren Erlös für neue Kirchenstühle zur Verfügung gestellt werden sollte.

Das war, wie sie wusste, Sonias Werk. Janey glaubte keinen Augenblick, dass der Vikar sie wirklich zu einer Teeeinladung fahren würde. Mit ausdruckslosem Gesicht saß sie in Jeffreys Wagen und wartete darauf, dass er in ein dunkles Wäldchen abbog, wartete, dass er sie darüber aufklärte, was hier vorging. Nichts davon geschah. Er tuckerte weiter dahin, plauderte über dieses und jenes, wobei er sie, wie sie merkte, im Seitenspiegel beobachtete. Sie lächelte verkrampft, dachte daran, wie dieser Mann aussah, wenn er nackt war. Sie wusste es von Melanie.

Dennoch war sie bereit, ihm zu folgen, für den Fall, dass

er sie zu Melanie brachte. Sie hatte nicht widersprochen, als er ihr diesen Ausflug vorgeschlagen hatte, sondern war gehorsam nach oben getrottet, um ihre Jacke zu holen und sich etwas Wasser in ihr Gesicht zu spritzen.

Jeffrey hatte bereits Nancy Blogg auf ihren Besuch vorbereitet.

Mrs. Blogg hatte immer angenommen, und hatte dies auch ganz offen verkündet, permanent an der Schwelle der geistigen Umnachtung zu stehen. Worin sie sich irrte. Ihre gesunde Exzentrizität, ihre Vorlieben und Abneigungen hatten nicht das geringste zu tun mit dem psychischen Zustand, in dem sich Janey befand. Sie qualmte zwar wie ein Schlot und soff wie ein Seemann, aber sie meisterte ihr Leben durchaus, liebte ihren Mann und ihre Kinder abgöttisch, und war einer der psychisch stabilsten Menschen in Meadcombe. Hätte ihr das jedoch jemand gesagt, wäre sie zutiefst beleidigt gewesen. Ihre Wärme und die guten Absichten, mit denen sie Janey an diesem Nachmittag begegnete, waren daher vergebens. Sie waren nicht seelenverwandt, aber es war eine nette Geste von ihr, sich um sie zu bemühen.

Alle hatten auf sie gewartet, und Janey hatte damit gerechnet … alle lächelten … saßen auf ihren Stühlen und nickten freundlich wie die Dackel im Autoheckfenster. Also nickte sie zurück und setzte sich auf den Stuhl, den Nancy Blogg ihr zuwies, neben der Gastgeberin und vor den Tapeziertischen, die mit den zum Verkauf stehenden Mitbringseln bedeckt waren. Niemand verlor ein Wort über Melanie.

Janey war kein einfacher Gast. Sie schien enorme Probleme mit der Konzentration zu haben. Außerdem schossen ihre Augen hin und her, als befürchte sie, etwas Wichtiges könne ihr entgehen. Dies alles und dazu noch ihr äußeres Erscheinungsbild, die unfrisierten, krausen Haare und die ausgemergelten, verhärmten Gesichtszüge, ließen für Nancy Bloggs Empfinden nur den Schluss zu, dass diese Frau krank sein musste. Sie nahm sich vor, sich um Janey zu kümmern.

Janey stahl sich unter dem Vorwand davon, sie müsse mal »auf den Lokus«, wie Nancy Blogg es noch immer nannte. Doch sie ging nicht auf die Toilette, sie marschierte durch die Hintertür hinaus in das Büro, ein kleines Zimmer in einem der noch nicht renovierten Schafställe, in dem es dank eines schmalen Heizkörpers mollig warm war.

Das Büro war nicht zugesperrt. Das hatte Janey auch nicht erwartet. Sie war bereits früher hier gewesen, wie die meisten Leute aus Meadcombe, um Eier zu kaufen oder einen Bauern um einen Gefallen zu bitten. In einem alten Badezimmerschrank an der Wand über dem Tisch, an dem vergilbte Mitteilungen über die Räude, Grasmücken und Köderwürmer hingen, fand sie, was sie suchte. Sie zog ein braunes Fläschchen heraus, dessen Etikett dick mit Warnhinweisen bedruckt war, und steckte es in ihre Handtasche, bevor sie in das Wohnzimmer zurückkehrte. Doch zuvor suchte sie noch den »Lokus« auf, um das Fläschchen genauer zu betrachten. Mit dem Inhalt dieses einen Fläschchens konnten hundert Menschen getötet werden. Phostrin ... ein in der Landwirtschaft verwendetes Pestizid ... es war so einfach gewesen ... genauso einfach, wie sie es sich vorgestellt hatte.

Rüstig, rüstig! Nimmer müde! Feuer brennt! Kessel siede! … Amargli, Thorazin, Largactil, Megaphen, Lithium und der Inhalt vieler, vieler weiterer Fläschchen, bei denen häufig das Etikett heruntergerissen oder abgegangen war im Laufe der vielen Jahre, in denen sie von David Tandy in einer Schachtel neben seinem Nachtkästchen gesammelt und gehortet worden waren.

Janey hatte die Fläschchen alle mit Smarties gefüllt und sorgfältig wieder zurückgestellt. Er mochte es einfach, die Fläschchen um sich zu *haben*. Er sah nie, niemals *hinein*. Warum auch?

ZWANZIGSTES KAPITEL

Mit einem hölzernen Kochlöffel rührte Janey das Kakaopulver aus dem Supermarkt in den hellgrauen Brei. Der Phostrinsaft sorgte für das richtige gesunde Braun.

»Die Jungs haben sich ein Weihnachten verdient«, sagte David, obwohl er dadurch, wie er wusste, an Glaubwürdigkeit einbüßte. Dinge wie Weihnachten sollten eigentlich an ihm vorbeigehen, schon gar die Vorbereitungen dazu.

»Du hast noch überhaupt nichts gemacht, keine Geschenke gekauft, nichts vorbereitet.« Er musste in Janeys Vorratsschrank nachgesehen haben und unter dem Bett, wo sie normalerweise die Geschenke versteckte, bevor sie sie verpackte.

Als Opfer seiner Neurose sah David zwar, was geschah, war aber unfähig zu handeln. Er war zu schwach, sich auf einmal solchen Herausforderungen zu stellen. Betrübt grübelte er darüber nach, warum seine Frau ihn plötzlich so allein ließ. Am Vortag hatte er sogar ein Hemd bügeln müssen … und am Tag davor hatte er einen Eintopf davor bewahrt anzubrennen. Wo war Janey in der Zeit gewesen? Sie hatte sich in Melanies Zimmer aufgehalten, herumgesessen und geschlafen, sich wie ein pubertierender Teenager benommen.

Wie ein Ziegelstein landete der Versandhauskatalog in Davids Schoß, sodass ihm beinahe die Luft wegblieb. »Da ist der Katalog! Bestell was! Oder reicht dieses Jahr das Geld nicht für Weihnachten?«

»Ich habe doch gar keine Ahnung, was sich die Jungs wünschen.«

»Dann frag sie!« Janey wusste, dass es ohnehin keine Rolle spielte.

In einer Welt, in der es gerecht zuging, hätte David nun kurz vor dem Nervenzusammenbruch stehen müssen, den er noch nie gehabt hatte. Und obwohl ein Nervenzusammenbruch nicht zu empfehlen ist, wäre er in vieler Hinsicht die angenehmere Lösung gewesen. Dann hätte er sich nämlich nicht mit diesem Chaos zu Hause auseinander setzen müssen, den Wutausbrüchen seiner Frau und der Verantwortung für seine Kinder.

»Und dann ist da noch deine Mutter. Ich kann nichts für sie aussuchen.«

»Dann lass sie halt weg.«

»Das geht nicht. Sie schenkt uns immer was.« Ja, langweilige Pullover in düsteren Farben, die aussahen, als sei mit jeder Masche ein Fluch eingestrickt worden, dachte Janey. Melanie war die Einzige, die ihnen etwas abgewinnen konnte. Dieser Rollentausch machte David ganz fertig. Das Ehepaar saß sich gegenüber, und jeder spielte die Rolle des Anderen. Das war ein merkwürdiges Gefühl. »Laden wir sie für Weihnachten ein?« Erleichtert dachte er daran, dass seine eigenen Eltern tot waren, sodass er sich nicht auch noch um diese kümmern musste. Janeys Mutter mochte er nicht. Sie hatte dieses zerfurchte, verbitterte Gesicht, das man von zu viel Alkohol, zu viel Nikotin und zu viel Missmut bekommt. Nicht gerade die Gesellschaft, die man sich für ein unbeschwertes Weihnachten wünschte. Aber dennoch war sie Janeys Mutter, man konnte sie also schlecht Weihnachten allein in ihrem neuen Zuhause in der Neustadt zwischen ihren Spanholztüren herumwandern lassen. Außerdem fand er die Vorstellung unerträglich, Weihnachten mit seiner so seltsam gewordenen Frau allein zu verbringen.

Janey ging, und er bestellte gehorsam aus dem Katalog, wobei er lange schwer darüber nachdenken musste, was die ihm verbliebenen Kinder sich wohl wünschen mochten. Als Mathematiklehrer fiel es ihm nicht schwer, die Gesamtsumme auszurechnen und sich durch die Bestimmungen für die Postgebühren und Verpackungsspesen zu arbeiten. Und wo bewahrte Janey die Schachtel mit dem Weihnachtsschmuck auf? Und woher bekam er einen Weihnachtsbaum?

Ganz anders ging es da im Haus von Marian Law zu.

»Wir machen alles«, erklärte Sally, während Lloyd neben ihr stand und nickte. »Wir wollen nicht, dass du dir über irgendetwas Gedanken machen musst. Wir werden alles nett vorbereiten und es stört uns überhaupt nicht, wenn bei dir nicht die rechte Stimmung aufkommt, stimmt's, Lloyd?«

Lloyd, der für das kleine Zimmer eigentlich zu groß gewachsen war, nickte wieder und räusperte sich. Mit seinen großen, breiten Handwerkerhänden ein wahrer Sohn seines Vaters, fielen ihm solche Gespräche schwer. Er zeigte seine Gefühle lieber, indem er handelte, kleine Gefälligkeiten, bei denen er sich nicht einmal sicher war, ob seine Mutter sie bemerkte. Das Holz war immer gehackt und fein säuberlich aufgerichtet, der Garten war stets frei von Laub, das Auto wurde regelmäßig zur Inspektion gebracht, die Reifen und das Öl wurden kontrolliert ... all diese Dinge, die seinem Wissen nach sein Vater getan hatte, Dinge, die seine Mutter, wie er fürchtete, überforderten.

Marian fiel es schwer, sich auf die Weihnachtsvorbereitungen einzulassen. Sie war wie betäubt. Ein Weihnachten ohne Roger konnte sie sich einfach nicht vorstellen. Erwarteten die Kinder wirklich von ihr, dass sie an dieser Farce teilnahm, jetzt, da er tot war? Offenbar gingen sie sogar fest davon aus. Wie konnte sie ihnen erklären, dass sie viel lieber ihre Ruhe hätte, allein oben bliebe und heulte ... oder ihren Erinnerungen nachhinge, so schmerzhaft diese auch waren. Doch an Weihnachten durfte man sich nicht derartig gehen lassen. Wie auch? Das wäre, als erlaube man einer psychisch Kranken, sich die Haare oder die Augen auszureißen. Und genau das hätte Marian am liebsten getan. Ohne dabei von anderen beobachtet zu werden.

»Eine Stimmungskanone werde ich wohl nicht sein«, war alles, was sie dazu sagte.

»Das ist uns klar! Das verstehen wir doch!«, versuchte Sally sie sogleich zu trösten. Aber verstanden sie es wirklich? Sie hoffte inständig, dass dem nicht so war. Denn falls sie es taten, wie konnten sie dann mit ihren kleinen Liebesgeschichten weitermachen, die im Laufe der Zeit zu jener starken unbeugsamen und zugleich sanften Liebe heranwachsen würden, wie ihre eigene es gewesen war, nur um dann zusehen zu müssen, wie jemand daher kommt und diese einfach von einer auf die andere Minute brutal tötet. Ach Roger, du fehlst mir so, seufzte Marian.

Wenigstens musste sie sich nicht mehr mit Constance herumärgern. Das hätte Marian eigentlich eine gewisse Erleichterung verschaffen müssen, tat es aber nicht. Constance hatte auf ihre eigene Weise während ihres Aufenthalts in *Dunoon* eine wichtige Rolle gespielt. Sie war eine Art Mittelpunkt gewesen, um den sich alles gedreht hatte, wenn auch widerwillig. Nun schien es keinen Mittelpunkt mehr zu geben ... zumindest nicht für Marian.

Selbst Janey vermisste sie. Denn sogar ihre Problemgeschichten hatten geholfen, sie abzulenken ... Dennoch war es sinnvoller, die Freundschaft nicht wiederzubeleben, sinnvoller, als Janey dazu zu benutzen, dass es ihr selbst, Marian, besser ging. Sie hatte ja Sonia. Aber Sonia hatte viele Gesichter. Immer wenn sie wegging, hatte Marian das Gefühl, auf unangenehme Weise in eine Verschwörung hineingezogen worden zu sein. Nein, Sonia half ihr auch nicht weiter.

Marian gesellte sich zu Lloyd und Sally, zu Harry Blogg und Donna, drehte die Elektrokerzen in die richtige Richtung und steckte Stechpalmenzweige in die staubigen Ecken zwischen die Bilder und die Wand. An ihrem Sherry nippend nickte sie zustimmend, als Lloyd die Jim-Reeves-Weihnachtsplatte hochhielt. »Ja, leg sie auf. Das haben wir immer gemacht, wenn wir für Weihnachten dekoriert haben.«

Wenn sie sich zusammenriss, gelang es ihr, einen neutralen Zustand herzustellen und nichts zu fühlen. Schließlich gab es niemanden, der ihr wehtat. Sie war es, die diese Gedanken zuließ, die bestimmte, wann sie kamen und wieder gingen. Doch es gab so viele Auslöser … wo sie auch hinsah, riesige, glänzende Auslöser, die nur darauf warteten, gedrückt zu werden und die Maschine anzuwerfen, die sie mit einem lauten Aufheulen sofort wieder in die Hölle befördern würde.

Sonia und Stanley. Was immer es gewesen war, es war vorbei. Und jetzt war ihnen die ganze Sache peinlich, sie gingen sich aus dem Weg und konnten vor allem nicht verstehen, wie es überhaupt soweit hatte kommen können.

Sonia hatte aufgehört, ständig an Pauls Vater herumzukritisieren. Und auch seiner Mutter gegenüber verhielt sie sich moderater. Das verbesserte die Stimmung im Herrenhaus erheblich. Außerdem waren die Zwillinge zu Hause, und alles begann sich zu entspannen. Stanley und Beryl wurden sogar von Sonia zum Weihnachtsspiel eingeladen.

Auf eine seltsame Art verhielt Sonia sich wie ein kleines Mädchen, das unbedingt etwas wieder gutmachen wollte, und schaute ständig bei Janey vorbei. Wenn sie Marian besuchte, überbrachte sie der einen Neuigkeiten von der anderen, wobei sie Manipulationsversuche unterließ.

Sonia liebte Weihnachten … der Kühlschrank war voll gestopft mit Köstlichkeiten. Und dann war da noch das Weihnachtsspiel … und sie der Star … und Paul hatte ihr – was sie bereits wusste, weil sie nachgeguckt hatte – ein riesiges altes Puppenhaus gekauft, wie sie es sich schon seit langem gewünscht und es sich nie geleistet hatte, für das sie Jahre brauchen würde, um es vom Keller bis zum Dachboden auszustaffieren. Vielleicht erlaubte sie sogar Flora, ihr dabei zu helfen, die kleinen Vorhänge zu nähen. Es war in der Garage unter einer Decke versteckt …

Ihre Abende waren ausgefüllt mit Dinnerpartys, Abendgesellschaften und Theaterbesuchen. Sie liebte es, sich in Pelze und Juwelen zu hüllen. Und Paul sah natürlich im Smoking immer am besten von allen aus. Ihren verhärmten Gesichtsausdruck konnte sie nicht ablegen, so sehr sie es auch versuchte.

Das Herrenhaus war für Weihnachten wunderbar geeignet. Der große Weihnachtsbaum funkelte in der Diele, das offene Feuer, das man dank der Zentralheizung zwar nicht brauchte, das aber der feierlichen Atmosphäre wegen unverzichtbar war, prasselte fröhlich hinter dem antiken Gitter, von der Treppe waren die Stimmen spielender Kinder zu hören. Oscar trug Lametta am Halsband. Sonia hatte das Gefühl, einen so großen Abstand wie noch nie zwischen sich und Sonia Doris Burridge gelegt zu haben … die richtige Dame vom Herrenhaus zu sein …

Der Weihnachtsabend war gekommen, und trotz Grants Befürchtungen verlief die Premiere des Stückes reibungslos.

Den ganzen Tag hatte es geregnet – dieser graue Graupelregen, der einen frösteln ließ, wenn man ihn nur durch das Fenster sah. Bis zum Abend hatte es zu regnen aufgehört, der Himmel war zwar noch wolkenverhangen, doch laut der Wettervorhersage sollte es trocken bleiben. Am nächsten, dem Weihnachtstag, war allerdings wieder mit Niederschlägen zu rechnen. Und David hatte als Justins und Daniels Hauptgeschenk Schlitten ausgesucht. Typisch, dachte er insgeheim und fand seine pessimistische Grundeinstellung wieder einmal bestätigt.

Der Kessel vom WVS war bereits frühzeitig in Janeys Küche gekarrt worden, wo es nun brodelte und blubberte, und, wie David insgeheim beklagte, mehr Strom verbrauchen würde, als nötig war.

Sonia freute sich zu sehen, dass ihre Bemühungen nicht umsonst gewesen waren, denn Janey hatte das Kakaopulver angerührt und es in die fünf riesigen Emaillekrüge gefüllt, in die dann, wenn es an der Zeit war, das heiße Wasser gegossen werden sollte. Sie hatte auch auf Papiertellern Kekse zurechtgelegt und benahm sich in jeder Hinsicht wie eine Gastgeberin.

Von den vierhundert Dorfbewohnern hatten sich an diesem Abend bestimmt über zweihundert draußen auf dem Dorfplatz eingefunden, um das Stück zu sehen.

»Die werden nicht alle Kakao haben wollen«, hatte Mrs. Henley erklärt, als sie darüber sprachen, wie viel Liter sie wohl bräuchten.

»Warum nicht?«, hatte Janey gefragt.

»Weil nicht alle Kakao mögen.«

»Wir könnten ja noch Kaffee und Tee kochen …«

»Wir haben nicht die Zeit für so einen Aufwand«, fiel ihr Mrs. Henley schroff ins Wort, die nervös mit ihrer Brillenkette spielte. »Wir haben nur etwa fünf Minuten, bevor wir in der Kirche erwartet werden. Der Gottesdienst muss um Mitternacht anfangen.« Stirnrunzelnd stocherte sie mit einem Löffel in dem Brei herum.

»Etwas klumpig?«

»So ist er immer«, meinte Sonia naserümpfend. »Das ist eben billiges Kakaopulver … keine gute Marke.«

»Von Hexen und Zauberern und langschwänzigen Teufeln und allem, was da kreucht und fleucht unter Hecken und Büschen, erlöse uns, o Herr!« Janeys Stimme durchschnitt schrill die raue, kalte Winterluft. Sie hatte Kopfweh, und ihre Kopfhaut juckte. Allzu schlecht kann es ihr nicht gehen, wenn sie so spielt, dachte Sonia, denn Janey konnte ihren Text, verpasste nie ihren Einsatz, und ihr gelang genau der zeitlose Tonfall, den Grant sich erhofft hatte.

Die Dorfbewohner hätten sich eigentlich rund um den Dorfplatz verteilen sollen, was sie natürlich nicht taten. Sie drängten sich alle auf einem Haufen zusammen, unten bei den Häusern, als ob sie zur Sicherheit etwas im Rücken bräuchten.

»Noch niemals zuvor habe ich dies jemandem gestanden, doch schon immer verlangte es mich, meinen Vater zu töten.«

Die Kostüme waren, nach all den zähen Diskussionen, die es um sie gegeben hatte, gelungen. Das eigentliche Problem stellte die Akustik dar. Das Publikum konnte den Text nur undeutlich verstehen … doch das spielte nicht wirklich eine Rolle, wichtig waren die Wirkung der Akteure und die Atmosphäre.

Den Stein spielte niemand. Er spielte sich selbst. John, der für die Beleuchtung verantwortlich war, hatte den Einfall gehabt, hinter ihm eine blaue Glühlampe zu platzieren, dadurch wurde die magische Aura des Steins verstärkt.

Eine abwechslungsreiche Performance wurde geboten. Die Schauspieler holte man mit Lichteffekten auf die

Bühne. Auf dem Flachdach des Dorfladens angebrachte Scheinwerfer tauchten jeweils einen Darsteller oder eine Gruppe von Darstellern in einen grellen Spot und ließen gleichzeitig die übrigen Teilnehmer im Dunkeln zurück. Bedauerlicherweise waren die Scheinwerfer so unglücklich angebracht, dass man ständig glaubte, das Wort SPAR zu lesen, und bis zum Ende des Weihnachtsspiels vermuteten alle, dies habe etwas mit der Geschichte des Stücks zu tun, und blickten ständig hinauf.

Der Peststein. Es war die Art Theaterstück, bei der man nie genau wusste, wann man klatschen sollte. Außerdem war es mit Handschuhen nicht einfach, geräuschvoll zu applaudieren, die Schauspieler mussten sich also damit abfinden, von spärlichem, sporadischem Beifall begleitet zu spielen, was stellenweise etwas verunsichernd wirkte. Doch sie machten ihre Sache gut, und Grant konnte sich entspannen. Sogar die Kinder benahmen sich.

Insgeheim gratulierte sich Mrs. Henley selbst zu ihrer Idee, dem Programm eine kurze Zusammenfassung des Stückes vorangestellt zu haben. Das Publikum konnte zwar den Text nicht verstehen, hatte so aber immerhin eine grobe Vorstellung von dem, was auf der Bühne geschah. Sie wurde zunehmend lockerer, je weiter das Weihnachtsspiel voranschritt. Wieder ein Jahr geschafft ... wieder ein Stück so gut wie zu Ende ... Ihr war bekannt, dass einige im Dorf sich wünschten, ein klassisches Drama spielen zu dürfen, schließlich wurde dieses Thema jedes Jahr aufs Neue diskutiert, doch das Dorf stimmte jedes Mal dafür, ein von ihr geschriebenes Stück zu nehmen. Dieses ihr entgegengebrachte Vertrauen hatte ihr anfangs geschmeichelt, mittlerweile fand sie es nur noch irritierend. Sie konnte das Ganze einfach nicht richtig genießen, wenn sie damit ihren Ruf aufs Spiel setzte. Wie gerne wäre sie einmal ein ganz normales Mitglied der Theatergruppe gewesen! Doch andererseits wollte sie ihre Fangemeinde nicht enttäuschen.

Was für ein Glück sie hat, dachte Nancy Blogg, als sie sah, wie sich Marians Kinder ihrer Mutter annahmen. Sie waren im Publikum, versuchten den Platz Rogers einzunehmen. Dabei wurden sie von Donna und ihrem eigenen Sohn, Harry, unterstützt ... Nancy fragte sich, weshalb ständig über die Jugend von heute hergezogen wurde ... Sie spürte einen kurzen Anflug von Stolz und Mitleid, Tränen stiegen ihr in die Augen. Marian war eine wunderbare Hexe. An diesem Abend hatte Mrs. Brierly ihrem Ruf als Maskenbildnerin alle Ehre gemacht.

Eine raffinierte Drehvorrichtung aus von unten beleuchteten roten Folien sorgte für den Eindruck, dass der Scheiterhaufen tatsächlich in Flammen stehe. Mitten darin war Sonia – die schrie und stöhnte, während John, der Beleuchter, sie in einen Nebel hüllte. Ein großartigeres Finale hätte man sich nicht wünschen können. Die durchgefrorenen Meadcomber stampften mit den Füßen und brüllten Beifall. Schals wurden geschwungen und Pudelmützen in die Luft geworfen. Die kleineren Kinder wurden nach Hause gebracht. Die Kirchengegner schlichen nach Hause, um nicht in die Messe gehen zu müssen. Erleichtert zog David, der das Schauspiel von zu Hause aus verfolgt hatte, ohne dabei den Stromzähler aus den Augen zu lassen, den Stecker aus der Dose und rollte den Kessel hinaus auf den Platz.

Sie sah zu, wie sie den Kakao entgegennahmen, sich die

kalten Hände an den Papierbechern wärmten und sich über den Kakao freuten …

»Mm … das tut gut …«

»Genau das richtige …«

»Prima gegen die Kälte …«

»War das nicht herrlich?«

»Das Beste bisher …«

»Ist es nicht kalt?«

»Ist es nicht dunkel?«

»Bitte werfen Sie Ihre Becher in den dafür vorgesehenen Abfalleimer.«

Sie sah zu, wie der leere Abfalleimer sich mit weißen Pappbechern füllte. Sie sah zu, wie die Kinder des Satans miteinander plauderten und darauf warteten, dass in der Kirche die Lichter angingen. Sie sah zu, wie das Licht aus den bunten Glasfenstern ein Muster auf die Kieselsteine warf, auf denen sie standen, ein Muster, das an Schneeflocken erinnerte. Der Platz verwandelte sich in eine Weihnachtskarte.

Der Kopf tat ihr weh, und ihre Beine juckten. Zielstrebig ging sie zum Peststein. Ganz nahe ging sie heran, sodass sie mit dem Rücken den Stein berührte. Wie ein Wunder hörte das Jucken auf, und ihr Kopf wurde klar, sie fühlte sich so wach und so ruhig, wie sie es seit Melanies Verschwinden nicht mehr gewesen war.

Nur ein paar Leute folgten ihr mit den Augen. Es dauerte etwas, bis sie die richtige Position innehatte … sie wusste genau, wie sie stehen musste. Wie eine Märtyrerin, mit dem Rücken am Stein, die Arme nach hinten, um den Stein gestreckt, sodass sie jede Erhebung und jeden Riss fühlen konnte, und seine Kälte. Der Stein schien wie angegossen zu passen … noch nie hatte sich Janey wohler gefühlt. Dann begann sie zu stöhnen.

Was war das? War denn das Stück noch nicht vorüber? War dies ein raffiniert angefügter letzter Akt, um das Publikum zu überraschen? Aufgewärmt und wohlig entspannt vom Kakao, drehten sich die Leute um, um nichts zu verpassen.

»O Gott, o Gott«, rief Janey klagend, und ihre anfangs leise Stimme schwoll allmählich zu einem Schreien.

»O Gott, o Gott, o Gott. Im Namen Gottes, im Namen all dessen, was heilig ist, gebt mir meine Tochter zurück!« Und dann brüllte sie den Namen ihrer Tochter hinaus, während sie den Kopf hin und her warf. *»Melanie! Melanie!«*

Niemand wollte sich ihr nähern, dieser Wilden mit ihrem Fell. Ganz langsam dämmerte ihnen, was vor sich ging. Nein, das hatte nichts mit dem Stück zu tun. Das war diese unsägliche Janey Tandy, die offensichtlich den Verstand verloren hatte. Was sollten sie tun? Wer war verantwortlich? Und das in der Weihnachtsnacht … wie traurig.

Nur weil alle Augen auf ihn gerichtet waren, fühlte sich David Tandy gezwungen zu handeln. Er bahnte sich den Weg quer über den Platz zu seiner kreischenden Frau. Die Arme ausgestreckt wie ein Blinder, versuchte er sie zu berühren.

»Verschwinde, Satan«, spuckte sie ihn an, und in ihren Augen war kein Erkennen. Er wich zurück, verletzt, gedemütigt. Jeffrey stand in der Kirchentür, die er weit geöffnet hatte, um die Gemeindemitglieder einzulassen. Er flüsterte seiner Frau ins Ohr.

»Ich denke, wir sollten den Notarzt rufen.«

Wie immer kam seine Frau seinem Wunsch sofort nach und lief davon.

Niemand sonst rührte sich. Wie zuvor standen sie wie gebannt von dieser Aufführung. Der Peststein, noch immer in Blau getaucht, beherrschte bedrohlich strahlend die Szenerie ... fast als beschütze er die Bittstellerin ... als ob er jeden davor warnte, ihr zu nahe zu kommen. John war unsicher, ob er die Scheinwerfer ausschalten sollte.

Daniel und Justin, die beide im Chor sangen und schon in der Kirche waren, blieb der Anblick ihrer Mutter erspart ... und der Kakao. Sie standen in der von Kerzen erhellten Kirche im Chorgestühl und fragten sich gemeinsam mit den anderen, wo die Kirchenbesucher blieben. David dagegen blieb nichts erspart.

»Melanie! Melanie!«, rief Janey. Nichts schien sie zum Verstummen bringen zu können. Sonia näherte sich, um gleich wieder zurückzuweichen. Marian sah ihr mit Tränen in den Augen zu, während sie Sallys Hand drückte. Sie verstand, dass sie nicht zu ihr gehen konnte, sie verstand noch viel.

Die Macht des Peststeins war so groß, dass Melanie Tandy in diesem Augenblick beschloss, nach Hause zurückzukehren.

Sie hatte Rache geübt, alle hatten ihre gerechte Strafe erhalten ... nun war es vollbracht. Sie fühlte sich erschöpft und leer. Es hatte sie ihre ganze Kraft gekostet.

Sie sehnte sich danach, in ihr kleines Zimmer zurückzukehren, ihr Leben wieder aufzunehmen, auch wenn es nun anders sein würde. Meadcombe, so viel wusste sie, würde nie mehr dasselbe sein. Und das war gut so.

Isobelles Augen wanderten über das Kind ... Kind? Das war nicht das geeignete Wort. Die Dunkle. Noch nie zuvor hatte sie eine so gelehrige Schülerin gehabt. Ihre leitende Hand war nicht mehr nötig. Tag und Nacht hatten sie an dem Altar für schwarze Magie gearbeitet, wo um das Gammadion groteske Karikaturen an das Tuch geheftet waren. Bis sie zuweilen das Gefühl hatte, ihre Kräfte verließen sie, würden ihr geraubt von ihrer Enkeltochter, die, das hatte sie immer gewusst, sie an magischen Kräften bei weitem übertraf und eines Tages zu ihr kommen würde ... die Gabe übersprang häufig eine Generation ...

Triumphierend zündete sie zur Feier des Tages die schwarzen Kerzen an.

Sie brachen in den Kirchenstühlen zusammen, in den Gängen. Und Jeffrey fiel in der Kanzel um.

Einhundert Seelen ... kaltblütig ermordet ... von der Frau, die in die Annalen von Meadcombe eingehen sollte.

Sie fanden die Toten in den Morgenstunden des ersten Weihnachtsfeiertages. Nicht ein Mitglied der Theatergruppe überlebte. Auch David Tandy nicht. Oder Paul. Oder Stanley. Oder Lloyd. Oder Donna. Oder ...

Nicht dass ich abergläubisch wäre. Und obwohl ich mit Relikten aus der toten Vergangenheit arbeite, sind die Relikte selbst nicht tot. Sie strahlen Macht aus. Sie vibrieren vor Energie. Über einigen von ihnen, nicht über allen, aber über einigen, liegt das Böse wie ein Schatten.

Als ich daher Melanie Tandy zum ersten Mal zu Gesicht bekam, war mir sofort klar, was hier geschehen war. Etwas, worüber man in einem offiziellen Bericht nicht schreiben konnte. Zuerst dachte ich, es hätte nichts mit dem Peststein zu tun. Ich glaubte, sie und ihre Großmutter hätten das Böse allein bewerkstelligt. Doch aus einer gewissen Entfernung beobachtete ich den Megalithen. Stahltrosse wurden um ihn gewickelt. Mit schweren Maschinen wurde das Erdreich ringsum entfernt, er wurde mit Kränen hochgehoben und auf eine Heide gebracht, wo man ihn über einen öffentlichen Wanderweg erreichen konnte. Eine Plakette wurde angebracht. Vom ersten Moment dominierte er sein neues Reich, ließ die Weite um ihn herum verschwinden.

Doch ich musste zurück nach Meadcombe, um das Ergebnis zu prüfen. Ich stand neben den neuen Pflastersteinen … auf denen bereits Flecken und Ätzspuren zu sehen waren. Man hatte eine Eiche an die Stelle gepflanzt, wo zuvor der Peststein gestanden hatte – ein mickriges, blattloses Ding, an dessen Stamm ein Etikett klebte. Sicher, in ein-, zweihundert Jahren würde sie herrlich aussehen, aber ich wusste, dass sie nicht so lange leben würde.

Denn obwohl der Peststein entfernt worden war, konnte man seine Essenz, sein Wesen, diesen Gestank nach Schwefel, noch immer spüren …

Es ist Nacht, und das Dorf Meadcombe liegt unter dem lavendelfarbenen Wolltuch der umliegenden Hügel begraben. Es lugt unter seiner Bettdecke hervor wie ein in tiefem Schlummer liegendes weißes Einhorn, das sich um eine Kirchturmspitze schmiegt. Weiß gekalkte Mauern, glänzend lackierte Tore und – tagsüber – strahlend weiße Wäsche an den Wäschespinnen.

Der Peststein hatte diese Idylle schon immer gestört, hatte nie richtig auf den Dorfplatz gepasst. Auf den Dorfplatz eines normalen Dorfes.

MINETTE WALTERS

»Minette Walters ist Meisterklasse!«

Daily Telegraph

»Diese Autorin erzeugt Spannung auf höchstem Niveau, sie ist die Senkrechtstarterin ihrer Zunft.«

Brigitte

44554

42462

42135

43973

GOLDMANN

ANNA SALTER

Mitreißende, psychologisch perfekte Spannungsromane für alle Leser von Patricia Cornwell, Minette Walters und Elizabeth George

43859

44282

GOLDMANN